蒲柳人家

刘绍棠◎著

長江出版傳媒 | 长江文艺出版社

高端阅读指导委员会

（系各省教研员）

刘绍棠先生的文学遗产

樊　星

刘绍棠先生离开这个世界，不知不觉已经二十年了。在这个时光飞逝，文学新潮日新月异的年代，刘绍棠先生的遗产还有重新认识的必要吗？我觉得，答案应该是肯定的。

在当代文学史上，刘绍棠先生是以"荷花淀派"和"乡土文学"的代表作家之一为人熟知的。他在20世纪50年代就因为发表作品早、成名早而有"神童作家"之誉。据说他十三岁就发表作品，上高中时，当时的高中二年级语文课本上就有他的小说《青枝绿叶》，堪称传奇。后来他进入北京大学中文系学习，仅过一年，就因为发现中文系的课程设置对自己的创作帮助不大而退学，这也是非同凡响之举。退学后，他出版了长篇小说《运河的桨声》，很快成为专业作家。就在顺风顺水之际，却遭遇了"反右"的政治风暴。他因为发表了一些"出格"的言论被打成"右派"，被迫下乡劳动改造。命运的大起大落没有动摇他对写作的痴迷。"文革"后，他重返文坛，仍以散发着浓郁乡土气息和诗情画意的小说引人瞩目。他的中篇小说《蒲柳人家》荣获第一届（1977—1980）全国优秀中篇小说奖二等奖，短篇小说《蛾眉》1981年荣获全国优秀短篇小说奖。一直到1990年，他的长篇小说《敬柳亭说书》还获得了首届"中国大众文学奖"。这些成就都为推动当代"乡土文学"的发展做出了重要的贡献。他一直写故乡淳朴的风土人情，写乡村的诗情画意，这些文字足以唤起读者对那个逝去的年代的无限缅怀。

说到现代"乡土文学"，鲁迅的《社戏》、废名的《菱荡》、沈从文的《边城》、萧红的《呼兰河传》、孙犁的《荷花淀》都是充满诗情画意的代表作。而说到当代名篇，铁凝的《哦，香雪》、刘绍棠的《蒲柳人家》、汪曾祺的《受戒》、贾平凹的《商州初录》、莫言的《民间音乐》、迟子建的《额尔古纳河右岸》也都在描绘乡村的田园风光、淳朴民风方面各有千秋。上面提到的这些文学经典，都将乡土之美、乡情之浓、乡民之淳朴渲染到淋漓尽致的境界。那么其中，刘绍棠又显示出怎样的独特风格呢？

他善于传神地渲染故乡的诗情画意，讴歌朴实、热情、豪放的乡村民风。《蒲柳人家》就相当生动地描绘出了20世纪30年代京东大运河一带生机盎然的风俗画，通过机灵顽皮、充满稚气的六岁男孩何满子的视角打量世界，使小说富有童趣色彩。小说对一丈青大娘、柳罐斗等人豪放、勇敢、尚武性格的传神刻画，使小说既富有诗情画意，也充满传奇魅力，令人想起那句"燕赵多慷慨悲歌之士"的古语。对传奇性的追求使他的"乡土小说"更具有"大众化"色彩，也使他与其他作家明显区别了开来。他的小说善于运用古典小说的白描手法刻画人物性格，乡村口语、俗语信手拈来，使小说洋溢着民间气息，读起来还朗朗上口。例如对一丈青大娘的形象刻画就相当出色："大高个儿，一双大脚，青铜肤色，嗓门也亮堂，骂起人来，方圆二三十里，敢说找不出能够招架几个回合的敌手。一丈青大娘骂人，就像雨打芭蕉，长短句，四六体，鼓点似的骂一天，一气呵成，也不倒嗓子。她也能打架，动起手来，别看五六十岁了，三五个大小伙子不够她打一锅的。"多么有女中豪杰的气势！

作家年轻时深受苏联作家肖洛霍夫的影响，在写景、抒情方面得其真传。另一方面，他也说过："我从小就读《红楼梦》……拜读《红楼梦》不下十遍。"还说："《红楼梦》中的女子，我还是最喜欢晴雯和芳官的性本高洁，天真无邪。我在长篇小说《春草》中写了个农村少女就叫芳官，又在长篇小说《野婚》中写了个农村少女，外号叫小戏子。""我这个乡野出生的农家子弟……只有见到出身微贱、未失野性的晴雯和芳官，才产生相逢似曾相识，好像他乡遇故知之感。”“我在我的乡土文学小说中，写过不少‘乡土晴雯’‘乡土袭人’‘乡土金钏’。”善于刻画纯洁、活泼、可爱的乡村女孩子形象，是刘绍棠小说的一大看点。从《蒲柳人家》里的望日莲、《蛾眉》中的蛾眉直至《红兜肚儿》中泼辣的“红兜肚儿”，都体现出这一点。他还说过：“在我的漫长的22年坎坷岁月中，我一直把《红楼梦》带在身边，又不知读过多少遍。……只为消愁解闷，也就不计其数。”（《十读红楼》，《红楼梦学刊》1992年第2辑）这段话，道出了作家的创作秘诀：熟读《红楼梦》，在描绘故乡的风土人情时，着重写出乡村少女的“性本高洁，天真无邪”。

我想，这便是刘绍棠小说留给文坛的遗产吧：具有兼容并包中外文学遗产的胸怀，满腔热忱地讴歌故乡的诗情画意、风土人情，写出中国农民的质朴、开朗、泼辣、勇敢来，而且特别注重在表现乡土故事的传奇性、人物性格的豪爽、泼辣上下功夫，从而在当代“乡土文学”的发展史上留下自己独到的脚印。

无可讳言的是，每个作家都难免时代与个人的局限性。刘绍棠多产，有些人物形象就显得脸谱化，有些故事情节也有重复。这些问题，评论界曾经有过中肯的批评。然而，他在苦心孤诣追求“乡土文学”创新的道路上做出的贡献，对于后来者至今还有重要的启迪意义。这，也就是他的作品至今还有人喜爱的原因所在吧！

2017年3月28日于武汉大学

（作者系武汉大学文学院教授、博士生导师）

目录

中篇小说卷

短篇小说卷

散文卷

中篇小说卷

蒲柳人家

1

七月天，中伏大晌午，热得像天上下火。何满子被爷爷拴在葡萄架的立柱上，系的是拴贼扣儿。

那一年是一九三六年。何满子六岁，剃个光葫芦头，天灵盖上留着个木梳背儿；一到立夏就光屁股，晒得两道眉毛只剩下淡淡的痕影，鼻梁子裂了皮，全身上下就像刚从烟囱里爬出来，连眼珠都比立夏之前乌黑。

奶奶叫东隔壁的望日莲姑姑给何满子做了一条大红兜肚，兜肚上还用五彩细线绣了一大堆花草。人配衣裳马配鞍，何满子穿上这条花红兜肚，一定会在小伙伴中间出人头地。可是，何满子一天也不穿。

何满子整天在运河滩上野跑，头顶着毒热的阳光，身上再裹起兜肚，一不风凉，二又窝汗，穿不了一天，就得起大半身痱子。再有，全村跟他一般大的小姑娘，谁的兜肚都没有这么花儿草儿的鲜艳，他穿在身上，男不男，女不女，小姑娘们要用手指刮破脸蛋儿，臊得他找个田鼠窝钻进去；小小子儿们也要敲起锣鼓似的叫他小丫头儿，管叫他一辈子抬不起头。

何满子不穿花红兜肚，奶奶气得咬牙切齿地骂他，手握着擀面杖要梆他，还威吓要三天不给他饭吃。原来，这条兜肚大有讲究。何满子是个娇哥儿，奶奶老是怕阎王爷打发白无常把他勾走。听说阎王爷非常重男轻女，何满子穿上花红兜肚，男扮女装，阎王爷老眼昏花地看不真切，也就起不了勾魂索命的恶念。

何满子的奶奶，人人都管她叫一丈青大娘。大高个儿，一双大脚，青铜肤色，嗓门也亮堂，骂起人来，方圆二三十里，敢说找不出能够招架几个回合的敌手。一丈青大娘骂人，就像雨打芭蕉，长短句，四六体，鼓点似的骂一天，一气呵成，也不倒嗓子。她也能打架，动起手来，别看五六十岁了，三五个大小伙子不够她打一锅的。

她家坐落在北运河岸上，门口外就是大河。有一回，一只外江大帆船打门口路过，也正是歇晌时分。一丈青大娘站在篱笆外的伞柳荫下放鸭子，一见几个纤夫赤身露体，只系着一条围腰，裤子卷起来盘在头上，便断喝一声："站住!"这几个纤夫头顶着火盆子，拉了百八十里路，顶水又逆风，还没有歇脚打尖，个顶个窝着一肚子饿火。一丈青大娘的这一声断喝，他们只当耳旁风。一丈青大娘见他们头也不抬，理也不理，气更大了，又吆喝了一声："都给我穿上裤子!"有个年轻不知好歹的纤夫，白瞪了一丈青大娘一眼，没好气地说："一大把岁数儿，什么没见过；不爱看合上眼，掉过脸去!"一丈青大娘火了起来，挽了挽袖口，手腕子上露出两只叮叮当当响的黄铜镯子，一阵风冲下河坡，阻挡在这几个纤夫的面前，手戳着他们的鼻子说："不能叫你们腌臜了我们大姑娘小媳妇的眼睛!"那个不知好歹的年轻纤夫，是个生楞儿，用手一推一丈青大娘，说："好狗不挡道!"这一下可捅了马蜂窝。一丈青大娘勃然大怒，老大一个耳刮子抡圆了扇过去；那个年轻的纤夫就像风吹乍蓬，转了三转，拧了三圈儿，满脸开花，口鼻出血，一头栽倒在滚烫的沙滩上，紧一口慢一口捯气，高一声低一声呻吟。几个纤夫见他们的伙伴挨了打，唿哨而上；只听咯吧一声，一丈青大娘折断了一棵茶碗口粗细的河柳，带着呼呼风声挥舞起来，把这几个纤夫扫下河去，就像正月十五煮元宵，纷纷落水。一丈青大娘不依不饶，站在河边大骂不住声，还不许那几个纤夫爬上岸来；大帆船失去了纤力，掌舵的绽裂了虎口，也驾驭不住，在河上转开了磨。最后，还是船老板请出了摆渡船的柳罐斗，钉掌铺的吉老秤，老木匠郑端午，开小店的花鞋杜四，说和了两三个时辰，一丈青大娘才算开恩放行。

一丈青大娘有一双长满老茧的大手，种地、撑船、打鱼都是行家。她还会扎针、拔罐子、接生、接骨、看红伤。这个小村大人小孩有个头痛脑热，都来找她妙手回春；全村三十岁以下的人，都是她那一双粗大的手给接来了人间。

不过，别看一丈青大娘能镇八方，她可管不了何满子。何家世代单传，辈辈一棵苗，何满子的爷爷就是老生儿，他父亲也是在一丈青大娘将近四十岁时才落生的；偏是何满子不同凡响，是他母亲头一胎生下来的贵子。一丈青大娘一听见孙子呱呱坠地的啼声，喜泪如雨，又烧香又上供，又拜佛又许愿。洗三那天，亲手杀了一只羊和三只鸡，摆了个小宴；满月那天，更杀了一口猪和六只鸭，大宴乡亲。她又跑遍沿河几个村落，挨门挨户乞讨零碎布头儿，给何满子缝了一件五光十色的百家衣；百日那天，给何满子穿上，抱出来见客，博得一片彩声。到一周岁生日，还打造了一个分量不小的包铜镀金长命锁，金光闪闪，差一点把何满子勒断了气。

何满子是一丈青大娘的心尖子，肺叶子，眼珠子，命根子。这一来，一丈青大娘可就跟儿媳妇发生了尖锐的矛盾。

何满子的父亲，十三岁到通州城里一家书铺学徒，学的是石印。他学会一笔好字，也学会一笔好画，人又长得清秀，性情十分温顺，掌柜的很中意，就把女儿许配给他。何满子的爷爷虚荣心强，好攀高枝儿，眉开眼笑地答应了这门亲事。一丈青大娘却不大乐意。她不喜欢城里人，想给儿子找个农家或船家姑娘做妻子，能帮她干活，也能支撑门户。可是，她拗不过老头子，也怕伤了儿子的心，不乐意也只得同意了。何满子的母亲不能算是小姐出身，她家那个小书铺一年也只能赚个温饱；可是，她到底是文墨小康之家出身，虽没上过学，却也熏陶得一身书香，识文断字。她又长得好看，身子单薄，言谈举止非常斯文，在一丈青大娘的眼里，就是一朵中看而无用的纸花，心里不喜爱。何满子的母亲更看不上婆婆的粗野，在乡下又住不惯，一住娘家就不想回来。等生下了何满子，何满子的父亲就想在城里另立个家。一丈青大娘是个爱面子的人，分家丢脸，可是一家子鸡吵鹅斗，也惹人笑话。老人家左右为难，偷偷掉了好几回眼泪。但是，前思后想，千里搭长棚，没有不散的筵席，到了儿点了头。不过，却有个条件，那就是儿媳妇不能把何满子带走。孩子是娘身上掉下来的肉，何满子的母亲哭得死去活来。最后，还是请来摆渡船的柳罐斗，钉掌铺的吉老秤，老木匠郑端午，开小店的花鞋杜四，说和三天三夜，婆媳俩才算讲定，何满子上学之前，留在奶奶身边，该上学了，再接到城里跟父母团聚。

何满子在奶奶身边长大，要天上的星星，奶奶也赶快搬梯子去摘。

长到四五岁，就像野鸟不入笼，一天不着家，整日在河滩野跑。奶奶八样不放心，怕让狗咬了，怕让鹰抓了，怕掉在土井子里，怕给拍花子的拐走。老人家提心吊胆，就像丢了魂儿，出来进去团团转，扯着一条亮堂嗓门儿，村前村后，河滩野地，喊哑了嗓子。何满子却隐匿在柳棵子地里，深藏到芦苇丛中，潜伏在青纱帐内的豆棵下，跟奶奶捉迷藏，暗暗发笑。等到天黑回家去，奶奶抄起顶门杠子，要敲碎何满子的光葫芦头；何满子一动不动，眼皮眨也不眨，奶奶只得把顶门杠子一扔，叫了声："小祖宗儿!"回到屋里给孙子做好吃的去了。不是煮鸡蛋，就是烙白面饼。

这一天，何满子的爷爷回来了。一丈青大娘跟老头子叨唠这个，嘟哝那个，老头子阴沉着脸，哼哼哈哈，一脑门子官司；一丈青大娘气不打一处来，跟老头子叫起了苦，顺口就给何满子告了状。爷爷是个风火性儿，一怒之下，就把何满子拴在了葡萄架的立柱上，系的是拴贼扣儿，跑不了更飞不了。而且，在他面前扔下一个纸盒，盒子里有一百个方块字码，还有一块石板和一支石笔，勒令他在这一个歇晌的工夫，把这一百个字写下来。

这倒难不住何满子。可是，他有生以来头一回失去自由，心里委屈而又憋闷，两眼直呆呆，双手懒洋洋，一点也没有写字的兴致。

2

何满子的爷爷，官讳已不可考。但是，如果提起他的外号，北运河两岸，古北口内外，在卖力气走江湖的人们中间，那可真是叫得山响。

他的外号叫何大学问。

何大学问人高马大，膀阔腰圆，面如重枣，浓眉朗目，一副关公相貌。年轻的时候，当过义和团，会耍大刀，拳脚上也有两下子。以后，他给地主家当赶车把式，会摆弄牲口，打一手好鞭花。他这个人好说大话，自吹站在通州东门外的北运河头，抽一个响脆的鞭花，借着水音，天津海河边上都震耳朵。他又好喝酒，脾气大，爱打抱不平，为朋友敢两肋插刀，所以在哪一个地主家都待不长。于是，他就改了行，给牲口贩子赶马；一年有七八个月出入古北口，往返于塞外和通州骡马大市之间，奔走在长城内外的古驿道上。几百匹野马，在他那一杆大鞭的管束下，乖乖地像一群温驯的绵羊。沿路的偷马贼，一听见他的鞭花在山谷间回响，急忙四散奔逃，躲他远远的。所以，他不但是赶马的，还是保镖的，牲口贩子都抢着雇他。这一来，他的架子大了，不三顾茅庐，他是不出山的；至于脚钱多少，倒在其次，要的就是刘皇叔那样的礼贤下士。

他这个人，不知道钱是好的，伙友们有谁家揭不开锅，沿路上遇见老、弱、病、残，伸手就掏荷包，抓多少就给多少，也不点数儿；所以出一趟口外挣来的脚钱，到不了家就花个净光。

在这个小村，数他走的地方多，见的世面广；他又好戴高帽儿，讲排场，摆阔气。出一趟口外，本来挣不了多少钱，而且到家之前已经花得不剩分文，但是回到村来，却要装得好像腰缠万贯；跟牲口贩子借一笔驴打滚儿，也要大摆酒筵，请他的知音相好们前来聚会，听他谈讲过五关，斩六将，云山雾罩。他这个人非常富有想象力，编起故事来，有枝有叶，有文有武，生动曲折，惊险红火。于是，人们一半是戏谑，一半是尊敬，就给他送了个何大学问的外号。

自从他被尊称为何大学问以后，他也真在学问上下起功夫来了。过去，他好听书，也会说书；在荣膺这个尊称之后，当真看起书来。他腰里常常揣着个北京老二酉堂出版的唱本，投宿住店，歇脚打尖，他就把唱本掏出来，咿咿哦哦地嘟念。遇上生字儿，不耻下问，而且舍得掏学费；谁教他一字一句，他能请这位白吃一顿酒饭。既然人称大学问，那就要打扮得斯文模样儿，于是穿起了长衫，说话也咬文嚼字。人们看见，在长城内外崇山峻岭的古驿道上，这位身穿长衫的何大学问，骑一匹光背儿马，左肩挂一只书囊，右肩扛一杆一丈八尺的大鞭，那形象是既威风凛凛又滑稽可笑。而且，路遇文庙，他都要下马，作个大揖，上一股高香。本来，孔夫子门前早已冷落，小城镇的文庙十有八九坍塌破败，只剩下断壁残垣，埋没于蓬蒿荆棘之中，成为鸟兽栖聚之地；他这一作揖，一烧香，只吓得麻雀满天飞叫，野兔望影而逃。

夜深人静睡不着觉的时候，何大学问也常常感到阵阵悲凉。自家祖宗八辈儿，穷得房无一间，地无一垄，都是睁眼瞎。自个儿跳跶了大半辈子，已经年过花甲，不过挣下三间泥棚茅舍，八亩河滩洼地；虽然被人尊称大学问，可从没进过学堂一天，斗大的字认不得三筐，而且只会念不会写。儿子天生文质，也只念了三年私塾，就不得不到书铺学徒。

看来，何家要出个真正大学问，只有指望孙子何满子了。可是，掂量一下自己这点财力，供他念完小学，已经是鼓着肚子充胖；而中学大学的门槛九丈九尺高，没有白花花的银洋砌台阶，怎么能高攀得上？自己已经老迈年高，砸碎了骨头也榨不出几两油来；难道孙儿到头来也要落得个赶马或是学徒的命运？

何满子也真是聪慧灵秀，脑瓜儿记性好，爱听故事，过耳不忘；好问个字儿，过目不忘。何大学问在孙子面前假充圣人，把他的那些唱本传授给孙子；何满子就像春蚕贪吃桑叶，一册唱本不够他几天念的。何大学问惊喜过望，就想求个名师指点。正巧他在赶马路上，在一座骡马大店里，遇见一位前清的老秀才，在这座骡马大店里当账房先生，写一手魏碑好字；店里生意冷清，掌柜的打算辞退这个穷儒。何大学问脑瓜子一热，就礼聘这位老秀才到他家教专馆，讲定教一个字给一个铜板。

老秀才来到何家，就在葡萄架下开讲。他高高在上，坐一张太师椅，手拿一杆斑竹白铜锅的长杆烟袋；何满子低首俯身，坐个蒲团儿，面前一张小饭桌，就像被老秀才踩在脚下。老秀才整天板着一张阴沉沉的长脸，何满子抬头一看，只觉得头上压着一朵乌云，叫人喘不过气。老秀才又酸气冲天，开口诗云子曰，闭口之乎者也，何满子只觉得枯燥乏味，更加闷闷不乐。他本是个整天跑野马的孩子，从早到晚关在家里，难受得屁股下如坐针毡，身上像芒刺在背。念着书，一听见篱笆外柳树梢上莺啼燕啭，就想噘着嘴唇学鸟叫，念书跑了调儿；一听见门外过往行船的纤歌声，心里就七上八下，想跑出去看一看，念书走了神儿。老秀才的眼睛尖得像锥子，一见他的身子动了动，就伸出斑竹白铜锅的长杆烟袋，敲他的光葫芦头；每敲一下，就肿起一个枣子大的青包，何满子恨透了老秀才。一丈青大娘见孙子天天挨打，心疼得就像一块一块剜肉；只有何大学问认定不打不成材，非但不怪罪老秀才学规森严，而且还从旁给老秀才呐喊助威。何大学问每天招待老秀才三顿净米净面，外加一壶酒；这个局面，穷门小户怎能支撑得住？不到一个月，何大学问就闹了饥荒，拉下了斗大的亏空，只得又去赶马。

何大学问一走，何满子就像野马摘了笼头；天不亮，头顶着星星，脚蹚着露水，从家里溜出去，逃开了学。一丈青大娘早就腻歪了老秀才，先断了每天一壶酒，又撤了一天三顿净米净面。老秀才混不下去了，留下了几百个方块字码，索取了几百个铜板，忿忿而去。

这时，西隔壁那个在通州潞河中学念书的周檎，放暑假回来，何满子整天跟这位洋学生形影不离。何大学问赶马回来，一见老秀才走了，很觉得过意不去，埋怨一丈青大娘头发长，见识短；但是，一见何满子跟着周檎学会了一大堆字儿，还不花一文钱，又不禁转怒为喜了。

何大学问也不是不疼爱孙子。他每趟赶马回来，一心盼家，最大的盼头就是享受天伦之乐。他满脸胡茬，就像根根松针，最喜欢磨蹭孙子的脸蛋儿，逗得孙子吱儿喳乱叫，笑成一团儿，打成一团儿。而且，每趟回来，都要给孙子带回一捎马子吃食。

但是，这一趟回来，何大学问好像苍老了几岁，愁眉苦脸，垂头丧气，眉头子挽成了鸡蛋大的疙瘩。何满子吱吱喳喳欢迎爷爷，爷爷一点也不欢喜，没有抱他，也没有亲他，捎马子空空荡荡只有两层皮。

何满子对爷爷心怀不满，拿白眼珠儿翻瞪爷爷，闷坐在窗根下，小嘴噘得能挂个油瓶儿。

后来，他听见奶奶跟爷爷吵了起来：

“你一进家就丧门神似的，没一点喜色，要是你嫌弃我们娘儿俩，就留在口外守你那座娘娘庙，死外丧也没人去给你收尸！”

近一两年，何满子懂了点事儿，从大人们的只言片语里，影影绰绰听说爷爷在口外还有一个相好的女人，比奶奶年轻十多岁，住在帐篷里，是个放马的。奶奶跟爷爷吵架，一骂起那个放马的女人，爷爷就不敢跟奶奶对仗了。何满子却非常想跟爷爷出一趟口，到那位年轻奶奶的帐篷里住几天；他自信，那位口外的奶奶也会像家里的奶奶一般疼爱他。疼爱他的人越多越好。

“妈的，我差一点儿扔了这把老骨头，你还咒我！”这一回吵架，爷爷却不肯向奶奶低头服软儿，忍气吞声，“日本鬼子把咱们中国大卸八块啦！先在东三省立了个小宣统的满洲国，又在口外立了个德王的蒙疆政府，往后没有殷汝耕的公文护照，不许出口一步。这一趟，蒙疆军把我跟掌柜的扣住，硬说我们是共产党，不过是为了没收那几百匹马。掌柜的在牢房里上吊了，他们看我是个榨不出油水的穷光蛋，白吃他们的狱粮不上算，才把我放了。”

何满子听不大懂，可是他听说过殷汝耕这个名字。去年冬天，一个下大雪的日子，乡下哄传殷汝耕在通州坐了龙庭，另立国号，天怒人怨，大地穿白挂孝。寒假里周檎回来，大骂殷汝耕是儿皇帝，管殷汝耕叫石敬瑭，还给何满子讲了一段五代残唐的故事。

原来爷爷坐了牢，还险些扔了命，何满子心疼起爷爷来了。他正想进屋把爷爷哄得开了心，谁想爷爷竟把满腔怒火发泄到他身上，不但将他拴在葡萄架的立柱上，系的是拴贼扣儿，而且还硬逼他在石板上写一百个字。何满子一看见老秀才留下的这些手迹，就想起老秀才那一张阴沉沉的长脸和斑竹白铜锅的长杆烟袋，心里烦透了。

爷爷喝了一壶酒，四脚八叉躺在北房东屋土炕上，打着呼噜睡大觉，天塌了也惊不醒他；奶奶哭丧着脸，坐在外屋锅台上，拨动着一支牛拐骨捻麻绳，依然怒气不息。

现在，只有一个人能搭救何满子；但是，何满子望眼欲穿，这颗救命星却迟迟不从东边闪现出来。

3

何满子觉得，他这个家，像个鸟笼，他好比一只被关在笼子里的柳叶翠鸟；他又觉得，这个家像一只麦秆编成的蝈蝈篓儿，他好比被捉进篓里的小绿蝈蝈。

四面是柳枝篱笆，篱笆上爬满了豆角秧，豆角秧里还夹杂着喇叭花藤萝，像密封的四堵墙。墙里是一棵又一棵的杏树、桃树、山楂树、花红果子树，墙外是杨、柳、榆、槐、桑、枣、杜梨树，就好像给这四堵墙镶上两道铁框，打上两道紧箍。奶奶连巴掌大的地块也不空着，院子里还搭了几铺黄瓜架；而且不但占地，还要占天，累累连连的南瓜秧爬上了三间泥棚茅舍的屋顶，石磙子大的南瓜，横七竖八地躺在屋顶上，再长个儿，就该把屋顶压塌了。

天气越来越热，没有一丝风，小院子闷得像扣上了笼屉。虽然葡萄架绿荫如盖，何满子又赤条精光，可是还阵阵出汗；他看了看拴在脚踝上的绳索，解也解不开，挣也挣不脱，急得满头冒火星子，汗下如雨。

忽然，隔墙花影动，从东篱笆上的豆角秧和喇叭花藤萝里，露出一张俊俏的脸儿，轻轻地叫了一声："满子!"

何满子一抬头，原来是望日莲姑姑，救命星光临了。

"莲姑!"何满子一肚子委屈，好容易盼来了亲人，哇的一声哭了。

坐在外屋的一丈青大娘，听见哭声，扔下手里的牛拐骨，走了出来，问道："满子，怎么啦？"

何满子一听奶奶的口气，明明是带着心疼的意味，于是便演出了他的拿手好戏，扯着嗓子大哭起来。

篱墙外，一串脆笑，望日莲问道："干娘，满子犯了多大的家规，披枷戴锁的打算刺配沧州呀？"

何满子哭得一声更比一声高。

"那个老杀千刀的，撞了黑煞，一进门就瞧着我们娘儿俩扎眼；打算先勒死小的，再逼死老的，好接那个口外的野娘儿们来占窝儿！"

一丈青大娘破口大骂起何大学问。

北房东屋土炕上，发出一声虎啸，何大学问怒吼着冲出屋门。他光着膀子，赤着两脚，只穿一条肥大短裤，扎煞着根根松针似的胡茬，喊嚷道："不是你这个长舌头娘儿们挑三窝四，我就舍得拴起满子来啦？"

"是我叫你拴的呀？"一丈青大娘的嗓门儿，压倒了何满子的哭声和何大学问的吼声，"我不过是叫你吓唬吓唬他，谁想你却黑心下毒手！"

"我并没有真捆满子呀！"

"唉哟，拴贼的扣儿，勒得孩子快断了气儿！"一丈青大娘拍得巴掌山响。

"我割下你这个娘儿们的长舌头！"何大学问大步走到葡萄架下，伸出一个指头，抖搂了一下那圈套圈儿、环套环儿的绳索，哗啦散开了，"瞧，这是真捆他吗？"

望日莲背着大筐跑进来，笑道："干爹，您可真会玩花活儿。"

"这叫兵不厌诈，空绳计！"何大学问得意地呵呵笑道，"可这一来，我的花活露了馅儿，满子的贼胆子就更大了。"

"您还是进屋睡回笼觉去吧，满子陪我到河滩上打青柴。"望日莲说。

"等一等！"何大学问说，"让他奶奶给孩子做口吃的。"

"我不管！"一丈青大娘还在跟老头子赌气。

"不敢有劳王母娘娘的大驾！"何大学问叹了口气，"我给何家的这个小祖宗儿当大脚老妈子。"

"我不吃！"何满子一甩胳膊，"把挂在西屋墙上的那一串打鸟夹子给我拿来，我打鸟去。"

"得令！"何大学问高声答应，"瞧我孙子的孝心多大，给爷爷打野味，晚上下酒。”说罢，一溜小跑进屋去。

何满子从爷爷手里接过一大串打鸟夹子，牵着望日莲的手走出柴门，眼睫毛上还挂着泪珠儿，就噘起嘴唇学了一声布谷鸟叫：“咕咕，咕咕！”

“你也是我的小祖宗儿。”望日莲说，“来，我背着你。”

望日莲找个土坡，半蹲下身子，大筐靠在土坡上，何满子坐进去，望日莲直起腰，背着他奔河边去了。

望日莲十九岁，奶名可怜儿，是何家东隔壁杜家的童养媳。十二年前，在摆渡口开小店的花鞋杜四，从一个逃荒的饥民手里买下来，领回家，给他那个当时已经十七岁的傻儿子当童养媳妇。这个傻儿子小名叫二和尚，长得丑陋，又缺心眼儿，就会在小店里扫马粪。花鞋杜四是这个小村有名的泥腿，他的老婆豆叶黄，又是这个小村独一无二的破鞋。豆叶黄长得有几分姿色，可是心肠歹毒，一张嘴就像蛇吐信子。可怜儿来到杜家，一年到头天蒙蒙亮就起，烧火、做饭、提水、喂猪、纺纱、织布、挖野菜、打青柴，夜晚在月光下，还要织席编篓子，一打盹儿就要挨豆叶黄的笤帚疙瘩，身上常被拧得青一块紫一块。

可怜儿十岁那年，张作霖的队伍跟吴佩孚的队伍隔着北运河开仗，炮火连天，一个炮弹炸了个大坑，把可怜儿倒栽葱埋了下去，花鞋杜四和豆叶黄也不扒她，慌慌张张跑反走了。一丈青大娘心肠软，冒着硝烟把可怜儿扒了出来，可怜儿昏迷不醒，一丈青大娘把她装进大筐，背在身上就跑。一块炮弹皮子划破了一丈青大娘的鬓角，她还是不忍心扔下这个苦孩子，自个儿逃命。在青纱帐里躲藏了三天，仗打完了，回到村里，才知道二和尚被奉军抓了伕，下落不明。豆叶黄哭天叫地，一腔毒火扑到可怜儿身上，骂她是扫帚星，克夫命，又掐又咬，疼得可怜儿满地打滚儿。一丈青大娘忍无可忍，跳过篱笆，把可怜儿抢救出来。豆叶黄也不是好惹的，跟一丈青大娘对骂起来；一丈青大娘虽然口角锋利，可是豆叶黄的舌头带着毒刺儿，于是动口改了动手，把豆叶黄打得七窍出血，豆叶黄就爬到何家门口，躺下装死。花鞋杜四更不是省油的灯，手持一把宰猪的青条子赶来，要烧何家的房；一丈青大娘就拿起一把鱼叉，跟花鞋杜四交了手。正打得你死我活，难解难分，何大学问从口外赶马回来了，抡起大鞭，一个鞭花抽过去，把花鞋杜四抽了个皮开肉绽，差一点腰断两截。花鞋杜四岂能善罢甘休，他在官面上有路子，搬来了河防局的一个巡长，要把何大学问抓去坐牢。最后，还是有人出面说和，何大学问请了两桌酒席，答应给花鞋杜四和豆叶黄治疗养伤；但是，何大学问和一丈青大娘一定要认可怜儿当干闺女，花鞋杜四表示同意，不过将来可怜儿圆房，何大学问跟一丈青大娘得陪一笔嫁妆。两下立了文书，画了押，可怜儿当众给干爹和干娘叩了头。

一丈青大娘觉得干女儿的名字不吉利，就给她改名叫贵莲。贵莲虽然不再挨打，可是一年三百六十天，还是没有喘气的工夫。她到河滩上打青柴，何家西隔壁的周檎下了学也到河滩上打青柴，俩人十分要好，常常嬉戏打闹，周檎就管她叫望日莲；她的命相本来不贵，反倒挺喜欢这个外号，一来二去就叫开了。

运河滩上遍地开放着五颜六色的野花，顶数死不了的花朵最小，只有蚕豆粒大，血红血红的，洒满在河边、路旁、柳荫下，不怕风吹雨打，不怕曝晒干旱。一连多少日子不下雨，土地龟裂，禾苗枯黄，可是小小的死不了花却更鲜红，更艳丽，叶子也更翠绿。望日莲就像那死不了花，在饥饿、虐待和劳苦中发育长大，模样儿越来越俊俏，身子越来越秀美。干爹和干娘疼她，一年也给她做一身新衣裳，她穿上新衣裳就更好看。

二和尚被奉军抓伕，一去没回头，何大学问和一丈青大娘就想给望日莲另找婆家。当面不便开口，就拜托摆渡船的柳罐斗，钉掌铺的吉老秤，老木匠郑端午，到杜家探探口气。谁想，三个人刚说明来意，豆叶黄便号啕大哭，夹枪使棒地甩了一大堆闲言碎语。花鞋杜四倒似乎通情达理，说他也不愿意耽误了儿媳的青春，只是儿子生死未卜，宁拆十座庙，不破一门婚，他主张请个算命先生，给望日莲打一打卦。也真凑巧，他的话刚落音，门外就响起算命先生的笛声，他就跑出去请了进来。当着众人的面，算命先生盘问了望日莲和二和尚的生辰八字，掐指算了又算，口中念念有词，然后断定，二和尚在外已经当了官，要像薛平贵那样，一十八载才能衣锦还乡。二和尚出去已经八年了，所以望日莲还得在寒窑苦守十个春秋，就会苦尽甘来，夫贵妻荣。

其实，花鞋杜四和豆叶黄各怀鬼胎，居心不良。花鞋杜四一肚子狗杂碎，他见望日莲出落得一朵鲜花似的，就起了乱伦的贼心。豆叶黄本来是个破鞋，花鞋杜四常年住在小店里，很少回家来睡，她就招野汉子；眼见自个儿年老色衰，缺乏吸引力，就想拿望日莲当招蜂引蝶的幌子。有一天夜晚，豆叶黄跟她的野汉子约定，半夜三更前来。正是暑伏时节，豆叶黄喊叫屋里闷热，打开前后门窗通风。半夜里，豆叶黄走出后门，叫她那个等候在篱笆根下的野汉子进去，她在外面把门。那野汉子像一只偷鸡的黄鼠狼，蹑手蹑脚而入。就在这时，前门又贼溜溜闪进一个黑影；月黑天，天阴得像锅底，两人谁也没看见谁，一齐扑向望日莲的小西屋。

望日莲人大心大，又见豆叶黄行为不正，花鞋杜四贼眉鼠眼，每晚临睡之前，都关严窗户，顶住房门，身旁左边一把镰刀，右边一把剪子。两个恶贼扑门，望日莲惊醒，从炕上跳起来，可是还没有等她动手，这两个恶贼先厮打起来。望日莲投出了镰刀和剪子，从窗口跳出去，大喊一丈青大娘救命。一丈青大娘闻声而至，掌起灯火，只见镰刀砍在花鞋杜四腿上，剪子扎在野汉子胳臂上，两个恶贼仍然死咬住不放，滚在一起厮打。

出了这件事，一丈青大娘不依不饶了。豆叶黄理屈词穷，只得应许望日莲白天给她家干活，晚上到一丈青大娘那里去睡。

何大学问出口赶马，望日莲就跟一丈青大娘和何满子同睡在一条小炕上；何大学问赶马回来，望日莲就跟何满子到西屋去睡。那时候何满子才三岁，每晚都睡在望日莲的怀抱里，已经三年了。

望日莲虽然摆脱了花鞋杜四和豆叶黄的暗算，可是摆不脱苦重的劳动，她还要一年到头、一天到晚地干活。而且，豆叶黄因为奸计未成，要出口气，更加重了望日莲的劳苦。望日莲从来没有歇过晌，大晌午头儿，便得去打青柴。

年轻的姑娘媳妇们下地，身边都带着个孩子，倒不是为护身，而是为防嫌。所以，望日莲晌午打青柴要带着何满子。

4

望日莲的大筐里背着何满子，沿着河岸走出村口，便是一片河滩。

这片河滩方圆七八里，一条条河汊纵横交错，一片片水洼星罗棋布，一道道沙冈连绵起伏。河汊里流水潺潺，春天只有脚面深，一进雨季，水深也只过膝，宽窄三五尺，也不搭桥，可以一跃而过；河汊两岸生长着浓荫蔽日的大树，枝枝丫丫搭满大大小小的鸟窝。水洼里丛生着芦苇、野麻和蒲草，三三五五的红翅膀蜻蜓，在苇尖、麻叶和草片上歇脚；而隐藏深处的红脖水鸡儿，只有蝴蝶大小，啼唱得婉转迷人，它的窝搭在擦着水皮儿的芦苇半腰上，一听见声响，就从窝里钻进水里，十分难捉。沙冈上散布着郁郁葱葱的柳棵子地，柳荫下沙白如雪，大热天躺在白沙上，身心都感到清凉。

何满子最喜欢到河滩上玩耍。光着屁股浸入河汊，捞虾米，掏螃蟹，摸小鱼儿；钻进苇塘里，搜寻红脖水鸡儿，驱赶红蜻蜓满天飞舞，更是有趣；但是，最好玩的还是在大树下、茂草中和柳棵子地里，埋下夹子和拍网打鸟。

一到河滩上，何满子就叫望日莲把他从大筐里卸下来，欢叫着蹚过一条条河汊，跑在前面，从一片片水洼的苇丛中钻进钻出，最后一口气跑上最高的那道沙冈。

望日莲也来到了高高的沙冈上，她坐下来喘了口气，就折了两大把柳枝，编成一个遮阳的柳圈儿；她连一顶破草帽也没有。柳圈儿编成了，她把那一条粗大油黑的辫子盘绕在头上，然后再戴上柳圈儿。这时，何满子一定要采几朵火红的、金黄的、洁白的、绛紫的、天蓝的野花，插在柳圈上，想把莲姑打扮得更好看。望日莲又脱下身上那打满补丁的蓝花土布小褂儿，扔给何满子，叮咛说："给我看着！你打鸟儿别像断线的风筝，有男人来，赶紧喊我。"

何满子见她的胸脯上还七缠八绕着一块长条子破布，便说："莲姑，把这条子破布扯下来，多凉快。"

"放屁！"望日莲脸一红，"姑娘家能脱光膀子吗？"

望日莲头戴着插满野花的柳圈儿，一手提着大筐，一手握着镰刀，钻进蓬蒿茂草丛中去了。何满子坐在柳棵子地里，抱着望日莲的蓝花土布小褂儿放哨。一会儿，他就感到寂寞了，越寂寞也就越感到发困。于是，他不耐烦了，揉了揉眼，摇了摇头，清醒过来，就扒了个沙坑，把蓝花土布小褂埋起来，提着一串打鸟夹子，走下沙冈。

何满子先到草棵里捉小虫，把小虫串在夹子的支棍上，一把一把地四处埋伏起来，每处都拔几棵草盖上，伪装一下。然后，就钻进茂草中，轻柔地吹着口哨，含一片草叶学鸟叫，引诱树上的和树丛里的鸟儿下树出窝，觅食上钩儿。何满子听见这里啪的一声，那里啪的一声，乐得直想翻个跟头打几个滚儿，那是打中了。但是，有时候也噗的一声，却是打空了。受了惊的鸟儿，吓得钻入没天云，受了挫伤的羽毛在风中飘散。

他听着打中鸟儿的声音，心里默默地数着数儿；要打到二三十只，才够他和望日莲烧吃一顿。

一想到莲姑每天都吃不饱，何满子的心里就一阵阵发酸。打青柴的时候，他常常看见望日莲饿得心里发慌，脸白得像一张白菜叶子，额角上冒出一层层的虚汗，就手打着颤儿摘取一颗一颗的地梨，填填肚子。何满子心疼望日莲，就到财主家的瓜田里去偷瓜；面瓜香甜柔软，很好吃，吃上几个也能饱一阵子。而且，偷瓜也是一种冒险的游戏，对何满子很有诱惑力。

他常常光顾邻村大财主董太师的瓜田。

爬过河滩上最后一道沙冈，就是董太师的瓜田。这一块瓜田二十亩，东西南北各有一座窝棚，地中央还有一座高高的瓜楼，瓜楼上站着一个拿枪的团丁；更有两条伸出血红长舌头的恶狗，在瓜田四处跑来跑去。瓜垄里，埋藏着一杆杆地枪，枪口露在土外，枪机上拴着一根绷紧的细绳；偷瓜的人不小心蹚上绳子，地枪响了，枪砂打在身上或是腿上，就要受重伤。

何满子从茂草中悄悄爬到董太师瓜田的地边，只见高高瓜楼上的那个团丁，抱着枪靠在栏杆上打呼噜，四座窝棚的看瓜人，前仰后合地打盹儿；那两条恶狗也各自找个荫凉卧下，懒得跑动了。何满子偷瓜，不但胆大，而且心细，他滴溜溜转动着黑亮黑亮的小圆眼睛，先看准了有利地形，再仔仔细细观察，分辨出哪一条瓜垄埋藏着地枪。然后，他趴下来，只靠两只臂肘爬行；临到地边，滋溜一下，像一只泥鳅，钻进了瓜垄。

钻进瓜垄的密叶下，何满子就如鱼游水，再有阵阵微风拂过，吹得瓜叶沙沙响，那就更给他帮了忙，打了掩护。他最喜欢吃甜瓜，甜瓜不但解渴，而且一直甜到心窝里。他也爱吃面瓜，面瓜不但解饿，而且吃过之后余香满口。他更喜爱西瓜，但是西瓜个儿大，还要砸破了皮，在瓜垄里不能吃，必须推出瓜田去。这个活儿很累，何满子却干得十分巧妙。他摘下一个斗大的西瓜，然后仰巴跤躺下，叉开双腿，把西瓜夹在腿裆里，两个手掌子按地，屁股一颠一颠地推得那个斗大的西瓜滚动着；慢慢地，慢慢地推出了瓜田，钻进茂草中，就算胜利了。但是要出一身大汗，沾满一身的沙子。

何满子听见啪的一声又一声，已经打中了十几只鸟儿，就钻进了董太师的瓜田；先在瓜垄里吃了个肚儿圆，然后抱出三个大面瓜，到蓬蒿丛中寻找望日莲。

这一大片蓬蒿，五尺多高的大汉钻进去不见影儿，何满子钻进去，就像一粒石子投入汪洋大海。他走一走便侧耳听一听，听一听哪里有镰刀的唰唰声，再循声找去。寻找望日莲，还有一个方便，那就是望日莲喜欢一边打青柴，一边唱小曲儿。她有一条低柔的嗓子，轻轻唱起来，悦耳动人心。这些小曲儿，都是情歌，词句都很大胆；何满子听不大懂，可是知道在家里是不能唱的。

何满子抱着三个大面瓜，在蓬蒿丛中找来找去，听不见镰刀的唰唰声，也听不见低柔的小曲声。他感到奇怪，也有点恐惧，站住了脚，支起耳朵，听了又听，仿佛听见了幽幽的哭泣声。他爹着胆子，踮着脚尖，提着身子，小步小步地向那边挨过去。

他看见了，望日莲已经割倒了一大片青柴，却不知为什么趴在了青柴上，两手抓着两大把泥土，哭得整个身子抽搐着。何满子想，望日莲一定是饿得肚肠子疼了，便高喊道："莲姑，你饿了吧？我给你送面瓜来啦！"

望日莲仰起半边脸，挂满了泪水，抽噎着说："我……不饿，你……吃吧！"

"我早就吃饱了！"何满子把三个大面瓜放在望日莲头前，腾出手来，拍了拍蝈蝈儿似的肚子，"快吃，快吃。"

"我……吃……不下去。"

"你病了吧？我找奶奶来给你扎针。"说着，何满子转身要走。

"我没病！"望日莲一把勾住他的腿腕子。

"那你为什么哭呢？"何满子迷惑地问。

"没来由，就是想哭。"望日莲坐起来，擦着眼泪。

何满子直勾勾瓷着眼珠儿，忽然笑了起来："我猜着啦！你是想檎叔了。"

"谁说我想他？"望日莲又扑簌簌淌下泪来，却还要嘴硬，"他算是我的什么人，我算是他的什么人？"

"你们俩……你们俩……"何满子不知如何回答，"你们俩当两口子吧！”

“今生没缘了，来世再说吧！”望日莲凄然地说。

“来世还得等多少年呢？”何满子问道。

望日莲失神地说：“眼下就死，投胎转世，再过二十年，又这么大了。”

“我不愿意你等到来世！”何满子兴致勃勃地说，“等檎叔回来，我就催他雇花轿抬你。”

“他早就该回来了。”望日莲哀怨地说，“人家今年从潞河中学堂毕了业，就要进京上大学堂了，还想得起我这个打青柴的乡下丫头？”

“他要是把你忘了，我见面就骂他！”何满子忿忿地说，“我还要拿奶奶的鱼叉扎他，顶门杠子抡他。”

“住嘴吧！”望日莲慌忙双手捂住他的嘴巴，“不许你咒他。”

“我偏咒他，偏咒他！”何满子呸呸啐起了唾沫。

“求求你，好孩子！”望日莲哀求起来，“你在这儿咒他，他在外边有个灾枝病叶，谁来服侍他呢？”

“看你的面子，我不咒了。”

“你还得说，求老天爷保佑檎叔平平安安。”

“说这个干什么呀？”

“你刚才咒了他，还得给他消灾呀！”

“老天爷，保佑我檎叔平平安安吧！”何满子带着哭音呼叫起来，“保佑我莲姑跟我檎叔成两口子吧！”

望日莲紧紧地把何满子搂在怀里，雨点似的亲他。

望日莲也真的饿了，她风卷荷叶一般吃下了三个面瓜，心情也欢悦起来，白菜叶子似的脸上泛起了娇艳的颜色，目光也明亮得像月光下的春波，喜气挂上了微蹙的秀眉，红润的嘴唇漾起微笑，何满子呆呆地凝望着她。

“你看我什么？”望日莲纳闷地问道。

“莲姑，你真好看。”

“呸！”望日莲啐他一口，“这几个月，你光学坏，往后别跟我睡了。”

“等檎叔回来，我跟他作伴去！”何满子气恼地说。

望日莲愣了下神儿，脸红了红，小声说：“那你就跟他睡一宿，再跟我睡一宿。”

“不！”何满子斩钉截铁地说，“檎叔回来了，我才不愿意跟你睡。”

“原来你跟我这么狠心呀！”望日莲说，“姑姑刚才逗你玩儿，心里才舍不得你。”

“你舍不得我，咱们仨一块儿睡！”何满子说。

“滚你的！”望日莲张开巴掌，轻轻用掌心拍了何满子的光葫芦头一下，“快去收拾你那些打鸟夹子吧，别叫人家起走了。”

何满子恍然想起这桩大事，急急飞跑而去。

5

满河滩跑了一遭，何满子起回了他所有的打鸟夹子和拍网，打中了二十多只，其中还有两只肥囊囊的花胡不拉鸟，心里非常高兴。这两只肥鸟，一只孝敬爷爷下酒，一只要让莲姑吃个痛快。

他回到最高的那道沙冈上，扒出望日莲那件打满补丁的蓝花土布小褂儿，望日莲已经一趟一趟地把大捆的青柴背到了沙冈下晾晒。

望日莲头上那插满野花的柳圈儿已经散乱了，盘绕着的大辫子拖落下来，沾了一头草叶，赤裸的肩头和胳臂上，划满了一道道血印子，七缠八绕在胸脯上的那块长条子破布，被汗水浸透，粘满了泥土。

“莲姑，歇一会儿，烧鸟吃！”何满子跳着脚喊道。

望日莲乏得有气无力，说：“我要去洗洗身子，你来给我看着人。”

他们来到一个僻静的河湾，这个河湾被一道沙冈环抱着，长满红皮水柳，水色澄碧，清可见底。何满子留在沙冈上，望日莲说了声：“合上眼！”何满子就把两眼紧紧地闭住。莲姑跟他说过，偷看姑娘家脱衣裳，要长枣核钉那么大的针眼。望日莲下到水边，在红皮水柳丛中影住身子，一边脱着衣裳一边向何满子喊道：“睁开眼吧！”何满子便把眼睛睁开，向四下张望，警戒男人走来。

红皮水柳深处，传出哗啦哗啦的洗衣裳声；不大工夫，何满子看见，洗干净了的衣裳挂在了水柳枝头晒着，还有那一条长长的破布。又过了一会儿，何满子便听见一阵阵撩水声和凫水声。他又感到寂寞了；衣裳不晾干，望日莲便不能上岸，他也就像一只孤雁似的呆立着。

“莲姑，你可别凫到漩涡里去呀！”他跟望日莲搭着话，“我力气小，救不了你。”

“我用你来救呀?”望日莲在红皮水柳丛中笑着,“当年你檎叔掉在漩涡里,还是我把他救上了岸。我是他的救命恩人哩!”

“我才不信!”何满子哼道,“你跟我爷爷一样,爱吹牛打鼓,小心大风刮跑了你的舌头。”

“真不骗你。”

“你说说,我听听!”何满子从沙冈上出溜下来,坐到河湾子的水边去。

“不许下水!”望日莲吓得尖叫。

“我看不见!”何满子说,“你不快说我就下水。”

望日莲告诉何满子,她十岁的时候,跟着周檎到河滩上挖野菜。天气酷热,周檎下河凫水,谁想凫着凫着腿肚子抽了筋儿,一股急流把周檎卷进了一个水漩子里,周檎的身子就像被拧成了陀螺,一会儿沉没下去,一会儿又旋转着露出个脑瓜顶儿。周檎连喝了几口水,挣扎着大喊救命,她扑通跳下河,掐着周檎的脖子拽上了岸。后来,周檎再凫水就跟她搭伴了。

“你姑娘家跟小子一块凫水,怎不害臊呢?”何满子问道。

“那时候都小,不知道害臊。”望日莲说,“我跟他在柳棵子地里过家家玩,还拜过花堂呢!”

“原来你跟檎叔早就是两口子啦!”何满子惊喜得喊叫起来。

“别嚷!”望日莲喝道,“我好像觉得有脚步声,你快去看看,是不是有人来?”

何满子又跑上沙冈,手搭凉棚,远瞧近看。忽然,他看见从河岸的柳荫羊肠小路上,走来一个打着旱伞的人,他忙喊道:“莲姑,躲起来!有人。”红皮水柳丛中,响起稀里哗啦的凫水逃跑声。何满子又跳着脚观望,只见那个打着旱伞的人,是个青年书生,穿一身白学生装,肩上背着一个方格土布的小包袱。何满子欢呼了一声:“莲姑,是檎叔!”望日莲在红皮水柳丛中说:“瞎话!”何满子却已经大喊着:“檎叔!”飞也似的迎上前去了。

那个穿学生装的年轻人,收拢了旱伞,也喊着:“小满子!”奔跑过来。

周檎二十岁左右,清秀的高个儿,两道剑眉,一双笑眼,高鼻梁儿,嘴角上挂着微笑,满面和颜悦色,一看就知道是个文静和深沉的人。

他跑到何满子跟前，张开胳臂要把何满子抱起来；何满子急忙跳开，说：“别弄脏了你的新衣裳！”

“你在这儿干什么呢？”周檎含笑问道。

何满子脑瓜一歪，眨巴着小圆眼睛，说：“你猜！”

周檎假装皱着眉头，想了又想，说：“猜不着。”

“跟我来！”何满子牵起他的手就跑。

这时，望日莲也从红皮水柳深处凫出来，扒着岸边的柳枝向外偷看，一眼就看见了那个日夜思念的人，心一下猛跳起来，脸一下子烧红起来。

“满子，别带你檎叔过来！”她是在跟周檎打招呼。

“你害什么臊呀？”何满子顽皮地笑道，“你们不是搭伴凫水，还拜过花堂吗？”

“没那么回事儿！”望日莲说，“周檎，你到远处站着。”

“满子，咱们躲她远远的！”周檎一指几丈外的一片柳棵子地。

他俩在柳荫下的白沙地上一坐，何满子便急着问道：“檎叔，你是跟莲姑拜过花堂吗？”

周檎抚摸着他的光葫芦头，悠然神往地说：“那是童年时代的游戏。”

“你们在哪儿拜的花堂呢？”何满子追问。

“就在这片柳棵子地里。”

“你们穿新衣裳吧？”何满子刨根问底儿。

“我跟你现在这个打扮差不多，她比我多穿了一件兜肚。”

“你头戴一顶插红翎子的礼帽吗？”

“我戴着一个柳圈儿。”

“莲姑蒙着红盖头吗？”

“她顶了一张荷叶。”

“十字披红吗？”

“一人身上斜挂着两个柳枝串起的花环。”

“摆天地桌吗？”

“堆了个土台。”

“烧高香吗？”

“插了三根艾蒿。”

“拜完天地，到哪儿去入洞房呀？”

“在地上划了个四方块，就算洞房。”

“吃子孙饽饽吗？”

“两片麻叶上放了几个地梨儿，就算子孙饽饽。”

“吃长寿面吗？”

“嚼甜芦根草。”

望日莲走进了柳棵子地，娇嗔地说：“你跟他胡说些什么呀？”

何满子一看，望日莲从水中走出来，俏丽的脸儿，就像雨后清晨的一朵荷花。她匆忙中忘了把那块长条子破布七缠八绕在胸脯上，洗得干干净净的蓝花土布小褂儿，紧紧箍着她那丰满的身子。

周檎眼色温柔地答道：“我常常回忆儿时的往事。”

“你为什么不在村口下船？”望日莲问道。

“我想晌午头上你一定在河滩上打青柴，就在前一个渡口上了岸，看看在河滩上能不能找见你。”

“你怎么比去年晚了半个多月才回家来？”望日莲含情脉脉地问道。

“我到北平考大学去了。”

“考中了吗？”

“还没有发榜。”

望日莲低下头去，咬了咬嘴唇，脖颈上泛起了红潮，猛地抬起头，目光火辣辣地问道：“你知道今天是什么日子吗？”

“阴历七月七。”周檎声音微微发颤地说，“所以我挑这个日子回来。”

“七月七，牛郎会织女！”何满子插嘴说，“檎叔是牛郎，莲姑是织女。”

“贫嘴！”望日莲啐道，“到那边看看有没有人来。”

“等一等！”何满子折断一根柳枝，在周檎和望日莲的四周划了个大四方块，“你们就在洞房里说话吧！”

他走出柳棵子地，爬上一棵老杜梨树，骑在大树杈子上。快起晌了，可是还热得像火烤，田野河边仍然路断行人。

在何满子的心目中，周檎是个了不起的人物，是天上的文曲星下凡。

何满子喜欢听老人们说古。他从爷爷、奶奶、摆船的柳罐斗、老木匠郑端午和钉掌铺的吉老秤口中，也从开小店的花鞋杜四那里，零星片断地听到，周檎的父亲周方舟过去在玉田县当小学教员，九年前领头闹起京东农民大暴动，暴动失败，被奉军杀害了。周檎的母亲嫁到周家后仍旧住在这个小村，丈夫一死，就带着周檎跟外祖母和舅舅柳罐斗一起生活。不久，母亲也因哀痛过度而亡，周檎就跟外祖母和舅舅相依为命。后来，他以甲等第一名考入美国教会开办的通州潞河中学，在那个学校里一直是数一数二的学生。

通州城距离这个小村三四十里，周檎孝顺外祖母，每个礼拜六都回家来，跟外祖母团聚一天，第二天下午再回去。他很穷，雇不起马车或脚驴子，夏天回家靠两腿走，走累了就下河凫水；冬天回家乘坐冰床，冰床在封冻的河面上像流星一般飞行。前年，外祖母去世了，他又像孝顺外祖母那样孝顺舅舅，仍然每个礼拜都回家。柳罐斗怕外甥荒废了学业，叫他一个月回家一趟。而一个半月的暑假，半个月的寒假，他都回家来住。他给舅舅打青柴，也帮助舅舅摆船，爷儿俩过得和和睦睦，从没有抬过杠，拌过嘴。

何满子喜欢追随周檎的身前身后，不仅是因为周檎会给他讲引人入胜的故事，教给他的字儿也比老秀才那些“赵钱孙李，周吴郑王”和“天地玄黄，宇宙洪荒”有趣得多；而且更因为周檎也像望日莲那样疼爱他。

柳罐斗跟何满子家住隔壁，也是三间蒲草盖顶的棚屋，一座四面夹着柳枝篱墙的院落。柳罐斗住在摆渡口的大船上，家里只有周檎一个人，何满子听故事和识字儿入了迷，舍不得走，有时就跟周檎一起睡。他玩了一天，跑得乏了，免不了尿炕，周檎也不声张；如果声张出去，他在小伙伴们中间，就没脸见人了。

何满子还有一个乐趣，那就是他在周檎的炕上睡着了，望日莲就要来抱他回家；躺在望日莲的怀抱里，他常常感到呼吸着一股芬芳的紫丁香气味。有一回，他被搬醒了，睁了睁眼，看见望日莲把他抱在怀里，却又跟周檎肩并肩坐在炕沿上不肯走，把她那一条粗大油黑的辫子绕在周檎的脖子上。他想笑，可是太困了，眼皮又粘在一块儿，睡着了。

现在，何满子骑在老杜梨树的树杈子上，想到这里，忍不住伸着脖子向柳棵子地里偷看了一眼。果然，望日莲又在用她那粗大油黑的辫子缠绕着周檎。何满子想，一定也要系个拴贼的扣儿。他咯地一声笑了，但是马上又捂住了嘴，怕惊散了那一对戏水的鸳鸯。而且，也不敢再看了。他想，偷看人家缠辫子，也要长针眼，比枣核钉还得大。

6

七月七的夜晚，何满子不想睡觉。

奶奶给他说过牛郎织女的故事。七月七半夜三更的时候，要有一大群喜鹊在银河上搭桥，牛郎挑着一副挑筐，前边装着儿子，后边装着女儿，来到鹊桥上，跟分别了一年的织女见面，两人抱头大哭。小孩子眼睛亮，耳朵尖，站在葡萄架下，能看见银河鹊桥上的人影，听得见从天上传来的哭声。去年，何满子就曾偷偷站在他家的葡萄架下听哭，可是那一天下小雨，他没有听见哭声，只是洒了一身牛郎织女的眼泪。

今年这个日子，繁星满天，白茫茫的银河横躺在夜空，不会下小雨了。何满子打定主意，不听见哭声不睡觉。

吃过晚饭以后，上弦月像一只金色的小船，从东南天角漂了上来。望日莲编了一只篓子，织了一张席，豆叶黄才不大情愿地说："睡觉去吧！明天早早起来，别粘在了炕头上。"望日莲才离开杜家，来到何家。

一丈青大娘已经睡醒了一觉，听见望日莲的脚步声，在东屋打着呵欠说："儿呀，别过了子时，你到小后院拜拜月，乞个巧吧！香烛跟针线，我都给你放在灶王爷佛龛上了。"

"娘，您睡吧，我记着。"

望日莲吱扭推开了门，何满子赶紧闭着眼睛装睡；他单等望日莲出去拜月，就溜出去听哭。

拜月乞巧的风习，虽然迷信，却很优美。那是在七夕之夜，年已及笄的姑娘，半夜时分悄悄找个僻静角落，给垂挂中天的月牙儿焚香叩拜，然后掏出一根银针，一条红线，在月色朦胧中穿引，如果一穿而中，今年必能跟自己心爱的人儿结成美满良缘。

望日莲走进西屋，却没有上炕，她先拿起一把芭蕉扇，扇跑了叮在何满子身上的一只大花脚蚊子，尔后就呆坐在炕沿上。何满子偷眼觑着她，只见她心神不宁，又一声一声地长吁短叹，后来就双手捧着脸，一动不动了。何满子想问她为什么难过，却又不敢开口，怕望日莲不让他溜出去。

过了很久很久，望日莲像下定了决心，鼓足了勇气，一跺脚站起身来，走到外屋；外屋的灶王爷佛龛上响动了一下，一定是取走香烛和针线，到小后院去了。

事不宜迟，何满子急忙下炕，光着脚丫儿，屏住气息，从外屋前门蹭了出去。

他抬头仰望夜空，隐隐约约恍惚看见，在白茫茫的银河上，好像有一座桥影，桥影上又晃动着两个人影，那一定是牛郎跟织女已经见面了。他赶紧走到葡萄架下，左胳臂抱住立柱，右手扯着耳朵，全神贯注地听起来。

这铺葡萄架，搭在东屋窗前三步的地方。屋里，爷爷和奶奶正在酣睡。今晚上，因为周檎回来了，柳罐斗打了几条大鱼，割了一斤肉，灌了一葫芦酒，烹炒了几样酒菜，邀集他那几位相好的老哥儿们，聚会在他那摆渡大船上，月下开怀畅饮。何大学问喝得酒气熏天，跌跌撞撞而归，走进东屋，扑到炕上倒头便睡。现在，何大学问扯着抑扬顿挫的鼾声，睡得很香。但是，他的鼾声却搅扰得何满子耳根不净，刚刚仿佛听见了天上的哭泣，却又被那不肯停息片刻的鼾声搅乱了。他真想大喝一声："爷爷，别打呼噜啦！"可是，喊醒了爷爷，爷爷必定禁止他站在葡萄架下，怕他受了夜凉。

他感到烦躁，后来忽然想起，不如偷偷溜到周檎家小后院的葡萄架下去，远离爷爷的鼾声；而周檎是个文明人儿，睡觉一定不会打吵人的呼噜，或许能听出个究竟。

于是，他又蹑手蹑脚地溜出柴门，绕篱笆根儿，来到周檎家的小后院外；只见篱笆上有个大窟窿，便四脚落地爬了进去，而且一直爬到葡萄架下，才直起腰，按住心跳，静静地谛听。

静静的七夕之夜，夜风像淙淙的流水；流水淙淙中似有幽怨的哭声，传进他的耳朵，他一阵惊喜。但是留神听去，哭声不是从天上传来，也不是从地下冒出来，而是从周檎睡觉的后窗口，飘出来的余音袅袅。

他吓了一跳，不禁慌了神儿，这是谁在哭泣？他想赶快逃走，却又想听个明白，心里嘀咕了半天，还是留了下来，而且又爬到后窗口下。

"我……我今生跟你……注定是没缘分了！"是望日莲在嘤嘤啜泣，"我烧了三炷高香，点起两枝红蜡烛，四起八拜。求月下老儿保佑我跟你……我的眼睛睁得挺大，手也没打哆嗦，红线就是穿不进针鼻里去……”

“你这是迷信思想!”周檎却低低发笑,“拜月乞巧,穿针引线,怎么能决定一个人的命运呢?月色朦胧,幽暗不明,穿不进针鼻是正常现象,不必自寻烦恼。”

“不!”望日莲痛苦地说,“我是柴草穷命,黄连苦命,天意不能嫁给你。”

“我不信天意信人意!”周檎满怀激情地说,“我一定要把你救出火坑,跟我做一对志同道合、生死与共的终身伴侣。”

“万般皆由命,半点不由人呀!”望日莲叹息着,“我的心整个儿给你了,今晚上我把身子也给你送来了;咱俩好一天,就是我一天的福气。”

“那我就更要娶你!”周檎说。

“我压根儿不想拖累你。”望日莲声音虚弱地说,“只怕我逃不出今年的厄运;等你进京上学一走,咱俩的缘分儿也就到了头。他们要糟践我,我就拼上一死,不活了。”

“花鞋杜四跟豆叶黄的野汉子,还想欺侮你吗?”周檎全身像着了火。

“这两个恶贼倒是断了念头。”望日莲打着寒噤,“眼下这两个恶贼又合了伙。有一回,他俩一块喝酒,我偷听了三言两语:董太师想买我做小,他们正讨价还价。”

“这个狗东西!”周檎愤怒地骂道,“殷汝耕当儿皇帝,董太师上了劝进表,是个汉奸,我们要打倒他。”

“他有几十条枪,你一个文弱书生,怎么碰得过他呢?”望日莲苦笑着说。

“莲,你真的甘愿跟我同生共死吗?”周檎忽然庄严郑重地问道。

“从小好了这么多年,原来你信不过我!”望日莲又悲悲切切地哭起来,“我愿意跟你活在一处,当牛当马服侍你;遇到三灾八难,我替你去死。”

“好人儿!”周檎感动得喉咙哽咽了,“实话告诉你,我晚回家半个多月,不光为了考大学……”

“还干什么去了?”

“我们不少人成立了京东抗日救国会通州分会,开展抗日救国运动,将来还要建立武装。”

“你打算叫我干什么呢？”

“参加救国会，打鬼子，除汉奸。”

“我一个女人家，好比萤火虫儿，能有多大亮呢？”

“国家兴亡，匹夫有责；连小满子都应该为抗日救国出一份力。”

何满子几乎想蹦起来喊道：“我出这份力！”可是，他又听见望日莲说话了：“真要拿刀动枪，我比你胆子大，手也狠。”以下，何满子只听见他们轻声悄语，就像风拂青萍，房檐滴水。何满子真困了，他想回家，两条腿却不听话，于是就倒在窗口下睡着了。

不知过了多久，他被摇醒，但是眼皮发涩，睁也睁不开。

“满子，醒醒！”是望日莲在唤他。

“醒醒，满子！”周檎也在唤他。

他终于睁开了粘在一起的眼皮，原来他躺在周檎的小炕上；炕席雪白，屋子里充满熏蚊子的艾蒿青烟气味。望日莲的头发蓬乱，神色发慌地问道：“满子，你是撒呓症吧？怎么跑到这儿来？”

“我到葡萄架下听哭，原来是你们俩。”

“你听见我们说的话了吗？”望日莲的神情更紧张了。

何满子点了点头，说：“莲姑，檎叔要娶你，你就答应跟他拜花堂吧！”

“好孩子，今晚上你听到的话，可不能说出去呀！”望日莲哀求地说，“你要是溜了嘴，莲姑跟檎叔就没命了。”

“原来……你们也信不过我呀！”何满子嘴一撇，委屈地哭了，“你们在河滩上钻柳棵子地，说悄悄话；你把辫子绕到檎叔脖子上，我跟别人说过吗？”

“满子，我的亲人哪！”望日莲把何满子紧贴在心窝上。

7

一去二三里，何满子跟着周檎到钉掌铺去。周檎去看望吉老秤，何满子想在钉掌铺碰见小马倌牵牛儿；牵牛儿是何满子整天在河滩野跑交上的朋友，比他大几岁。

北平到天津的砂石马路和北运河岸之间，有个交叉路口，吉老秤的钉掌铺就坐落在交叉路口上，一间门面，一架凉棚，房前屋后栽种着几百棵高大金黄的向日葵，还有四四方方一个小菜园。

吉老秤已经五十几岁，可是身体硬实得像一座石碑；从口外刚赶来的儿马蛋子，一蹶子踢到他的胸脯上，就像被跳蚤弹了一下。他的手艺高超，远近驰名，却只能混个半饥不饱；用他的话说，一辈子没吃撑着过。他脾气暴，不娶家小，不信鬼神，只好喝烈酒，闻鼻烟；喝醉了就睡觉，扯起鼾声像打雷，打起嚏喷像放炮。

歇晌，他拿一把破扫帚，打扫了房前屋后，泼洒了清水。酒葫芦空了，没有钱买，就只吃两个凉饽饽。吃完饭，他光着上身，坐在大蒲团上，只穿一条到膝盖的大裤衩子，露着毛刺刺的大肚脐眼儿，挥着一把破芭蕉扇子驱赶马蝇，把鼻烟捻进多毛的鼻孔里，于是接二连三打嚏喷，好像一门过山炮响起了隆隆炮声。

后来，他就盘膝大坐睡着了；于是，炮声停止，雷声又起。不知睡了多久，他忽然被一声巨响惊醒，睁眼一看，面前的向日葵荫下，趴着个憨头憨脑的孩子，嘴里咬着一支芦根草，正嘿嘿发笑。原来，这个孩子从他的鼻烟壶里偷出一大撮辛辣的鼻烟，全抹进了他的鼻孔。他被自己那放炮一般的嚏喷声惊醒了。

“牵牛儿，你这个小狗日的！”吉老秤自己也嘀嘀笑起来。

说也奇怪，他本来是个火神爷的脾气，但是跟牵牛儿却没有火性。这一老一小，交情深厚。

牵牛儿给大地主董太师家扛小活儿，他是个憨头憨脑而又蔫蔫糊糊的孩子，常常挨小管家的打骂。挂锄时节，完秋以后，他给董太师放马，晌午不许回家吃饭，只给几个馊饽饽。每天，他都赶牲口到河滩上，把牲口撒到河边，再打一大筐青草，然后就得闲了。他不喜欢说话，可是小孩子怕冷清，牲口们都很服他管，撒在河边并不乱跑，他就来到吉老秤的钉掌铺，看吉老秤给牲口钉掌。他坐在一边，也不多言少语，也不碍手碍脚，只是两眼直勾勾地盯着吉老秤的一招一式，默默记在心里。

有一回，吉老秤给一匹生马钉掌，那匹生马嗷嗷嘶鸣，腾跳扑咬，吉老秤降伏不了它，就使出了绝招儿。牵牛儿猛地蹦起来，嚷道：“您这是毁它！”他像一头小牛犊子，把吉老秤撞了个趔趄，抢过缰绳。他牵着这匹生马蹓跶，嘴里轻柔地吹着口哨，那匹马就像能通人性的精灵，也不踢了，也不跳了，也不扑了，也不咬了，马头亲昵地贴在牵牛儿身上，舌头舐着他的肩膀，牵牛儿也嘟嘟囔囔地像跟这匹马说知心话儿，那匹马被乖乖地牵上了桩。吉老秤就要钉掌，牵牛儿说："秤爷，我来吧！"吉老秤一赌气把家伙扔给他，说："钉坏了蹄脚，把你小狗日卖了也赔不起。"牵牛儿却心里有底，不慌不忙，仔仔细细，钉得平平整整。吉老秤乐了，给他一个耳刮子，笑骂道："小狗日的，你要抢走我的饭碗子！"

刚好这天吉老秤给一个外地老客的爱马治好了足疾，那老客送他一份厚礼，有酒有肉；吉老秤又从小饭铺买了五斤大饼，就留牵牛儿吃饭。牵牛儿口羞，不好意思真吃；他就破口大骂，张手要打，牵牛儿被逼无奈，便放开肚皮吃起来。这个常年填不满肚子的苦孩子，饭量像口井，狼吞虎咽着烙饼卷肉；吉老秤快活地大笑，笑得大肚囊儿直抖动。

吃饱了食困，牵牛儿就躺在凉棚下睡着了，吉老秤坐在一边闻鼻烟，放炮似的打嚏喷也吵不醒他。就在这时，小管家来了，手提一杆懒驴愁鞭子，不问青红皂白，劈头就照牵牛儿身上抽下去，牵牛儿的脊背上顿时肿起一道紫黑的伤痕。牵牛儿打了个滚儿爬起来，懵头懵脑就奔河边跑，小管家还不罢手，追赶着还要打。吉老秤恼了，扑上前去，夺过小管家的鞭子，抓住脖领子扯回钉掌铺，说："这孩子是我请来的客人，你打他，就是抓我的脸。我吉老秤的脾性你也有个耳闻，有冤必申，有仇必报，有气必出。我要打你，你经不起我的小拇指一捅；不打你，我的气又不出。好吧，我看你是个两脚畜生，给你钉上掌，免得你假充人形。"说着，就给那小管家上了桩。小管家骂不住口，吉老秤也不理他，扒下他的皂鞋白袜儿，找了一副给瘦驴钉的掌铁，比了比小管家的脚样，拿起榔头就要动手。小管家知道吉老秤的性情古怪，说得出做得到，便扯破了嗓子哀叫："牵牛儿，快来救命呀！"牵牛儿从河边跑回来，下死劲扯住吉老秤的胳臂，说："使不得，使不得！"吉老秤说："一报还一报，你来抽他一鞭子。"牵牛儿又说："使不得，使不得。"吉老秤骂道："孬种，我来打！"小管家叫道："牵牛儿，还是你打吧！"牵牛儿说："我不打你，往后你也别打我了。"就松开绑绳，放小管家逃生。吉老秤又骂牵牛儿道："你就打他，怕他咬下你的鸟来当笛儿吹。"牵牛儿说："我打他一鞭子，回去得挨他十鞭子，把我打得皮肉开花。"吉老秤说："他打你十鞭子，你就杀了他！"牵牛儿说："杀了他，官府要把我抓去砍头哩。”吉老秤说：“你长着两条腿，不会逃奔他乡吗?”牵牛儿说：“天下都有官府，都给有钱人办案，早晚也得给抓住。”吉老秤叹了口气，说：“是呀，天下的官府都给有钱人办案，插翅难逃，只有反!”

从此，这一老一小更心连着心。牵牛儿有空就到钉掌铺来，夏夜坐在月光下，冬天躺在热炕上，爷儿俩只是默默相对，并没有多少话说。但是，在默默中，交流着情感，温暖着孤苦的心。

何满子跟着周檎来到钉掌铺，吉老秤正没生意，在凉棚下给牵牛儿剃头。

“牵牛儿哥!”何满子撒着欢儿跑上前去。

“老秤大舅，您好!”周檎也大步走到凉棚下，给吉老秤深鞠一躬。

“檎哥儿，我的大学士外甥!”吉老秤笑眯了眼，把剃刀折了起来。

牵牛儿的头刚剃了一半，央求说：“秤爷，您给我剃完吧!”

“没兴致啦!”吉老秤一拧牵牛儿的耳朵，从凳子上提起来，“檎哥儿，咱爷儿俩屋里坐。”

周檎笑道：“您得给牵牛儿剃完头呀!”

“咱爷儿俩一两个月没见，我急着跟你说话，不急着剃头。”吉老秤一手提着凳子，一手牵着周檎的袖子，走进屋去。

牵牛儿双手捂住他的阴阳头，噘着大嘴，瞪了何满子一眼，说：“瞧你们来的这个时候儿!”

“那你走开，咱俩谁也甭搭理谁!”何满子推搡着他。

牵牛儿比何满子大好几岁，力气也比他大几倍，但是却乖乖地被推出了凉棚；可又舍不得走，就在路边的阳光下站着。

何满子翘着鼻子，两眼望天，一副傲慢神态，给周檎站岗。

钉掌铺小屋里，只听吉老秤那铁锤一般的拳头，咚地捣了一下小屋的泥墙，小屋连连摇动，屋顶上沙沙落土。

“当年我跟着你爹闹暴动……”

“嘘！轻声。”

“而今这把老骨头跟你闹抗日!”吉老秤虽然压低了声音，嗓门还是震耳。

何满子过去并不知道吉老秤参加京东农民大暴动，只听说他坐过五年牢。那是有一回，吉老秤跟花鞋杜四吵架，骂花鞋杜四：“你这条人蛆！”花鞋杜四也骂他：“你这个蹚了五年大镣的囚犯！”吉老秤大怒，要把花鞋杜四的脖子拧断，花鞋杜四吓得钻进了女茅房，让豆叶黄蹲在茅房里不出来；吉老秤从来不跟女人打逗，骂骂咧咧而去。

还有一回，是今年清明节，周檎回家来给外祖母和母亲上坟，从通州带回三个花圈。一个花圈上写着外祖母的姓氏，一个花圈上写着母亲的姓氏，一个花圈上写着他父亲的名字，还安放着他父亲的一张放大照片。周檎的父亲死在玉田，尸骨未回，是在一块青砖上刻上姓名，跟他母亲合葬的。吉老秤一见周檎父亲的照片，涕泪滂沱，哭叫一声：“党代表……”昏厥过去，被柳罐斗架走。这个场面，何满子亲眼看见，也大哭起来。

现在，这爷儿俩在钉掌铺的小屋里密谈。周檎每说一句，吉老秤就答应一声：“是喽！”何满子觉得，吉老秤跟周檎的感情，就像戏台上的孟良和焦赞对待杨宗保一样。

“满子，满子！”站在阳光下暴晒的牵牛儿，汗珠子像下雨似的从阴阳头上滴答着，“别生我气了，跟我到河边玩去。”

“我不去！”何满子的头昂得更高了。

“我给你捉一只花翎小鸟儿。”牵牛儿恳求说。

“不去！”

“我再给你用柳条编个鸟笼子。”

何满子的心动了，悄悄地瞟了牵牛儿一眼，问道：“一只花翎小鸟，再配上一个红皮水柳鸟笼子？”

“我还要给你逮一只大肚子蝈蝈儿，”牵牛儿眼里流露出希望和笑意，“再配上一只三转八楞的蝈蝈篓子。”

何满子的心高兴得直打小鼓，他坐不住了，在凉棚下打起转转。

钉掌铺小屋里，吉老秤正以震耳的喊喳声说：“我埋了一支枪……”

“低声！”

何满子忙站住了脚，向牵牛儿一挥手，说：“你走吧！我不去。”

“我背着你！”牵牛儿可怜巴巴地说。

何满子摇了摇头，说：“我不能去。”

牵牛儿说：“那就让我跟你坐一会儿。”说着，眼含着泪水向凉棚下走过来。

“站住！”何满子突然喝道，“不许你走过来。”

牵牛儿又乖乖地站住了脚，嘟嘟哝哝地说："满子，我知道你不跟我好了。"

"牵牛儿哥，我跟你好。"何满子觉得对不起这个好朋友，眼里也噙满了泪花，"檎叔跟秤爷在屋里说话，别打扰他们爷儿俩。"

"檎哥儿，一言为定！"屋里，吉老秤跟周檎猛一击掌，纵声大笑。

周檎兴冲冲地走了出来，拍了一下何满子的肩膀，说："满子，咱们再到你端午爷家串门去。"

"我也正想去看我干娘！"何满子笑嘻嘻地说。

他牵着周檎的衣襟儿，蹦蹦跳跳地走了。

被冷落在一旁的牵牛儿，嘴一咧哇哇大哭。

"过来吧，让我的牛儿受委屈了。"吉老秤柔情地喊道，"秤爷接着给你剃头。"

牵牛儿却犯起了牛脾气，一动不动；吉老秤奔过去，把他挟到凉棚去。牵牛儿踢蹬着两条腿，吉老秤降伏不了他，只得像给倔骡子钉掌一样，把牵牛儿上了桩；然后打开剃刀，接着剃起来。

8

殷汝耕在日寇卵翼下成立伪冀东防共自治政府以后，便在通州城内风景秀丽的西海子南岸，万寿宫大街以北，仿北平的前清王府，修造他的行政长官官邸，把西海子霸占为他的后花园；门前便是当时横穿通州城内，将通州分割为南北两城的通惠河。

老木匠郑端午是北运河两岸的活鲁班，也被强征了去做工。那些雕花的门窗，奇巧的游廊，都是他的手艺。殷汝耕一心要赶忙住进他这座儿皇帝的府第，逼迫工匠们日夜加班赶造；郑端午累过了力，又受了风寒，挣扎着一条骨瘦如柴的病身子，也得白班夜班都出工。殷汝耕自称笃信佛教，在后院又加造一座佛堂，点名叫郑端午掌作。立架那天，殷汝耕怕柁檩走了尺寸，传令郑端午上房。郑端午身子虚弱，头昏眼花，手脚颤软，刚上房就从高高的大柁上摔下来；摔得大口吐血，跌断了右腿。一块门板抬回家，只剩下小半口气息，半年下不了炕。眼下虽已死里逃生，却再也拉不动大锯，抡不动斧头，握不住锛凿，掌不住墨斗了。他便拿了一把瓜铲，在村外河边，栽种了一亩三分瓜田，日夜住在小小的瓜棚里。

儿子郑整儿和儿媳荷妞，接下了他的锛、凿、斧、锯、墨斗、罗盘。可是，他们的手艺粗糙，郑端午看不上眼，住到瓜棚去，也是为了眼不见心净。

郑整儿和荷妞，都比周檎大一岁，他们是童年的亲密伙伴。

这小两口，是一对有趣人物。

郑整儿像何满子这般大的那一年，一天正光着屁股在门口骑狗玩，他爹郑端午挑了一副挑筐，从外村回来；郑整儿打着狗迎上前去，挑筐里忽然传出哇哇的哭声，吓得他从狗背上滚了下来。他定睛一看，一个六七岁的小胖丫头坐在挑筐里，红通通圆脸，粗眉大眼，蒜头鼻子，四方大嘴，梳着两只小抓髻，几片荷叶遮掩着身体。郑整儿眨巴眨巴小眼睛，问道："爹，哪儿捡来的这个胖丫头儿？"郑端午得意地笑道："给你娶来的媳妇，叫荷妞。"郑整儿吐了吐舌头，跟荷妞扮了个鬼脸儿；荷妞噗哧乐了，脸上还挂着好儿颗大泪珠儿。

荷妞到婆家，头一顿就一口气吃下三个大贴饼子，老木匠又把半大海碗菜粥倒给她，也吃得溜干二净，不必涮碗。整儿娘直皱眉头，埋怨老伴儿说："三口人还常断顿儿，又添了这个没梁的小水筲儿，等揭不开锅，孩子大人喝西北风去。"老木匠嘀嘀笑道："你的见识三寸远。这个丫头五大三粗，满脸福相，将来给我生下孙儿，保管是个高我一等的好木匠。"

老木匠郑端午果然好眼力，荷妞十岁，就敢给他打下手；拉起大锯，不但有板有眼，而且有使不完的力气。可是，婆婆教她针线女红，却比赶牛上树还难，十根手指笨得就像鼓槌子；婆婆见她不堪造就，也就随她野生野长，不再跟她操心费力了。老木匠却不计较，而且逢人便夸，说老天爷赏了他这个儿媳妇，顶两个儿子使唤。

这话一点不夸大。荷妞样样压过了郑整儿，吃得比他多，个子比他高，力气比他大。青梅竹马，耳鬓厮磨，两小免不了打架。最初一两年，两人打平手；一两年之后，看见荷妞头上肿起一个青包，郑整儿的头上准少不了两个。这几年，郑整儿更怯了阵，只敢动口，不敢动手了。

爱情，在这儿戏的欢笑与眼泪里，在木匠作的汗水交流中，不知不觉滋长起来。吃饭的时候，荷妞总让郑整儿先吃饱，剩多剩少她再一扫而光。遇到木匠生意清淡，吃喝不够，老木匠将少得可怜的食物平分四份，荷妞便将她那一份推给郑整儿。郑整儿不忍独吞，她说："我不饿。你当我平时吃那么多，都火化食了？才不是。我就像那口外的骆驼，肚子里有存项。"到十八岁，荷妞发育得胸脯丰满，两人的嬉笑打闹就躲避老人了。老人们看在眼里，正盼望儿孙绕膝，就给他们圆了房。

洞房花烛之夜，荷妞约法三章，笑破了听窗人的肚皮。吹熄了红灯，荷妞躺在炕上，威吓郑整儿说："你得依我三件事，不然别碰我。"郑整儿嬉笑道："三百件也依你。头一件？"荷妞说："老言古语，娶来的媳妇买来的马，由人骑来由人打，我可不认这个规矩。"郑整儿说："立这个规矩的人是混账东西，咱俩不听他那一套。二一件呢？"荷妞说："娘上了年纪，眼神不济了，我的手又比脚丫子还笨，往后你得学做针线活儿。"郑整儿说："你太难为人了，我好歹是个男子汉呀！"荷妞喝道："离我远点儿！"郑整儿连忙说："我学，我学。三一件呢？"荷妞说："打明天清早起，不许你再跟大姑娘小媳妇儿贫嘴滑舌。"郑整儿是个顽皮家伙，姑娘媳妇们最爱跟他逗趣儿，他也喜欢招惹得这些山喜鹊们叽叽喳喳叫。于是，他吭吭哧哧地表示对这个条件有所保留。啪！火烧火燎一大巴掌，打在他的屁股上，疼得他唉哟一声叫出来，连说："别打，别打！我依你，我依你。"

童年，郑整儿和荷妞也常到河滩上打青柴，两个人都喜欢跟周檎搭伴。郑整儿淘气，荷妞粗鲁，周檎文秀，三人性格不同，也就免不了闹个狗龇牙儿。

郑整儿常常嬉皮笑脸地戏弄周檎，荷妞却站在周檎那一边；每当周檎被逗得眼泪围着眼圈转的时候，荷妞便挥拳上阵，把郑整儿打跑。荷妞力气大，手脚快，青柴打得多；周檎力气小，手脚慢，青柴打得少，荷妞便把自己打得的青柴分给周檎两大抱。

他们过家家，也玩拜花堂。郑整儿喜欢当娶亲的吹鼓手，拜天地时的喜令官，入洞房时的大全福人，却让周檎跟荷妞扮演新郎和新娘。

"那怎么行呢？"周檎红着脸说，"荷妞本来是你的媳妇儿，你该跟她拜花堂。"

"过家家，又不是真的。"郑整儿一心要扮演他称心的角色，非常大方，"等长大了，你想娶她，归你也行。"

"我不当他的媳妇儿！"荷妞也要挑肥拣瘦，"檎哥儿长得比我好看，力气也比我小，得给我当媳妇儿。"

“对，对！”郑整儿拍着巴掌笑倒在地上。他觉得，这么一颠倒，拜花堂的游戏更好玩了。

“我不干！”周檎认为他俩合伙捉弄他，“媳妇儿都是女的，没有男的。”

“不！”荷妞咬定说，“长得好看的，力气小的，才是媳妇儿。”

周檎不玩了，想走；但是郑整儿拧住他的胳臂，荷妞握起了拳头，周檎只得忍辱屈从。

于是，荷妞给周檎打扮起来。她脱下自己的小花褂儿，给周檎穿上，又扒下周檎的小白褂儿，穿在自个儿身上；周檎穿她的小花褂儿飘飘荡荡，她穿周檎的小白褂儿紧紧绷绷。然后，她自编一个柳圈戴在头上；又给周檎耳丫上夹了两朵野花，还研碎了几朵凤仙花，用花汁给周檎搽红胭脂，头上再扣一张荷叶，就算打扮齐整了。周檎挣扎着，反抗着，但是被他们降伏了，哭丧着脸任他们摆布。

郑整儿搓了一支长长的柳笛，摇头晃脑，呜哇呜哇吹起来，逼着周檎在沙冈上转了几圈，算是坐轿行街。

然后到达婆家门口，荷妞大摇大摆迎进门去，把周檎按在插着三支艾蒿的土台前跪下。

郑整儿快活地高声叫着：

“一拜天地！”

“二拜高堂！”

“夫妻相拜，同入洞房！”

在一片柳笛呜哇呜哇声中，周檎被荷妞拖进划好的四方块里。郑整儿摘了两张麻叶，托着几颗地梨，分别送给女新郎和男新娘，模仿大全福人，捏着嗓子问道：“生不生？”

“生！”荷妞响亮地答道，“媳妇儿，你也说呀！”

“生……”周檎呜咽着说。

郑整儿又拿来两团甜芦根草，当做长寿面，请荷妞和周檎吃。

按照规矩，本来可以收场了；郑整儿偏又想出个鬼点子，还要让小两口说悄悄话儿，他在外面听窗。

“你愿意当我媳妇吗？”荷妞假装在周檎耳边打喳喳。

“我愿……不愿意！”周檎忍无可忍了。

“你为什么不愿意？”荷妞大怒。

“牛不喝水强按头，”周檎含着眼泪儿说，“强扭的瓜不甜。”

荷妞哈哈大笑，说：“不愿意也晚啦！你跟我拜了花堂，生米做成熟饭了。”

后来，周檎逃避他们，跟望日莲作伴了，也玩拜花堂；荷妞不答应，找碴儿跟望日莲打架，说望日莲抢走了她的媳妇儿。郑整儿还吓唬周檎说：“你跟望日莲拜花堂，二和尚知道了要打折你的腿；还是当荷妞的媳妇儿吧，我心甘情愿让你们入洞房。”

不过，他们一天天大起来，郑整儿也不那么大方了。周檎上了潞河中学，放假回家，来看他俩，荷妞一跟周檎亲热，郑整儿就像搬倒了醋缸。他俩成亲那一天，周檎正赶上期末大考，第二天才赶回来，荷妞笑道：“媳妇儿，你来晚了一步，我娶了别人了。”周檎打趣地说：“整儿哥言而无信，他说过心甘情愿把咱俩配成夫妻的。”郑整儿嬉笑着说：“你说过强扭的瓜不甜，哥哥我替你把这颗苦瓜一口吞下去吧！”

两人圆房已经三年，却没有生下一男半女，整儿娘盼孙子盼得中了邪；东庙烧香，西庙拜佛，长途跋涉，叩头朝山，祈祷苍天慈悲为怀，不要让郑家断了香烟。但是，荷妞照旧月月开花不结果；她万分难过，觉得对不起公婆的养育之恩，常常暗自哭泣。郑整儿却不怪她，软言柔语，给她消愁解闷，又教她在饭桌上装呕吐，嚷叫想辣椒酸杏吃，哄骗老婆婆信以为真。老人家真当是儿媳妇有了喜，满街满巷奔告亲朋好友，说她只要抱上孙子，哪怕砸锅卖铁，典尽当光，也要请亲朋好友们吃一顿风风光光的喜酒。老人家没有等到孙子落生，就卧病不起，临咽气，拉着儿媳妇那满是硬茧的大手，脸上带着心满意足的微笑，一遍一遍地叮咛：“闺女，往后你什么也别操劳，只给我照看好孙儿。”荷妞跪在炕沿下，哭成个泪人儿。

荷妞不知从哪儿打听来一个偏方，一天两口子打扮得齐齐整整，光光亮亮，带着一身小孩子的红裤绿袄，来看望一丈青大娘，开口要借何满子用一用，给他们暖窝。何大学问跟郑端午是姑表兄弟，一丈青大娘怎能不答应？不过却笑出了眼泪，骂他俩是一对儿荒唐。

这是去年的事，何满子已经五岁了。他来到郑家，每天好吃好喝，奉若子孙娘娘驾前的金童，一到晚上，就叫他睡在荷妞的被窝里，荷妞把她那像葫芦一般硕大的乳房，塞进他的嘴里，这叫开怀。然而，偏方也不灵，荷妞依然不见有喜的征兆。两年里，婆婆亡故，公公残废，拉下天圆地方的饥荒，家无隔夜之粮；但是他俩却还像童年时代，嘻嘻哈哈，无忧无虑。而且，干脆收了何满子当干儿，也不想再暖窝了。

9

长河落日圆。何满子跟周檎，在郑整儿和荷妞那里吃过晚饭，才踏着夕阳西下的霞光，沿运河边纤夫踏出的小路回村去。

夏日的傍晚，运河上的风景像一幅瑰丽的油画。残阳如血，晚霞似火，给田野、村庄、树林、河流、青纱帐镀上了柔和的金色。荷锄而归的农民，打着鞭花的牧童，归来返去的行人，奔走于途，匆匆赶路。村中炊烟袅袅，河上飘荡着薄雾似的水气。鸟入林，鸡上窝，牛羊进圈，骡马回棚，蝈蝈在豆丛下和南瓜花上叫起来。月上柳梢头了。

何满子的胳臂上还挎着个小饭篮，那是替荷妞给老木匠郑端午送饭；老木匠郑端午那块瓜田，正在他们回村的半路途中。

这块瓜田，从河岸上一直种到河坡下，原本只有一亩；另外那三分，是老木匠郑端午带着郑整儿和荷妞，一冬一春挑土垫出来的。老木匠郑端午不但是一位能工巧匠，而且是一名高手瓜把式：他的瓜个儿大，皮儿薄，结得多，色、香、味都是上品，很是名贵。然而，他的瓜从不丢失。老木匠郑端午从十二岁学手艺，不以规矩不能成方圆，木匠这一行的规矩最讲究。他这大半辈子，手艺上从没走过尺寸，规矩上从没差过板眼。他是北运河两岸的活鲁班，但是从不目中无人，从不恶语伤人，更从不同行结冤，损人利己；因此，他在这一方是个出名的老好人。他的瓜田本来不必看守，就是手脚最不干净的人物，也不忍心偷他一个瓜，摘他一片叶；他住在瓜棚里，是为了驱赶黑夜进犯瓜田的刺猬和狼叭狗子。白天，他一个人孤独寂闷，常常到渡口上找摆渡船的柳罐斗，或是到钉掌铺找吉老秤，一坐就是半天一晌；等回到瓜田，到瓜垄里转一遭，哪一棵秧少了一个瓜，拨一拨瓜叶，扒一扒浮土，就会找到或是扒出三两个铜板。

何满子跟着周檎来到老木匠郑端午的瓜田地边，突然站住了脚，说："檎叔，你替我把饭篮送过去吧。"

"为什么？"周檎感到奇怪。

"我不敢过去。"何满子说，"一到瓜田，干爷就得让我吃瓜，不吃得肚儿滚圆不让我走。"

"那你就放开肚量吃吧!"周檎笑道,"瓜吃多了撑不着人,走两趟小水就泄空了。"

何满子摇头说:"干爷种瓜,是为了挣出一年的嚼谷,我怎么能糟害他老人家呢?"

"好个懂事的孩子!"周檎很感动,提着篮子走向瓜棚。瓜棚里没有人,他向四下喊道:"郑大舅,端午大舅!"

瓜田一角的沙冈上,有个女人答话:"把饭篮挂在瓜棚横梁上吧!你舅舅吩咐,叫你赶快到他船上去,他们老哥几个在那儿聚会。"

这是一条微微沙哑而又甜润悦耳的嗓子。

周檎知道,她是舅舅柳罐斗的情人云遮月,一位每年入夏到运河滩走村串庄唱京东大鼓的女艺人。

"满子,你自个儿敢回家吗?"周檎向瓜田地边扬手问道。

"我陪云姑奶奶坐一会儿,你走吧!"何满子跑过来,"要是我睡着了,你把我背回家去,我跟你睡。"

周檎答应一声走了,何满子就跑上瓜田一角的沙冈,在云遮月的身边仰巴跤躺下来。

柳罐斗是这个小村的头一条好汉子。他现年三十八九岁,高大魁梧,顶天立地,宽肩膀,细腰身,扇面胸脯,五官端正,一副庄严英武的神态,深沉大度的气势。何大学问很少看得起人,可就是夸柳罐斗是活赵云,赛平贵。

年轻时候,柳罐斗在董太师家扛长工,董太师的女儿爱上了他,有了身孕。董太师怎能容忍?一条白绫勒死了女儿,挂在后花园的凉亭上,说是受辱不屈,自尽全节。董太师要抓住柳罐斗,活剥了他的皮。柳罐斗拿着姐夫的一封信,投奔了打到河南的北伐军;两年后,柳罐斗练就一手百发百中的枪法回来了。董太师还想抓他五马分尸;可是那时候北平挂上了青天白日旗,有个北伐军的连副跟他是磕头把兄弟,带着一队人马前来看望他。董太师的团丁正要捆绑柳罐斗,那个连副的人马赶到,当场就把两个团丁枪毙在柳罐斗的脚下。然而,柳罐斗不但不感谢这位连副救了他的命,反而怒喝道:"你对不起咱们的蒋团长,我早就跟你割袍断义,划地绝交了!"那个连副跪倒地上,哀求着:"大哥,不是你战场上从枪林弹雨中三次救出兄弟,兄弟哪有今天高官得做,骏马得骑？你就开一开金口吧，要什么兄弟都给你。”柳罐斗说：“我要一支枪，二百发子弹。”那个连副赶忙摘下身上的驳壳枪和子弹带，还有他的坐骑好马，交给了柳罐斗。柳罐斗又喝令他摘下军帽，挂在一棵河柳枝杈上，抬手一枪，打碎了帽檐上的国民党徽，然后猛一挥手，向那个连副厉声说：“你走吧！咱俩谁也不欠谁的情，清账了。”那个连副不敢违拗，叩了个头，凄凄惶惶而去。临走，那个连副又闯进董太师的宅院，恐吓董太师，胆敢碰柳罐斗一根汗毛，他就要带兵把董太师一家杀得鸡犬不留。此后，董太师也真的不敢再跟柳罐斗找碴了。眼下，这个连副在驻防通州的冀东保安总队里当大队长，早已跟柳罐斗不相往来，但是对董太师依然起着威慑作用。

原来，柳罐斗跟这个连副，都在北伐军里一位名叫蒋先云的团长手下当兵。蒋先云是个共产党员，黄埔军校第一期毕业生，英勇善战，赫赫有名。他这个团打到河南，不管是吴佩孚的队伍，还是张作霖的奉军，都被他们打得落花流水。后来，蒋先云团长阵亡，换了个国民党的团长，在团里大举清党，把那些跟蒋先云接近的官兵，杀的杀，抓的抓，遣散的遣散。柳罐斗当时已经当了排长，这个连副当时是他的排副；柳罐斗不满国民党团长的为非作歹，扯下领章军衔，愤而解甲归田，这个连副却不肯走，还补了他的缺。

柳罐斗回到家乡，京东农民大暴动已经被镇压下去，姐姐带着外甥周檎，一对孤儿寡母，跟老娘和他一起过日子。他卖了那个连副送他的坐骑好马，打造了一只大船，就在渡口摆船为生，养活一家四口。

柳罐斗人品出众，不少人给他提亲，他都一口谢绝。有一回，何大学问保媒，他还是不肯答应，一丈青大娘恼了，找上门跟他吵架：“男大当婚，女大当嫁；你三十出头的人，老哥老嫂操心你的终身大事，你怎么反倒不赏老哥老嫂的脸？”柳罐斗长叹一声，说：“老嫂子，兄弟不是狗咬吕洞宾。你想，我的姐姐是个苦命人，一奶同胞，手足情深，我要好好服侍她一辈子。娶个媳妇进门，就算她是个贤良女人，可是居家过日子，天长日久马勺没有不碰锅沿的；真要是三天吵架，五天拌嘴，伤了我姐姐的心，岂不是我的罪孽？”一丈青大娘听他说得有情有理，也就不为难他了。过了两年，周檎的母亲去世，一丈青大娘又给他说媒；柳罐斗心情沉痛地一声长叹，说：“如今我姐姐过了世，檎哥儿更是个孤儿；我娶个媳妇进门，谁知道她是个什么脾性？真要是待我的外甥不好，我怎么对得起九泉之下的姐姐和姐夫？即便她脾性温顺，待我外甥不薄；就怕我有了亲生儿女之后，生出偏心眼儿，疼爱自个儿的，慢待了檎哥儿，无情无义，天理不容。所以，还是让我打一辈子光棍，给檎哥儿扛一辈子长工吧！”一丈青大娘听他说得伤感，也落了泪，不再勉强他了。

柳罐斗每天黎明拂晓解缆，日落西山收船，往返两岸，迎送行人。那年月，有句俗谚：“车、船、店、脚、牙，无罪也该杀。”这当然是污蔑不实之词；可是，这五行人，也真是各有其刁钻之处。船夫一般都很粗野，夏天穿一条短裤，赤身露体；一言不合，张口就骂街，动手就拼命。然而，柳罐斗却与众不同。三伏大热天，头戴一顶斗笠，上身穿一件白粗布小褂，纽襻儿扣到脖颈上，下身穿着一条紫花布裤，挽着裤腿儿，只到膝头。他为人非常文明，未曾开口面带笑，说话听不见半个脏字儿。他那一条船，能运送三辆大车，站立几十位乘客，摆船的却只有他一个人；一支三丈大篙，握在手里，舞弄得十分轻巧。解开缆绳起了锚，大篙一抵河岸，大船便驯顺地直奔河心；然后他在河心一篙直刺到底，大船定住方位，在水流中不晃不转，平平稳稳向对岸靠拢。这个小村渡口，河面也有几十丈宽，他非但不手忙脚乱，而且自有板眼路数；几篙到岸，不多一篙，不少一篙。看看临近对岸码头，他抓起缆绳，扬手一抖，那粗大的缆绳便像一缕游丝，团团缠绕在水边的河柳上，尔后抛下锚去，大船就像石舫一般铸在码头上；于是，他铺上跳板，人马车辆平安下船。

几年前，农历五月初五赛船会，从通州下来一个唱京东大鼓的女艺人，艺名云遮月，住在花鞋杜四的小店里。过河时，她刚踏上柳罐斗的渡船，就对柳罐斗一见倾心。云遮月不到三十，可是沦落风尘，又染上一口烟瘾，已经是残花败柳。半夜三更，这个女艺人情不自禁，爬墙出来，跑到柳罐斗停泊大船的地方，钻进船舱，要跟柳罐斗同床共枕。柳罐斗一向洁身自爱，云遮月却是老于风情；柳罐斗婉言谢绝，云遮月死活不走；柳罐斗又气又恼，把她挟下了船，然后解缆划船躲到对岸去。

云遮月却不死心，她竟打定主意不回通州了，每天就在渡口打地摊卖艺。夜晚散了场，柳罐斗早已躲往对岸，她便隔河相望，站在一座沙冈上，向河那边的大船歌唱，唱完一段又一段。

云遮月有一条好嗓子，歌声像行云流水，动人心弦，搅扰得柳罐斗睡不着觉了。

“姑娘，你睡觉去吧！”柳罐斗从船舱里走出来，站在皎洁的月光下，“你吃的是开口饭，累哑了嗓子，那就砸了饭锅；我靠卖力气吃饭，你吵得我不能安歇，明天撑船拿不动大篙，也是断了我的生路。”

云遮月停止了歌唱，说：“你不请我到你的船舱里睡，我就唱一宿；砸了我的饭锅，断了你的生路，咱们一块饿死。”

柳罐斗觉得跟这个要货儿真是没咒念，便玩笑道：“我的船舱敞着门，你就过河来吧！”

云遮月二话没说，扑通跳下了河，她本不会凫水，一下河就沉了底；柳罐斗慌了神儿，赶忙下水，一个猛子，将她捞上了船。

盛情可感更难却，柳罐斗收留了她。

这个女艺人自从跟柳罐斗相好，烟也戒了，也不搽胭脂抹粉了。不多日子，竟面如满月，像一朵枯萎了的花朵，沐浴春雨，又盛开怒放起来。她从小学艺，一不会烧火做饭，二不会针线女红；可是自从跟柳罐斗相好，饭也能做了，针线活也学会了。两人夜夜三更相会，好得如胶似漆。

一丈青大娘感到不安了，劝说柳罐斗道：“你跟这个烟花女儿打连连，败坏了自个儿的名声，背兴不背兴？”

柳罐斗正色道：“嫂子，她虽是个人下人，人品却高。”

“那你就娶了她。”

“她是一只水鸟儿，我不想把她关在笼子里。”

一丈青大娘又把云遮月找到家里去，说：“你要有心跟我罐斗兄弟好一辈子，那就嫁给他。”

云遮月凄然一笑，说：“我这一条洗不净的脏身子，怎么配当他的妻室呢？他应该娶一个好人家的黄花闺女。等他看中了谁，明媒正娶，我就跟他一刀两断，绝不藕断丝连。”

可是，柳罐斗并不想娶别的女人，他们相好几年，仍然像新婚燕尔的少年夫妻一般。为了避人耳目，不受惊扰，柳罐斗每晚收船之后，将大船撑到远离渡口的僻静河湾停泊，等候云遮月悄悄前来幽会。

何满子很喜欢听云遮月演唱京东大鼓；他爱听云遮月的歌声，也爱听唱词里的故事。今晚上，他躺在云遮月的身边，乞求地说：“云姑奶奶，您给我唱一段顶好听的。”

云遮月没有给他唱京东大鼓的曲段，却目光迷离，神不守舍，用低柔的鼻音哼唱一支摇篮曲：

风儿轻，月儿明，
树叶遮窗棂；
蛐蛐儿叫声声，
宝贝儿睡在了摇篮中……

唱着唱着，把何满子唱进了梦乡里。

等他醒来时，已经天光大亮，原来他从瓜田一角的沙冈，乔迁到周檎的小炕上。周檎临窗放了一张小饭桌，正在晨光中埋头写字。

10

这几天，周檎白天在家里给云遮月写新词，夜晚便到老木匠郑端午的瓜棚去，跟柳罐斗、何大学问、吉老秤、郑端午等人聚会。有时聚会在柳罐斗的大船上，郑整儿和荷妞就代替他们的老爹看瓜，巡风放哨的是云遮月，不用何满子；因为爷爷说他还是个黄口小儿，不能担当大任。

望日莲这几天被豆叶黄关在家里，不再到河滩上打青柴，何满子也不能跟她搭伴了。

何满子像风吹柳絮，雨打浮萍，没头没脑地这里跑跑，那里转转。找牵牛儿去玩，那个憨头憨脑的家伙，蔫蔫糊糊半天说不出一句话，就像浸了水的木鱼敲不响；他感到没意思，又像蜻蜓点水飞走了。

他走到渡口花鞋杜四的小店墙外，忽然看见河防局的巡长麻雷子，骑着一辆贼光闪亮的自行车，飞驰而来。那年月，自行车极其罕见，何满子未免少见多怪，这就吸引了他那百无聊赖中的好奇心。麻雷子骑车驶进小店外院，何满子也跟踵而至。

这个小店，坐落在距离渡口百步之外的一块空地上，四面打起半人高的土墙，土墙外栽种着连绵不断的柳棵子，柳棵子外掩上了沙坡。荆条编的大梢门，一进门是个大院，东西两溜敞棚，拴着骡马，存放车辆。满院的粪尿和草料末子，招引来一群群鸡、鸭、麻雀啄食。正面一座长棚屋，被一条过道隔成两个大通间，每个大通间都是对面两条炕，每条炕挤得下二三十人，都是贩夫、走卒、苦力；夜晚他们便三五成群，聚拢在小黑油灯下，掷骰子，押大宝，呼幺喝六，吵蛤蟆坑。穿过过道，东西两座厢房，东厢房是灶上，西厢房是花鞋杜四和三个伙计的住处；正房也是一座长棚屋，只不过隔断成一个个鸽子笼似的单间，四壁粉刷了白灰，店钱高出前院大通间十倍。租赁这些单间的都是商人、老客、纨绔子弟，他们开酒席，推牌九，打麻将，抽鸦片烟；花鞋杜四还有一只花船，给他们从通州接来妓女。

有一回，何满子看见花船靠岸，一个独眼龙，左手搓弄着两只叮当响的铁球，右手提着一条皮鞭，从船上押下几个女人。一个个黑眼窝子，目光像死鱼，脸上搽着厚厚的白粉，抹着血红的嘴唇，妖形怪状。何满子尾随进去，只见前院大通间的客人，吹口哨，挤眉眼，嘴里全是不干不净的脏话儿。一到后院，单间里的那些有钱客人，发了狂似的扑奔出来，有的一个人拉走了两个，有的两个人架走了一个。一个十五六岁的女孩子尖叫着："我有病，我有病！"那个独眼龙一把挽住她的辫子，手里的皮鞭雨点似的抽打着，何满子吓得扭头就跑。跑到墙外，他又可怜那个有病的女孩子，痛恨那个残暴的独眼龙，就找了两块碎瓦片，钻进柳棵子，隔着土墙，照那个独眼龙的后脑勺打去。何满子扔砖头，投坷垃，打瓦片，百发百中不落空。他站在渡口上，一块瓦片擦着水面掠过去，在河上留下圈套圈、环扣环的一大串涟漪，直到对岸。所以，他这两块瓦片不偏不倚都打中了独眼龙的后脑勺，登时就开了瓢儿，血流如注，疼得独眼龙抱着脑瓜子又蹦又跳，躺在地上打滚儿，爬起来转磨。何满子见闯下大祸，急忙逃之夭夭，脚上扎了六七个蒺藜狗子，也顾不得拔下来，一口气跑回了家。

小店店主花鞋杜四，是一条人蛆，一块地癞，抽大烟抽得瘦小枯干，三分不像人，七分倒像鬼。他的名声恶臭，谁沾上他就像招了鬼祟，轻则晦气十天半个月，重则便会流年不利。这两年，他入了个会道门，脖子上挂着一串念珠儿，吃起了素，开口闭口阿弥陀佛。

麻雷子跟花鞋杜四臭味相投，狼狈为奸。麻雷子在河防局当巡长，管界三十里，这个小村正在他的管界之内。他有头无脑，是条傻狗；花鞋杜四是他的眼线，又是他的耳报，更是他的狗头军师。

"杜四哥！"麻雷子的自行车直穿过道，冲入内院，"天上掉馅饼，一桩好买卖找上门来了。”

花鞋杜四从西厢房伸出脖子，龇牙一乐，说：“阿弥陀佛，夜猫子进宅！我刚点着烟灯，请你抽头一口。”

麻雷子鬼鬼祟祟走进了西厢房。

何满子追在麻雷子的自行车后面，听见他那句话：“一桩好买卖……”忽然想起七月七夜里，他在周檎的后窗下，听见望日莲打着寒噤说：“……董太师想买我做小，他们正讨价还价。”于是，急忙收住脚，转身走出小店，钻柳棵子来到土墙外。

花鞋杜四居住的西厢房，后山正借的是院墙，也有个小窗户；何满子溜到墙根，在窗口下站立，屋里说话都听得见。

一阵呼噜呼噜的抽烟声之后，花鞋杜四急不可待地问道：“你先说说是哪一路买卖，油水大不大？”

麻雷子从嘴里拔出烟枪，说：“自治政府警察厅，下来个十万火急的公文，悬赏缉拿京东共产党头子周文彬：赏金五百块大洋，一巴掌膘的油水！”

“够肥的！”花鞋杜四咂着嘴儿，“可是，大海里捞针，到哪里去摸姓周的影儿呢？”

“在周檎身上打主意！”麻雷子一拍炕席。

“你真是长虫打架绕脖子！”花鞋杜四嘎嘎笑道，“咱们正话说捉拿周文彬，你怎么又牛头不对马嘴，拐到周檎那小哥儿身上。”

麻雷子压低了声音，嘁嘁喳喳地说：“周文彬这个共产党，原是八年前的潞河中学毕业生，跟你们村的这个周檎，算是大师兄和小师弟。头年冬天京东闹学潮，反对殷长官成立防共自治政府，主谋是周文彬，周檎也参加了。你想，他俩能不是同伙吗？”

“二遍茶，刚喝出点滋味儿。”花鞋杜四说。

麻雷子又接着说下去：“周文彬是天上的鸟儿，水里的鱼，云游四方，没有准窝儿，他们管这个叫地下活动。周檎要是他的同伙，周文彬免不了来到周檎这儿落脚。你只要发现周檎家有生人来，就赶快报告我；来不及报告，那就先斩后奏，抓起来再说。”

“阿弥陀佛！”花鞋杜四的舌头打着嘟噜，“你叫我动手抓周檎那小哥儿，我惹得起他舅舅柳罐斗吗？”

“只要周檎犯了案，那就连同柳罐斗也一块抓起来！”麻雷子气冲冲地说，“这个家伙在我的管界之内，天不怕，地不怕，软不吃，硬不吃，是我的肉中刺。”

“阿弥陀佛，抓起他来，那更是拔了我的眼中钉！”花鞋杜四说。

麻雷子又呼噜呼噜吸了两口烟，问道：“你家那个小花妞儿，还不趁早卖个利市呀？樱桃桑葚儿，货卖当时；等过两年花儿不红了，蕊儿不嫩了，可就卖不出好价来了。”

“董太师一不肯出大钱，二不肯给我撑腰呀！”花鞋杜四唉声叹气，“这个丫头自从认了何大学问跟一丈青当干爹干娘，我跟你嫂子再也摆布不了她；除非你助我一臂之力。”

“把何大学问也抓起来！”麻雷子说。

“你给他安个什么罪名呀？”花鞋杜四问道。

“跟周檎和柳罐斗一勺烩！”

何满子听到这里，又气又怕，急忙钻出柳棵子，就奔家里跑。

这时，已经傍晚，他看见周檎正在小院里绕着篱笆转来转去，低声吟哦，轻拍手板，琢磨着他给云遮月写的唱词。

“檎叔，檎叔！”何满子跑进来，把周檎推进屋去，“你认得一个叫周文彬的人吗？”

周檎脸色一变，忙问道：“你听谁说起这个名字？”

“我刚才在小店西厢房的后窗口下，听见麻雷子跟花鞋杜四捣鬼，他们要捉拿周文彬，能得赏金五百块大洋。”

“两条癞狗，竟想捉住一头豹子！”周檎轻蔑地冷笑一声。

“他们还想暗地里害你跟柳爷爷。”何满子着急地说，“还要把莲姑卖给董太师，连我爷爷也安个罪名抓起来。”

周檎凝神沉思，半晌才说：“满子，别害怕，狗汪汪拦不住人走路。你听到的这些话，不许再对外人说，更不许告诉你莲姑。”

夜晚，何满子在炕席上翻过来掉过去，就像烙烧饼，睡不着。梆打二更，门声吱扭，是望日莲来睡觉了。

这几天，望日莲不去打青柴，豆叶黄还叫她新做了一件花洋布小衫，一条黑洋布裤，穿在身上，又粗又黑的大辫子扎着红头绳，显得十分俏丽而秀气。豆叶黄打扮望日莲，是为了抬高望日莲的身价，在董太师那里多卖几个钱，望日莲还蒙在鼓里。她走进屋，只见何满子在炕上乱滚，还当是大花脚蚊子叮得他难受，连忙抓起芭蕉扇给何满子扇了一阵。

何满子抽抽搭搭哭起来。

“满子，做噩梦了吗？”望日莲上了炕，轻声问道。

“没……没有。”

“那你怎么啦？”

“檎叔……不让我告诉你。”

“你檎叔有什么事瞒着我？”望日莲把何满子抱了起来，“是不是他要进京去？”

“不……不是。”

“是不是……有人给他提亲保媒？”望日莲的呼吸紧张而急促。

“也……也不是。”

“到底为什么呀？”

“我……不说。”

“满子，你这个小没良心的！”望日莲伤心地说，“你檎叔跟我变了心，你还跟他串通一气。”

“不是呀！”何满子慌忙说，“花鞋杜四跟麻雷子合伙，要赶快把你卖给董太师，檎叔怕你着急，不让我告诉你。”

“原来他见死不救呀！”望日莲气得哆嗦，“我找他去。”

“他在柳爷爷的大船上。”

望日莲跳下炕就走，何满子紧追在后面，惊醒了睡在东屋的一丈青大娘，喊也喊不住他们。

鸡叫头遍了，月明星稀，草上下满露水；望日莲牵着何满子的手，上气不接下气地一路小跑。

柳罐斗的大船，停泊在距离郑端午瓜田不远的河湾处，船上人影幢幢，声音有高有低。何满子和望日莲还没有跑到大船近前，老木匠郑端午从瓜棚里走出来，说：“你们别上船！”河坡上，云遮月也说了话：“你们来干什么？”望日莲却不顾阻拦，直奔船边。

“干爹，快救救女儿吧！”望日莲扑通跪倒水边上，“您要不管女儿，我就脖子上挂一块大石头，跳河淹死。”

何大学问哈哈笑道：“那是麻雷子的下场！”

“莲姑娘，不必急火攻心！”吉老秤笑眯眯地说，“我保你七天之内，跟檎哥儿完婚。”

望日莲惊呆了。抬起头，满脸泪光，睁大眼睛望望吉老秤，望望何大学问，又望望柳罐斗；最后，目光迷惘而哀怨地落在周檎身上。

周檎走下船，搀她起来，柔情地小声说："几位老长辈同心合力成全咱俩，你回去放心睡觉吧！"

柳罐斗一直没有开口，朦胧的月光中，他站在船头，像一座古代勇士的石像。

11

望日莲长这么大，头一天清早不起炕；豆叶黄隔着篱墙大喊大叫，一丈青大娘从屋里走出来。

"我女儿病了。"一丈青大娘笑吟吟地说，"你有什么活儿，我来替她干。"

豆叶黄眨了眨小眼睛，冷冷地说："那怎么敢当呢？她昨晚上还好端端的，怎么一夜之间就倒卧在炕上了呢？"

"人吃五谷杂粮，难免灾枝病叶。"一丈青大娘沉下脸说，"莲丫头成年累月，整天地不拾闲儿，伤了元气。"

豆叶黄无可奈何，只得回屋去。这个女人半百了，却人老心不老，一心要打扮得"娉娉袅袅十三余，豆蔻梢头二月初"。她描眉入鬓，鬓似刀裁，搽胭脂抹粉，脸上桃红李白。要想俏，女穿孝，她爱穿一身月白；三寸金莲凤头鞋，走起路来扭扭捏捏，两只长长的耳环子荡来荡去打脸。她本来长着一双巧手，却吃馋了，呆懒了；平日横草不动，竖柴不拿，油瓶倒了也不扶。望日莲不回来，没人烧火做饭，她的墙柜里正有一位相好的送来一包绿豆糕，就打开红纸包大吃起来。鸡笼里的鸡，猪圈里的猪，饿得扑笼拱圈，吱吱哇哇乱叫，她也不管。

正当她大吃绿豆糕的时候，忽然有人抬开柴门，何大学问跟一丈青大娘双双走进来。何大学问剃头刮脸，身穿长衫，一丈青大娘也梳了头，穿一件新毛蓝布褂，黄铜手镯叮叮当当分向响；老两口子的神情都十分严峻。

"大妹子在家吗？"一丈青大娘高声问道。

豆叶黄连忙将一块绿豆糕直脖儿咽下去，噎得打着嗝儿，捂着胸口迎出来，说："老姐……姐，何大……哥，屋里坐。"

她高高打起门帘，一丈青大娘和何大学问一前一后走进去。

这间小屋，不知道的只当是新婚的洞房。粉莲纸糊顶，雪白的四壁，窗棂上贴着剪纸的红喜字，墙上挂着鸳鸯戏水和美女思春的杨柳青年画，炕上铺的是细软新席，墙角码起的是两床火烧云的大红被子。

豆叶黄忙给何大学问端过来烟笸箩，递上她的翠玉石嘴长杆烟袋。这个女人好抽烟，一口牙齿熏得乌黑，使她的花容月貌大为减色。

何大学问正襟危坐，目不斜视，掏出自个儿的大脑壳烟斗和烟荷包，吧嗒吧嗒抽起来。

一丈青大娘咳嗽一声，嗽了嗽嗓子，说："弟妹，按照咱们的乡俗礼数，挂锄时节，当爹娘的要接闺女回娘家住几天；我跟你大哥想留莲丫头住几天娘家，求你点头。"

豆叶黄虽然歹毒，可是自从吃过一丈青大娘一顿暴打，心存畏怯；她一看这个情景，不敢不答应，便顺水推船说："老姐姐，你心疼她，难道我不疼爱她吗？那就让她叨扰你两天，只是一天要喂三遍猪，还得她管。"

院里又响起一阵咚咚脚步声，有人喊道："杜四哥在家吗？"好大嗓门儿，是吉老秤。

豆叶黄心惊肉跳地迎出去，只见吉老秤也是一身齐整打扮，头上还顶着个红疙瘩帽盔儿。

"老秤兄弟，哪阵香风把你这位稀客刮了来？"豆叶黄年岁比吉老秤小，可是花鞋杜四比吉老秤大，所以是嫂子小叔。

"无事不登三宝殿！"吉老秤大摇大摆闯进屋，一见何大学问和一丈青大娘，忙打了个千，"原来大哥大嫂也在这儿，巧啦！我本想见过杜四哥跟杜四嫂以后，再到府上去，这就不必我磨鞋底儿了。"

豆叶黄又递过烟笸箩和翠玉嘴儿长烟袋，说："老秤兄弟，尝尝我的兰花烟。"

"请吧！"吉老秤从腰里摸出鼻烟壶，"四嫂子，你尝尝这个。"说着，捏了一大撮，抹进鼻孔里。

于是，就像过山炮装上了炮弹，点着了药捻子，在豆叶黄的这座香巢里，响起了震耳欲聋的连珠炮声。

"唉呀，你要把我的房子震塌啦！"豆叶黄堵住两只耳朵尖叫。

"老秤，你究竟有什么事儿？"何大学问开了腔。

炮声戛然而止，吉老秤欠了欠身子，说：“回大哥的话，我来给杜四嫂子的女儿莲姑娘保个媒。”

“我是她婆婆！”豆叶黄急忙更正。

“谁不知道二和尚肉包子打狗以后，你就把莲姑娘当成了亲生女儿！”吉老秤狡黠地眯着眼睛笑道，“有个好主儿，跟莲姑娘天生一对，地造一双；我不能不积德行善，成全这一桩美满良缘。”

“且慢！”何大学问打断他的话，“莲姑娘还是我跟你大嫂的干闺女，我们也是她的一层父母；水大漫不过船去，我们两口子不乐意，你也白搭。”

“大哥，你且听我说下去！”吉老秤当胸一抱拳。

“我不想听，你免开尊口！”豆叶黄急赤白脸。

“四嫂子，我的尊口一开，保你鸡啄米似的连连点头。”吉老秤不慌不忙地说，“我给莲姑娘提的这个亲，男方是咱们方圆几十里的一位高才人物。”

“谁？”一丈青大娘插嘴问道。

“姓周名檎！”吉老秤说，“大哥大嫂，你们两口子都是爽快人，乐意不乐意？”

何大学问乐得闭不上嘴，说：“这是高攀了，求之不得哩！”

一丈青大娘更是眉开眼笑，说：“我的心里乐开了花。”

“四嫂子，你呢？”吉老秤又问豆叶黄。

“你给我滚出去！”豆叶黄犯起刁来。

“豆叶黄，你胆敢不赏我的脸面！”吉老秤咆哮一声，一拳捣在炕上，砸塌了一大块炕坯。

豆叶黄一见吉老秤那一副金刚怒目的模样儿，吓得一屁股从炕沿上出溜到地下，哼哼唧唧地说：“我一个妇道人家做不了主，得杜四说了算。”

“我要听你的回话！”吉老秤大吼。

“嫂子依你，依你。”豆叶黄眼珠儿一转，“我去找杜四，劝他也答应这门亲事。”说罢，爬起来就奔外跑。

“你还是陪我这个香风刮来的稀客吧！”吉老秤像老鹰抓小鸡，把豆叶黄拦在怀里，“有人请杜四哥去了。”

请花鞋杜四的是老木匠郑端午。

这一天是阴历七月十五。阴历七月十五是鬼节，鬼节是黑煞日，人不下水，船不摆渡。因此，花鞋杜四的小店门前冷落车马稀，柳罐斗的大船也拴在对岸。

渡口不远处的柳荫下，花鞋杜四正跟麻雷子席地而坐，交杯换盏地喝酒。

“杜四兄弟！”老木匠郑端午走上前去，“我有件事，要跟你和弟妹求个人情，到你家去说吧！”

麻雷子正想把花鞋杜四打发走，他好独吞酒肉，忙说：“四哥，办事去吧！快去快回，我等你回来再下箸。”

花鞋杜四只得硬着头皮，跟着老木匠郑端午走了。

等花鞋杜四一走，麻雷子便自食其言，大块吃肉，大口喝酒，直喝得浑身冒油，扒下了身上的黄狗皮，露出一身黑肉。他眼花耳热，猛一抬头，只见从对岸的柳罐斗的大船上，走下了云遮月。

云遮月只穿了一件粉花葱心绿的抹胸，怀里抱着刚拆完的被子，还有两支棒槌和一块搓板，到河边去洗。

麻雷子打了个尖利刺耳的胡哨，怪叫道：“云遮月，到河这边来洗吧！我给你打个下手。”

云遮月坐在了水边，扬起一只雪白的胳臂，笑着说：“麻巡长，我不会凫水。”

麻雷子色迷迷地说：“我有心过河帮你的忙，就怕柳罐斗不许我在你身上插一手。”

“他不在船上！”云遮月隔河抛过来一个媚眼。

“到哪儿去啦？”

“他去买纸钱，晚上祭水鬼。”

“那我真得陪陪你，免得你冷清。”麻雷子色迷心窍，说着就下河。

“麻巡长，你找死呀？”云遮月吓得惊慌摆手，“今天是鬼节，水鬼拉替身。”

“神鬼怕恶人！”麻雷子踩水泅过来，“我麻雷子是凶神恶煞，水鬼不敢惹我。”

他的话没落音，水下两只大手扯住他的两条腿，一抻到底。

麻雷子虽然一阵心慌，可是他的水性不小，沉到河底睁眼一看，原来是柳罐斗，这才知道中了计，便拼命挣扎起来。柳罐斗扼住他的喉咙，他也死抱住柳罐斗的身子不放，两人被水下的激流冲向下游。到底麻雷子的水性比柳罐斗差得多，力气也不如柳罐斗大；角斗了十几里，气力渐渐不支，柳罐斗便掐着他的脖子灌坛子。咕噜噜，咕噜噜！三番五次，麻雷子昏迷不醒，挣扎了几下，便断了气。柳罐斗拖着死尸，又游出几里，见岸边有一片浓密的水草，四下没有人影，便将麻雷子的尸体搡了进去。然后，悄悄上岸，钻进了青纱帐中。

再说花鞋杜四跟随老木匠郑端午回到家里，进门一看何大学问、一丈青大娘和吉老秤摆开了阵势，便知必有来头，马上堆起笑脸说："各位大驾光临，我的面子不小呀！"

何大学问和一丈青大娘说："我们来接莲丫头住娘家歇伏，弟妹答应了。"

吉老秤开门见山，说："我来给莲姑娘保媒，四嫂子满口应允，只等你一句定乾坤了。"

"吉老秤，你这不是拆我的家吗？"花鞋杜四炸了，"我的儿子在外当了官，一十八载衣锦荣归；我的儿媳妇是个贞节烈女，要学那苦守寒窑的王宝钏。"

"谁说你儿子当了官？"吉老秤问道。

"难道你忘了？是铁嘴小神仙算出来的。"

"陈谷子烂芝麻，我早忘得一干二净了。"

无巧不成书，门外传来笛子声。花鞋杜四像是盼来了救命星，说："小神仙来了，我请他当着你的面再算一回。"

"你陪客，我去请！"何大学问抢先一步，走了出去。

一会儿，铁嘴小神仙进来了，问过了二和尚和望日莲的生辰八字，掐指算了又算，口中念念有词，猛然一拍大腿，说："好卦！大吉大利。"

"是不是二和尚在外当了官儿？"花鞋杜四提醒他。

"新近升了混成旅旅长！"

"哪一年衣锦还乡？"

"一十八载。"

"怎么样？"花鞋杜四得意地笑了起来，"我那儿媳妇是不是还得等上几年，熬出个夫贵妻荣？"

"不必了！"铁嘴小神仙沉重地摇了摇头，"二和尚已经被他们的司令官招为东床佳婿，莲姑娘命小福薄，配不上旅长大人了。”

“胡说！”花鞋杜四绝望地嘶叫，“你为什么变了卦，跟两年前算的不一样？”

“谁说不一样？”

“两年前你说二和尚当了营长，他的媳妇应该等他。”

“两年前他当的是营长呀，莲姑娘的命相还算相当；如今令郎高升三级，莲姑娘的命相可就尊卑不合了。”

“放你妈的屁！”花鞋杜四破口大骂，“什么他妈的铁嘴？你是红口白牙跑舌头，马勺上的苍蝇混饭吃。”

“岂有此理！我虽比不了诸葛亮，也还比得上刘伯温。”铁嘴小神仙忿然作色，“杜四掌柜，我分文不取，送你一卦：这位莲姑娘命硬金石，先克公，再克婆，你不赶快把她打发走，我敢断你流年不利，必遭险凶。”说罢，跟何大学问讨了卦礼，扬长而去。

铁嘴小神仙一出门，正跟小店伙计撞个满怀，两人都跌倒在地；小店伙计连滚带爬进了院子，气喘吁吁地叫道：“老掌柜，大事不好！麻巡长叫水鬼拉了替身。”

“赶快救人呀！”花鞋杜四急得暴跳。

“鬼节黑煞日，谁敢下河呀？”小店伙计带着哭腔说。

“我去捞他！”花鞋杜四说，“他还欠着我十块大洋哩。”

“你不能去！”豆叶黄扑到他身上，“十块大洋只当喂了狗，你可别叫水鬼再拉走。”

何大学问拉着长声说：“老四，铁嘴小神仙送你那一卦，你可别当耳旁风呀！”

花鞋杜四咳的一声，抱着脑袋蹲在地上，口中连念：“阿弥陀佛，阿弥陀佛！”

吉老秤伸出大手，一抓他的脖领子提了起来，说：“亏得你还算个男子汉，倒不如四嫂子这个娘儿们家有见识，君子一言，响屁一声，你开个身价吧！”

花鞋杜四身上像发疟疾，嘴里像满槽牙疼，呻吟着说：“我这个儿媳妇是花钱买来的，又吃了我十二年饭，我不能白送给人家。”

吉老秤不耐烦地喝道：“放响屁！”

豆叶黄说：“三十块大洋吧？”

“住嘴！”花鞋杜四尖叫道，“五十块，少一个铜板我也不撒手。”

“杜四，你是一只饿狼！”吉老秤骂道，“给你五十块，连豆叶黄也搭上。”

花鞋杜四咬定牙关，说：“我言无二价。”

“我扒出你的狼心狗肺来！”吉老秤大吼一声，把杜四当胸一抓，顺手抄起了炕上的剪子。

“救……”花鞋杜四刚要呼救，脖子已经被吉老秤掐住，眼珠子憋得凸了出来。

“老秤兄弟，你饶了他吧！”豆叶黄苦苦哀求，“我叫他依你，全都依你就是了。”

“豆叶黄，你还怜惜这只饿狼干什么？”吉老秤说，“我宰了他，你挑个黄道吉日嫁人，赶巧了还能结个晚瓜。”

“老秤，不要莽撞！”何大学问拦住他，“老四，你也真是财狠食黑；莲丫头进你家门十二年，给你家当了十二年的牛马，是她白吃你的饭，还是你喝了她的血？咱们找个算盘来，清一清账。”

“甭……甭算了。”花鞋杜四气息奄奄地说，“三十块……就三十块吧！”

“找文房四宝来！”何大学问大喊，“咱们当面锣，对面鼓，白纸黑字，立下文书。”

“爷爷，我这就拿来！”一直隔着篱笆偷听的何满子，欢叫着跑了。

“大哥，这笔钱谁掏？”花鞋杜四不放心地问。

“我！”何大学问一拍胸膛。

“咱们现钱交易，不准赊欠。”花鞋杜四又紧叮一句。

“我拨给你二亩地！”何大学问说。

花鞋杜四两眼一阵贼亮，忙说：“大哥，你可不能翻悔。”

“我何某人吐唾沫是钉儿！”何大学问慷慨激昂地说，“二亩地给我干闺女赎身，二亩地给我干闺女陪嫁，才不过花掉我半壁江山。”

何满子从周檎那里，用一个小竹篮挎来文房四宝。

花鞋杜四开小店，能写会算，亲手写了字据，跟豆叶黄按了手印，呈给何大学问；何大学问回家取来地契，扔给了花鞋杜四。

闷葫芦郑端午这才得着机会说话：“表哥，表嫂，老秤是檎哥儿的媒人，你们就把莲姑娘这个大媒赏给兄弟吧！”

“多谢了！”何大学问爽朗地大笑，“还得有劳你带着整儿跟荷妞，给我操持聘闺女办喜事。”

12

何家小院喜气冲天，一群群喜鹊从东西南北飞来，落在院里院外的树上，从早到晚喳喳乱叫。何大学问跟一丈青大娘虽然赔出四亩地，损失了半壁江山，可是博得了全村男女老少的喝彩：老两口子心里高兴，脸上放光。

最叫老两口子感动的，是跟花鞋杜四办完交涉的当天晚上，柳罐斗忽然来了；这个顶天立地的汉子，一进屋倒头便拜，只说了一句：“大哥，大嫂，兄弟一辈子报答不完你们的大恩大德！”便泣不成声。

柳罐斗的心情是很痛苦的。他只有三间泥棚茅舍，并无一垄土地，深感对不起外甥，更有负于九泉之下的姐姐和姐夫。

老嫂比母，小叔似儿。一丈青大娘比柳罐斗大二十来岁，见他如此礼重和伤情，心里发酸，慌忙扯起他，吵架似的嚷道：“我又不是为你破费，你谢得着我吗？我是花在我那可人疼的女儿莲丫头身上。”

“也为了檎哥儿！”何大学问慢声慢气，自我陶醉地说，“常言道，门婿半个儿；从今以后，檎哥儿有我一半了。罐斗，我占了你的大便宜，你怎么不识数儿，反倒谢起我来？”

柳罐斗并不多言，挥泪转身离去。

办完交涉那天从杜家回来，望日莲感激涕零，双膝跪倒在干爹干娘面前，抱住二位老人的腿，哭着说：“爹呀，娘呀！我不能割您们身上的肉，我不要那二亩地陪嫁。”

一丈青大娘也哭了，搂住望日莲说：“儿呀，谁叫娘穷家破舍呢？娘真想陪你三宅两院，十顷八顷，可是娘没有呀！”

“那就再给莲丫头二亩！”何大学问激动起来，“剩下二亩给咱们老两口子当坟地，足够了。”

“不，不！”望日莲大叫，“这怎么对得起哥哥嫂子呢？”

何大学问说：“你哥哥在城里当了少掌柜，用不着土里刨食了。”

“不，不，不！”望日莲叫得声音凄厉，“我更不能对不起小满子。”

何大学问扬声高笑，说：“寒门出将相，草莽出豪杰，蒲柳人家出英才。我看那小子注定是个大命人，不稀罕这二亩地。”

望日莲哭急了说：“爹呀，娘呀！您再逼我多要二亩地，我就不嫁了。”

何大学问和一丈青大娘只得不再强迫，但是一定风风光光大办喜事。

门婿周檎出面劝阻了。

“大舅，大舅妈，您们待我跟她的恩情，已经山高海深，不能再铺张排场了。”

乡下礼数，没正式成婚拜堂的女婿，不能登丈人家的门，怕的是被人背后飞短流长，说是“先有后嫁”，名声上不好听。所以，周檎闯进门来，说话又扫人兴，何大学问跟一丈青大娘脸色不悦。

一丈青大娘没有好声气地说：“檎哥儿，你还没有八抬大轿把我们莲丫头搭走，我们何家的事你少管，也不该你管。”

何大学问也整着脸子说：“檎哥儿，莲丫头虽不是我的亲生女儿，可是比我的亲生儿女还要亲，婚姻本是终身大事，我不能委屈了孩子，也不能叫乡亲们戳我的脊梁骨。”

“大舅，大舅妈，您们都是知大理，明大义的人。”周檎恳切地说，“如今国难当头，眼看要当亡国奴了。这个时候，大办喜事，乡亲们更要戳断咱的脊梁骨！”

何大学问恍然大悟，连声说：“言之有理，言之有理！”

一丈青大娘仍然赌气，望日莲撒娇地说：“娘，人家说的是至理名言，您别蛮不讲理，依了他吧！”

一丈青大娘叹了口气，说：“只是委屈了你，娘过意不去。”

望日莲连忙一牵周檎的袖子，说：“还不谢谢爹娘。”

“大舅，大舅妈，我……”

“你管我叫什么？”一丈青大娘又恼了。

“爹，娘！”周檎改了口，深深鞠了一躬。

一丈青大娘笑逐颜开，说：“只要你们俩恩恩爱爱，和和美美，我跟你爹这两把老骨头，还能给你们熬出斤儿八两的油来。”

周檎跟望日莲的喜日前一天，何满子的爸爸何长安从通州赶来。

何长安在通州并没有另外安个家，而是跟岳父岳母住在一起。他的妻子到通州后生下一个女儿，目前又要分娩。岳父年老力衰，小书铺主要靠他经营；他是个守成之材，小书铺在他手里，并没有发达，但也没有衰落。

他为人心地善良，却又胆小柔弱，满面和气生财的笑容，一副安分守己的仪态。这两年发了福，白白胖胖的，完全是个文雅的商人，失去了农家子弟的气质。

何长安礼貌周全，每年回一趟家，不但对父母必有孝敬，而且对于吉老秤、老木匠郑端午和柳罐斗这几位父辈的友好，也都多少带来一点礼物。他虽然鄙薄花鞋杜四和豆叶黄的人品，但是念在多年乡邻的情分上，也要登门拜望，问好请安。

这一趟，也不例外。不过，馈赠的重点是望日莲。他给望日莲买了一身衣裳和两双鞋，还给买了茶壶、茶碗、茶盘，一面镜子和一只梳头匣；都是花花绿绿，喜兴颜色。

但是，对于他的到来，何大学问和一丈青大娘并不高兴，何满子也不跟他亲热。何大学问和一丈青大娘知道，他这一趟来，必定想把何满子带到城里上学，夺走他们生活中的最大乐趣。何满子也知道，爸爸将要强迫他离开爷爷和奶奶，离开望日莲姑姑，离开干爹郑整儿和干娘荷妞，离开柳罐斗、吉老秤、老木匠郑端午以及牵牛儿，离开这个可爱的小村和他整天野跑的河滩，像抓住野鸟一般把他关进笼子去。

何长安也感觉到，他的到来，不但冲淡了喜气，而且带来了阴郁。他是个玲珑剔透的人，便想打破这尴尬的气氛，猛一拍手说："您们看，有一桩天大的喜事，我竟忘了禀告。"

"什么天大的喜事！"何大学问忙问。

"咱家的新姑爷，周檎兄弟考中了燕京大学！"何长安从身上掏出一封大红信柬，"这是录取通知书，我给捎了来。"

"这真是双喜临门，满子快去请你姑父！"何大学问果然喜形于色，"檎哥儿给咱们这个小村增了光，给咱们穷门小户争了气。董太师良田十顷，子孙成堆，连个潞河中学生还没出，他的气数尽了。"

"所以我想让满子今年赶快上学！"何长安说，"踩着他姑父的脚印步步高升。"

"对，对！"何大学问连连点头。

"再说吧！"一丈青大娘还是沉着脸，"孩子还小哩。"

周檎被何满子推推搡搡而来。

"恭喜，恭喜!"何长安连连拱手，"恭喜你洞房花烛又金榜题名，大小双登科。"说着，把燕京大学录取通知书递给周檎。

周檎看也不看一眼，就塞进裤兜里，说："华北之大，已经安放不下一只书桌了；我是不是上学，还不一定。"

何长安又从腰里掏出一个信封，递给他说："这是上海给你寄来的稿酬和一封信。"

"什么叫稿酬?"何满子好奇地问。

"你姑父写成的文章，印在书里，书店给的酬谢。"何长安说，"你要上进，长出息；将来也上大学，也写成文章印在书里。"他又对周檎说："我在船上，遇到河防局新上任的尹巡长，他让我替他问你好。"

何大学问惊问道："檎哥儿，你怎么跟这种人认识?"

"他是自己人。"周檎低低地说。

第二天是喜日，只雇了一顶四人抬的小小花轿，两名吹笛的乐手，不用锣、鼓、唢呐，花轿进门放了一挂鞭炮；虽不红火，倒也喜兴。

吉老秤和老木匠郑端午这两位大媒，一个替男家迎亲，一个替女家送亲；郑整儿当上了真正的喜令官，荷妞专管铺红毡、掬红毡。柳罐斗家的小院中央，安放了一张小桌，插上红烛高香，在郑整儿那悠扬嘹亮的口令声中，新婚夫妇拜过天地，给亲朋好友们见礼，然后双双牵着彩带，进入洞房。何满子穿上望日莲给他做的花红兜肚，奉命在炕上滚床；他滚得高兴，又翻起筋斗，竖起蜻蜓。

忽然，他听见隔着篱墙，奶奶正跟爸爸发脾气。

"铺子里离不开我，我得在关城之前赶回去。"爸爸说，"满子一定要在今年秋季上学；我把他带走，先收收心。"

"他还小，我不放心!"奶奶粗声大气，"等过两年，个儿长高一点，再上学也不晚，还免得受大学伴的欺侮。"

"娘，求求您……"爸爸低声下气地央求。

何满子一听大势不妙，跳下炕，急急如漏网之鱼，慌慌如惊弓之鸟，逃向河滩。他先躲到周檎和望日莲童年时代拜花堂的柳棵子地里，后来又藏进望日莲洗身子的河湾红皮水柳丛中。水深没顶，他不敢踩水出声，就来了个仰巴跤漂羊；几条小鱼在他身边游来游去，两只花翎小鸟蹬在红皮水柳枝上，亮晶晶的小圆眼睛瞪着他。

水边传来轻轻的脚步声，低低的说话声。

“今后，你要跟周檎保持单线联系，保障他的安全。”

“请放心，文彬兄！”

“他们要打起民团旗号，建立秘密抗日武装，你要帮他们取得合法地位。”

“文彬兄，我一定办到。”

何满子悄悄翻了个身，从柳枝空隙间偷眼看去，只见一个身穿警察制服的年轻巡长，跟一个三十来岁的长方脸高身材的人，拉了拉手，就分开了。

何满子心想这年轻的一定是尹巡长，这文彬兄又是谁呢？天渐渐黑了，他有点害怕了，但是，他又不敢回家，怕被爸爸掳走。进退两难，无依无靠，他感到孤独而委屈，伤心地哭了；一串一串的泪珠，下小雨似的滴落在水中，流进运河里去了。

暮色苍茫，河上荡漾着望日莲呼唤他的回声：“满子，小——满——子！”

“莲姑！”何满子钻出红皮水柳丛，一颗流星似的投进伫立沙冈上的望日莲怀里，鼻涕眼泪把望日莲那红花小袄浸湿了一大片。

“好孩子，跟我回家吧！”望日莲要抱起他，背在身上。

“我不回家！”何满子打着坠儿，“我爸爸要把我带到城里去。”

“你爸爸不把你带走了。”望日莲笑道，“你姑父也不进京上学了，留在村里办个小学堂，你跟姑父念书。”

“是那个叫文彬的人让姑父留下的吗？”

“你怎么知道？”

“那个人来的时候，我在暗处看见了他。”何满子说，“姑父怎那么听他的话呢？”

“他是你姑父的大师兄。”

“一定是周文彬！”何满子惊喜地叫道，“快带我去看看他。”

“他已经走了。”

何满子拍着光葫芦头，直恨自己没眼福。

何满子被望日莲背回家，只见奶奶和爸爸坐在家门口。奶奶一见他们，摆手说：“满子，先到你姑姑家去。”

“我才不想进咱家的门！”何满子气哼哼地说。

望日莲背他到外屋，静悄悄只有干娘荷妞在做饭。

"他们呢?"望日莲问。

荷妞小声说:"在东院商量立民团的事。"

望日莲放下何满子,给他盛了一碗小米饭和一碗鸡肉,说:"快吃吧!吃饱了赶紧睡觉;从明天起,野马戴上笼头,先跟你姑父认字儿。"

何满子说:"我不回家,跟你和姑父睡。"

望日莲面带难色,哄他说:"你跟你爸爸半年多没见了,还是回家跟你爸爸睡吧。"

"不!"何满子赌气扔了筷子,不吃饭了,"我就跟你和姑父睡。"

"让他跟你们俩睡吧!"荷妞吃吃笑道,"正好叫他给你们暖窝儿,我保你过年就抱个大胖小子。"荷妞又把她那个偏方传授给望日莲。

"呸!"望日莲啐了她一口,清脆地打了她一巴掌,灶膛里的火光映照得她满脸通红。

不过,第二年望日莲并没有抱个大胖小子,而是在芦沟桥的炮声中生下个女儿。这个女儿二十三年后大学毕业,跟由于写文章而遭遇坎坷的何满子结了婚。

这是后话,本书不表。

一九八〇年一月

瓜棚柳巷

为什么我的眼里常含泪水？

因为我对这土地爱得深沉……

——艾青：《我爱这土地》

1

十八里运河滩，像一张碧水荷叶；荷叶上闪烁一颗晶莹的露珠，那便是名叫柳巷的小小村落。

村外，河边，一片瓜园。这片瓜园东西八篙宽，南北十篙长；柴门半掩，水柳篱墙。篱墙外，又沿着河边的一溜老龙腰河柳，打起一道半人高的小堤。棵棵河柳绿藤缠腰，扯着朵朵野花上树；枝枝桠桠，上上下下，大大小小的鸟窝倒挂金钟。小堤下，水涨船高，叶叶扁舟，从柳荫下过来过去。

瓜园里，坐北朝南，柳梢青和女儿柳叶眉埋下八根柳桩立柱，离地三尺，支起两间瓜棚，也叫瓜楼。

柔韧绵长的红皮水柳，编织瓜棚四壁，四壁抹的是麦芋熟泥，镜子面似的平整，照得见面容身影，分得出男女老少。瓜棚的棚顶，铺的是父女俩从河边割来的蒲苇；棚顶起脊，瓜棚像是戴上一顶尖头的绿蓑斗笠。

两间瓜棚，一明一暗；明间住的是柳梢青，暗间住的是柳叶眉。

这个暗间，有门有窗；后窗外，垂柳依依，微风徐来，挂起一幅飘动的柳帘。

瓜棚下，盘起一座八字冷灶，六棱烟囱，冷灶旁堆放着几垛四四方方的青柴。青柴里有一捆捆野蒿，填进灶膛烧起来，袅袅的炊烟飘散着淡淡的香气。灶上一口七锔八补的铁锅，锅台上摆放着红土瓦盆、猫耳绿罐、青葫芦瓢、蓝花饭碗、大肚儿盐缸、细脖儿油瓶，逢年过节才洒几点油花，挂在菜叶上看风景。父女俩削断柳枝当筷子，吃的是糠菜，喝的是河水，打鱼捞虾见荤腥。

瓜棚前面，只留一块落脚之地，落脚之地以外，便是布满瓜秧的一道道瓜垄。

千丝万缕的瓜秧四下蔓延，层层密叶，顺藤摸瓜，一个个斗大的西瓜像满地乱滚的青石磙子；不留神绊个跟头，金钟罩的脑壳也得磕出牛卵子大的青包，没有两膀子九牛二虎的力气，别想偷走。

山外有山，天外有天，能人背后有能人，柳梢青在运河滩，还算不上高手把式；种西瓜是他爹的一招鲜，不是他的拿手戏。柳梢青的手艺，真见功夫，叫得响的，一是香瓜，二是面瓜。

他的香瓜匀溜个儿，滴溜儿圆，白的玉白，黄的金黄，摘下来带两片绿叶，更显得好看。从河边挑来两筲水，蹲在绿柳浓荫下，香瓜浸入水筲里，一个时辰捞上来，撕一片苇劈儿，轻轻划上一道，瓜分两半，甜脆爽口，蜜汁元汤，喝下去沁人心脾。他的面瓜，皮薄、肉厚、大肚囊儿，掰开来白籽红瓤，一篓蜜；有花面鬼脸的，有傻头傻脑的，一个个憨态可掬，逗人喜爱。远怕水，近怕鬼，生人吃柳梢青的面瓜，先得打听路数：贪吃嘴急，张口就咬，噎得眼直，憋得脸青，鱼鹰子伸脖儿；吃一个不饱，吃两个撑着，忍一忍，歇一歇，走两趟小水再吃也不晚；不过，撑着也别怕，跳下河凫儿圈，不知不觉化了食，爬上岸来接着吃。吃过柳梢青的香瓜面瓜的人，没个够；人行千里，心也拴在他的瓜秧上。

谷雨前后，栽瓜点豆；柳梢青的瓜园花一开，就香气四溢。等到瓜熟时节，满天下香雾；南风一吹，弥漫方圆几里。于是，东奔西走的行人留步，南来北往的行船靠岸，吃瓜的人一窝蜂赶来。柳梢青手不闲，瓜垄里蹲下身子，拨开密叶选瓜，掐断蔓子摘瓜；柳叶眉脚不停，手提柳篮肩扛秤，运瓜卖瓜来回小跑。

然而，瓜长不到个头，熟不到火候儿，没米下锅，柳梢青也不摘。打躬作揖，磨破嘴皮子，柳梢青只是盘膝打坐在瓜棚上，二目一闭，石人不点头，只能望园兴叹；好像他不是卖瓜，而是嫁女儿。

柳梢青的性子，有点古怪。

2

瓜把式柳梢青，早已人过四十天过午，年交五十知天命了。

瘦骨嶙峋的大高个儿，大步流星的两条鹭鸶长腿，刻满深深皱纹的瓦刀脸，上唇一抹黑胡髭，一天到晚低眉顺眼不开口。刚入立夏他就脱光膀子赤着脚，一折三弯蹲在瓜垄里，头顶背烤着毒热的阳光，汗珠子滴滴答答洒落在瓜叶上；女儿不忍心，摘来一片荷叶，扣在他头上。女儿还织得一件蓑衣，下起瓢泼大雨，给他披身上。

人的名儿，树的影儿，百闻不如一见；冷眼一看柳梢青，谁也看不出他是能工巧匠，更不相信他武艺高强。

柳梢青种瓜是家传，他的武艺却是得自外人传授。

十岁那年，也是在这一块巴掌大的瓜园里，他爹挑一副荆条大筐，走村串乡卖瓜，留下他看园。他爬上一棵老龙腰河柳，眼观六路，耳听八方。运河上，客运和货运大船，高高的桅杆扯满了白帆，好似行云流水，上京下卫；渔舟穿梭，赤身裸体的渔夫哼唱着哀伤的渔歌，抛撒巨大的渔网。突然，从一条闷罐官船的船舱里，撞出一个戴着手铐，蹬着脚镣的女人，扑通一声投河；押船的兵勇响起震耳欲聋的毛瑟枪声，打得河面像下雹子。柳梢青吓得手挽河柳的枝条，荡了个秋千落地，跑回瓜棚。

人影一闪，他眨了眨眼，只见那个投河的女人扒开瓜园的柳篱，钻进半个身子，正跟他的目光相遇，进退两难；他慌忙连打手势，叫那个投河女人钻进瓜垄，藏在密密层层的瓜叶下。

闷罐官船靠了岸，两个兵勇跳下船，闯进瓜园来。

“军爷，买瓜吗?”柳梢青跳下瓜棚，笑脸相迎。

“小兔崽子，看没看见一个女逃犯?”两个兵勇中的小头目儿，横眉立目，狗脸下霜，粗声大气喝道。

“回军爷的话，没看见。”柳梢青喜眉笑眼，一副天真烂漫的神态，

“我这两只金睛火眼，一只蠓虫儿飞过去，也能分出公母。”

快到正午了，天气闷热，没有一丝风，那满园的瓜香飘散不开去，凝聚在瓜园里，令人像喝下醇酒，迷迷糊糊，如醉如痴。

“摘几个瓜来解渴！”那个小头目儿早已垂涎三尺，大模大样地坐在瓜棚上吆喝。

另一个兵勇刚要进垄，柳梢青忙拦道：“军爷，您看不出成色，还是小子替您摘来。”

这个家伙正懒得走动，也就到瓜棚下歇凉坐等。

柳梢青走进瓜垄里，跪走爬行，掀开瓜秧找瓜，张开小手拍瓜，侧耳细听熟不熟。最后，他咬断一根青藤，摘下一个黑崩筋的大西瓜，从瓜垄里推出来，向瓜棚下滚过去，累出满头大汗。

两个兵勇抢过瓜来，抄起瓜刀就宰，狼吞虎咽大吃大嚼。

趁这两个家伙只顾得吃瓜，柳梢青悄悄溜进那个投河女人隐藏的瓜垄里，轻声细气地小声说：“大婶，您别慌，也别动，我把他们打发走。”

两个兵勇吃下一个斗大的西瓜，又吞掉两个面瓜，三个香瓜，一个个变成了大肚子蝈蝈儿，走都走不动，哪里还迈得开脚步追逃犯。

“记上账！”两个兵勇伸缩着脖子打饱嗝儿，双手搂着倒扣铁锅的大肚皮，鸭摆鸭摆地走了。

等那条闷罐官船解了缆，拨船回头，走出半里水路，柳梢青才向瓜垄里喊道：“大婶，出来吧！”

从密密层层的瓜叶下，站起了那个投河女人；只见她人高马大，三十上下，虽然蓬头垢面，怀着就要临盆的身孕，可是从她那眼角眉梢，仍然看得出俊俏而剽悍的神采。

“好个侠肝义胆的小儿郎！”身高马大的投河女人，走到瓜棚下，像男人一样给柳梢青作了个大揖，“多谢你的救命之恩。”

“大婶，您折杀了我！”柳梢青从瓜棚里找出一把砍柴的斧头，“我给您砸开手铐脚镣。”

人高马大的投河女人摇了摇头，说：“赏我两个面瓜吃吧，我先补一补身子。”

柳梢青答应一声，跑进瓜垄；一会儿，左手托着个花面鬼脸的面瓜，右手托着个傻头傻脑的面瓜跑回来。

这位人高马大的投河女人一定是几天水米不打牙了，接过这两个大面瓜，就像风卷残云，一扫而光。

“大婶！快把手铐脚镣砸开，逃命吧！”柳梢青焦急地催道。

“不必！”这位人高马大的投河女人抹了抹嘴，深深吸了一口气，咬住嘴唇，全身叫劲，猛地大喝一声，两臂伸张，双脚叉开，只见那手铐和脚镣的铁链，一环一环地碎裂了；然后，两手五指并拢，就像柔软无骨，从手铐里抽了出来，双脚又一顿地，脚镣也绽开脱落了。

柳梢青目瞪口呆，惊呼道：“大婶，您好大气力！”

人高马大的投河女人微然一笑，问道：“孩儿呀，你想练出这一身功夫吗？”

“想！”柳梢青响亮地答道。

“那就跟我走吧！”人高马大的投河女人又拍了拍即将分娩的肚子，“我不光要传授你高强的武艺，这个肚子生下个女儿，还要白送给你当媳妇。”

“我得……问问我爹……愿意不愿意……”柳梢青害怕了，又想打退堂鼓。

“跟我走！”人高马大的投河女人陡地变了脸，伸出手去，掐住柳梢青的手腕。

柳梢青只觉得全身麻木，动弹不得，张口结舌，想喊也发不出声；人高马大的投河女人一矬身，把他背在背上，健步如飞而去。

柳老爹卖瓜回来，儿子早已被人拐走了；四处寻查，生不见人，死不见尸，无影无踪，也就听天由命了。

过了几天，渡头路口，村墙庙门，官府张贴告示，画影图形，悬赏严拿义和团的逃犯武大师姐。柳老爹暗暗祷告上天保佑，这位武大师姐逢山有路，遇水有桥，死里逃生，可没想到正是这位武大师姐拐走了他的儿子。

树高千丈，叶落归根；柳梢青一走三十年，带着一个十三四岁的女儿柳叶眉，从关外重返运河滩。

柳老爹还活着，已经七老八十了；柳梢青从老爹的手里接过这块瓜园，闷声不响地继承祖业，种瓜为生。关于他一走三十年的行踪下落，他守口如瓶，连柳老爹也问不出片言只语。三年两载，他种出的瓜都是上等成色，柳老爹见祖辈的手艺没有失传，也就闭上眼睛，撒手归西，含笑九泉了。

柳梢青是个打不开的闷葫芦，敲不响的梆子木鱼；可是，瓜园并不冷清寂寞，从早到晚回荡着柳叶眉那百鸟闹林的笑声。

三个姑娘一台戏，柳叶眉一个人就能唱两台。

3

原来，柳梢青被武大师姐带走，下了关东，走在半路的一片草甸子上，武大师姐果真生下一个女儿。娘儿仨相依为命，一路北上，走到一条水天茫茫的大江边；江上不见船影，插翅也难飞过去，不得已就在江边的一个小小荒村落了脚，砍倒一块蓬蒿，搭起一座马架，隐姓埋名过日子。

柳梢青长到二十六岁，武大师姐的女儿也十六岁了，就给他们在马架子里的对面炕上完了婚；两年之后，柳叶眉落生。柳叶眉三岁，母亲死了，跟着姥姥长大。又过了十年，武大师姐一病不起，穿上装裹躺在麻绳高粱秆的停尸床上，圆睁两眼，瞪定了柳梢青不咽气。柳梢青从老岳母的眼神里明白，找来一把牛耳尖刀，跪在床下，点手叫柳叶眉接过刀去，刀尖顶住他的心口，一字一泪说道："娘啊，孩儿胆敢再娶，死在眉子刀下。"武大师姐的脸上飘过一抹浮光笑影，眼角淌下两颗慈心泪，一缕轻烟咽了气。柳梢青掩埋了老岳母，倦鸟思林，人老想家，这才带着女儿回乡来。

柳叶眉从打呱呱坠地，就被姥姥百般宠爱。武大师姐是个大刀阔斧的性格，雷鸣电闪的脾气，柳梢青有个言差语错，不顺她的心，不中她的意，开口就骂，举手就打，抬腿就踢；传授柳梢青武艺，柳梢青的手脚稍一怠慢，抡起藤条、刀背、枪杆子，没头没脑地狠抽毒打，抽打得柳梢青满身青一块，紫一块。她管这叫棒头出孝子，不打不成材。武大师姐也很不喜欢女儿的柔弱，恨她是一朵挺不起腰的藤萝花，骂她是一条扶不直的井绳，从小不给好脸子看。然而，在柳叶眉身上，武大师姐可就像太阳从西山出来，跟她那铁石心肠的风火性儿，判若两人了。

武大师姐就像前世欠了外孙女儿的情，这辈子当效犬马之劳，结草衔环以报。女儿躺在炕上，她亲自动手，把柳叶眉接到人间。这个毛茸茸的小生命落地哭出头一声，武大师姐就像听见的是莺声燕语，眉梢生喜，喜泪满腮。也是天生的缘分儿，柳叶眉一出满月，爹娘抱她，她就像小脚丫儿扎满了葛针，踢蹬着小腿大哭；可是一到姥姥的怀里，马上眉开眼笑，粉嫩的圆脸蛋上挂着几颗泪珠儿，就像杏花春雨。从此，柳叶眉日夜粘在姥姥身上。武大师姐一辈子不喜欢围着锅台转，只爱风来雨去下地耕、耩、锄、耪，也只得足不出户，看家、做饭、哄孩子，而且心甘情愿。轻荡摇篮，柔声低唱一支又一支的催眠曲，哄柳叶眉入睡，院里猫咪狗咬，墙外鸡鸣鸟啼，她都要手提一根哨棒，赶走猫、狗、鸡、鸟，怕吵醒了柳叶眉。柳叶眉有个头疼脑热，她更是心如汤煮，六神不安；两天不退烧，她就要一步一个响头，磕到娘娘庙求签问卜。

柳梢青是个更名改姓的倒插门女婿，在这一家里地位最低，女儿柳叶眉的身份都高他一头；所以女儿像山中的果子河边的花，疯了秧的瓜蔓儿一样野生野长，他也不敢吭一声。

武大师姐一心想叫外孙女儿顶天立地，自幼就把柳叶眉当男孩子打扮；不留辫子，只梳抓髻，也不穿红挂绿，搽胭脂抹粉。每天打拳踢脚，飞刀舞枪，并不教她做饭炒菜，针黹女红，还放她跟男孩子们爬树登高，下河凫水。柳叶眉胸前凸出两颗花苞，还不知道男女有别；直到有一天她忽然来了月信，吓得她大哭大叫跑回家，武大师姐才点醒了她，悲叹一声：“姥姥痴心妄想，你到了儿是个玉女，不是金童……”于是，柳叶眉这才脱下男儿装，换上女儿衫，花花草草地穿戴起来。武大师姐远瞧近看，头上脚下打量，柳叶眉那俊俏而又剽悍的神韵和风采，活脱是自个儿当年那黄花闺女时代的影子，也就转悲为喜了。

柳叶眉跟着爹爹回到家乡运河滩，生成的野性难改，跟京门脸子长大的姑娘们不搭调；她的嘴巴没遮拦，百无禁忌，话从口出，不知深浅，常常臊得那些扭扭捏捏的姑娘们双手蒙住脸，捂死了耳朵。她只觉得像穿着汗湿的褂子，又塞进一大把麦芒儿，浑身不自在，也就不再结交这些酸溜溜青杏味儿的女伴。

小小瓜园，方寸之地，又孤悬柳巷村外，除了买瓜的人，很少有人串门；老爹一天难开几回口，柳叶眉十分闷得慌，嘴又闲不住，就在老爹身边叽叽呱呱，打定主意要敲响这个阴沉木的木鱼。她一个人能唱两台戏，吵得她爹也难免忍不住，哼一哼，笑一笑，她就拍着手儿大叫：“烧香赏香钱！”于是，笑声像一串银铃叮咚响，半入河风半入云，香雾中余音袅袅，不绝如缕。

一年小，两年大，柳叶眉也十六岁了；她娘就是在十六岁这一年，跟她爹拜了花堂。柳叶眉倒没有想过坐上花轿，鼓乐声中离开这片瓜园；可是，好像也朦朦胧胧觉得，身边得有个调笑打趣的人，心里才喜兴，日子才快活。

正在这时，有人登门来见柳梢青，想拜师习武。

柳梢青种瓜，是家传的手艺；不但不传外人，就连女儿也秘而不宣。女儿脸朝外，一嫁出去就是外姓人；手艺传授女儿，等于另立分号，不能只此一家了。所以，家传手艺都有个铁打的规矩，只能传授不出门的儿子和搭进门的儿媳。柳梢青的武艺，得自武大师姐，武林的规矩也是艺不出门；只因柳梢青是个倒插门的女婿，身份与儿媳相同，武大师姐才传授了他。

柳叶眉虽然守在老爹身边，可并不通晓种瓜的奥妙；虽然也跟姥姥学过刀枪拳脚，可并没有得着武大师姐的绝技。

蔫人出豹子，柳梢青人虽蔫而有主心骨儿；他要等到柳叶眉也给他招来一个称心如意的倒插门女婿，才肯把种瓜的诀窍，武艺的高招儿，翻箱倒柜，抖搂包袱底儿，点水不漏地传授给小两口儿。

这个想拜师习武的人碰了壁，一不气恼，二不灰心，反倒每晚都来瓜园串门，陪伴柳家父女讲古论今，妙趣横生，又会吹一支洞箫，悦耳动听；日久天长，他很讨柳叶眉的喜欢，柳梢青也解除了戒心。

此人也是柳巷村穷门小户的子弟，姓吴，小名秤钩儿；上学念书，有了大号，就叫吴钩，眼下是个教书先生。

4

柳巷村口，一道弯弯河汊，小桥流水；岸上两间茅檐低小的棚屋，就是吴钩的家。

穷门小户，孤儿寡母，哪里上得起学？吴钩能进城念书，而且当上教书先生，其中大有故事。

吴钩八岁，就到邻村一个大财主家当牛倌，清早头顶着星星赶牛到河滩，夜晚脚踏着月色牵牛回村转；一笆筐装不满的小人儿，成天哄着几头恶眼凶牛，吃的是残汤馊饭。

一连放牛三年，有一天他牵牛进棚，刚关上栅栏门，大管家打发人把他叫到账房。吴钩站在账房门外，听大管家在窗里传话：“秤钩儿！打明天起你陪少爷念书，不必河滩放牛了，快到上房磕头。”

这个大财主，三妻四妾，又妙峰山进香，东岳庙拜佛，雇几个高眼的阴阳先生看风水，年过花甲才得了个金枝玉叶的儿子。大财主一心望子成龙，八抬大轿从北京搭来一位老拔贡教专馆。这位老拔贡在翰林院打扫过字纸篓儿，学富五车零一船；当面跟大财主立下军令状，只等张大辫帅从荷兰公使馆二度出山，扶保小皇上坐定了龙庭，大清国开科取士，他敢保小少爷不中个状元，也得中个榜眼，中了探花啐他的脸，可就是一要舍得金银，二要舍得皮肉。挥金撒银大财主都舍得，小少爷皮肉吃苦那还不如剐了他。老拔贡知多见广，仿照宫中小皇上念书的规矩，给小少爷找个替罪的伴读；小少爷念书不用心，淘气不听话，就拿这个伴读替罪，这叫打马骡子惊，杀鸡给猴儿看，小少爷也就乖乖地学而不厌了。大财主连叫：“妙，妙，妙！”就想到了小牛倌秤钩儿。

书房坐落在后院的花树丛中，三间幽雅的瓦阁，窗前几株翠竹，古色古香，十分清静。老拔贡端坐高台，沉着一张连阴天的长脸，瞪着两只白内障的死羊眼，拈弄几茎稀稀落落的猫须；面前一条长案，案上几卷黄绫经书，三只脚的铜炉燃点着细细的檀香，活像是从城隍庙里搬来的一座木雕泥塑。案前三步，便是小少爷和吴钩的座位。小少爷的面前是一张紫檀书桌，花梨木太师椅上铺的软缎丝绵坐垫；吴钩的面前是一张白板方桌，坐的是一只瘸腿春凳。

老拔贡的脚丫子迈进了民国，脑瓜子可还留在大清的门槛里；遗老思想，痰迷心窍，一心想教出个状元及第的徒弟，他也好人死留名。怎奈这位小少爷是一只绣花枕头，肚子里装的是个草包，眉眼儿透着鬼头，可是一打开书本就呆若木鸡。老拔贡急于求成，不择手段，于是就鞭打快马；吴钩虽然聪明绝顶，过目成诵，却不得不代人受过，每天满头青包，满身鞭痕，屁股肿得不敢挨一挨凳子。小少爷见有人替他挨打，更加有恃无恐，不把念书放在心上；而且，为了消愁解闷儿，故意装傻充愣，一边看着吴钩挨打取乐儿。吴钩真是一字一泪念了几年书。

小皇上不但没有坐定龙庭，而且被赶出了紫禁城，跑到天津日租界花天酒地去了。小少爷早已腻透了诗云子曰，只想赶快钻进红绡帐里戏鸳鸯；大财主也如梦方醒，只想赶快儿孙满堂，接续香烟，一年给小少爷连娶了三房如花似玉的媳妇儿。于是，当年被奉若神明的老拔贡，一下子被弃之如敝屣，打起行囊铺盖，古道西风瘦马，回北京孵豆芽儿去了。

专馆关张，大财主又叫吴钩扛小活儿，吴钩打听到通州城里开办了一个县立师范学堂，不但念书，而且管饭，就前去投考；大财主翻了脸，逼他包赔念了四年专馆的学费和饭钱，吴钩为了求学，只得立下一纸欠债的文书。

毕业以后，吴钩被拨到乡村教小学，每到月头儿，他那点薪水都被大财主的账房先生取走，一个子儿也到不了手；八年了，本利没有还上一半，他已经二十六岁，也还没有妻室。

吴钩虽然眉清目秀，穿上长衫，温文尔雅，书生气十足，却有一身力气，两只巧手；他的薪水分文不剩，只得又租种二亩河滩地，娘儿俩糊口。每天放学回家，他把长衫脱下来，洗净晾干，叠放枕下，然后光着膀子下地；人家是戴月荷锄归，他却是戴月荷锄去。

他每晚带着那支洞箫，到柳家瓜园串门，已经半个月了。

坐在瓜棚上，瓜香月色中，吴钩为柳梢青和柳叶眉吹奏一曲，河风飘荡着箫声。

"吴钩，你一个文墨书生，学什么刀枪拳脚？"一天，箫声刚落，柳梢青忽然闷葫芦打开了塞儿，疑疑惑惑地问道。

"日本鬼子侵占了东三省，还想吞并中国。"吴钩声音低沉，喉咙哽咽，"国家兴亡，匹夫有责；我想学一点武艺，再教给学生们，有朝一日投笔从戎。"

柳梢青又闷头抽烟，沉默不语了。

"吴大哥，我来教你！"柳叶眉突然喊道，"不知你看不看得起我这个毛丫头，愿不愿意拜我为师？"

柳梢青并没有阻止。

"闻道有先后，术业有专攻，能者为师。"吴钩开口文言字话，习惯成自然，"我愿在小妹门下执弟子礼。"

"五更天，头遍鸡叫，你到瓜园外的老龙腰河柳下见我！"柳叶眉发号施令。

吴钩回家去，一灯如豆，还要给小学生批改作业；一觉醒来，已经家家雄鸡报晓，连忙赶到瓜园外，柳叶眉正挽着裤腿，从河边大筲挑水。

"迟到了!"他连连说,"惭愧,惭愧。"

"回去!"柳叶眉怒气冲冲一挥手,头也不回进瓜园,砰地一声反手关上柴门。

晚上,吴钩又到瓜园来,柳叶眉已经满天云雾散了,又纠缠着吴钩给她讲古,听完一个故事还想听;一个又一个,眼看半夜了,柳叶眉才放吴钩走,约定还是梆打五更,鸡叫头遍,老龙腰河柳下见面。

吴钩精疲力竭,头一挨枕就睡到了天麻麻亮;赶到河边,柳叶眉正坐在河边洗脸梳头。

"是你缠着我说故事,我……才起晚……"吴钩低声下气地说。

"回去!"柳叶眉冷若冰霜,铁面无情。

吴钩当天晚上又来瓜园串门,柳叶眉又早已消了气,缠着他吹箫;直吹到半夜才放他回家,还是约定那个时候儿,那个地点,两人相见。这一回吴钩长了心眼儿,回家跟老娘知会一声,就来到河边柳下,眼睁睁坐到天明。

晨雾中,运河两岸村村鸡啼,柳叶眉哼着一支小曲儿,光脚蹚着露水走来;吴钩从老龙腰河柳下霍地站起身,笑吟吟地说:"小妹,敝人恭候多时了。"

柳叶眉从胸膛里发出一阵清亮的脆笑,说:"我这是三戏吴大哥。"

吴钩垒起一座小小的土台,插上三根香蒿,恭恭敬敬地说:"师父请上坐,弟子要行拜师礼。"

柳叶眉啐了一口,把他搡到一边,说:"咱俩拜干哥儿们吧!你还是大哥,可得管我叫二弟。"

从此,黎明和夜晚,吴钩都到河边来跟柳叶眉习武;柳梢青并不出面,只是常常隐身在不远处的柳丛中,悄悄观看。

一天夜晚,练完几套拳脚,走过几趟刀枪,吴钩和柳叶眉坐在小堤上歇息,柳叶眉不知怎么心烦意乱地说:"大哥,你给我吹个曲儿,要酸酸儿的,甜甜儿的,凉凉儿的……"

"明白了!"吴钩笑道,"吹出你家的香瓜味儿。"

吹完这支曲子,柳叶眉忽然闷声闷气地问道:"大哥,你怎么不娶媳妇儿呢?"

"一贫如洗,谁肯进门?"吴钩一阵凄然。

"找个媒人给你跑腿儿呀!"柳叶眉出主意。

"我拿什么谢大媒呢?"吴钩摊开空空两手。

"唉！我倒想给你当媳妇儿。"柳叶眉一本正经，"只是你得更名改姓，到我家倒插门儿，委屈了你这个土圣人。"

"岂有此理!"吴钩板起面孔，"你我是兄弟，不可失神乱心。"

"我来给你保媒!"柳叶眉浑身燥热，"磨破了八双鞋，不讨你一针一线。"

说罢，扑通下河凫水；吴钩只当玩笑，转身回家。

5

运河上，常有人贩子的鸡笼小船，舱里捆绑着被坑、蒙、拐、骗来的女子，蒙上眼罩堵住嘴，又用一根缆绳串起来；就像一条线拴几只蚂蚱，谁也飞不动，跑不了。鸡笼小船不敢白天露面，都是夜深人静悄悄溜着河边行走，所以又叫黄花鱼小划子.。

半夜，柳叶眉听老爹扯起鼾声，偷偷爬出后窗，手抓柳帘溜出瓜园，蹲在河边蒲苇丛里，等候鸡笼小船路过。

这一天，真等来了。

这只船很小，像一叶浮萍，船舱像个扣底的鸡笼，贼溜溜沿河而下。船尾，有个人咿呀摇橹；舱内，传出幽幽咽咽的哭泣声。

柳叶眉也不问话，甩手飞出一颗石子，正打中那个摇橹人的脑瓜瓢儿，那个摇橹人啊呀一声痛叫，抱头滚下了水。小船在水上滴溜溜打转儿，柳叶眉下河把小船牵到岸边，拴在了河柳上。

她打开鸡笼舱门，一个黑影蹿出来，柳叶眉扯住这个黑影的一只手，说："别怕！我是来搭救你的。"这个黑影却回头狠咬了她一口，撒腿就跑，想钻柳棵子地。

柳叶眉火起，三步两步赶上去，一个枯树盘根扫堂腿，把这个黑影放躺了，摸到一条大辫子，挽在手里，擒回瓜棚。

柳梢青也被吵醒，亮起了风雨桅灯，问道："眉子，怎么回事儿?"

"我打人贩子船上救了个人。"柳叶眉把这个黑影女子，牵到灯光下。

这个女子二十上下，浓密鬈曲的头发，一张俏丽的桃花脸，摇荡着两串红石榴珠花的耳坠儿，杨柳细腰，只穿一件绣着荷花翠鸟的水红兜肚，遮掩不住她那一对丰满隆起的乳房，抱起两条雪白的膀子，紧搂着胸脯；只是一双吊梢眉，两只豆荚眼，熠熠放光，咄咄逼人，显得十分狡黠和刁钻。

柳梢青背过脸去问道："姑娘，你姓什么，叫什么，哪个村的人？怎么被人贩子拐卖，上了他的贼船？"

"我叫花三春，不是被拐卖的女子！"这个狡黠而又刁钻的女子恨恨地叫道，"我跟我爹到下水去打鱼，你家的丫头为什么拦路劫船？"

"眉子，你真是有枣儿一棍子，没枣儿一竿子！"柳梢青发起脾气，"快把这位姑娘送回去，给她家的老人赔不是。"

"那……那……"柳叶眉也犯了嘀咕，"那她为什么在船舱里哭哭啼啼？"

"我没有哭！"花三春大吵。

"唉呀，船上还有人！"柳叶眉恍然大悟。

花三春的身子凉粉儿似的打了个哆嗦，柳叶眉又挽住她的大辫子，到河边去。

河边，那只鸡笼小船无影无踪；看来，那个被打破头的摇橹人爬上岸，解下缆绳，把船偷走了。

"老贼骨头！"花三春放声大哭，"你撇下亲生女儿不管，只想讨你主子的欢心。"

"你到底是什么玩艺儿？"柳叶眉把她的大辫子又挽紧一扣，厉声问道。

"放开手，我……我说实话。……"

花三春这才吐露真情。那个摇橹的人名叫花子金，是她的生身之父，给一个大人贩子跑腿拉线儿。这个大人贩子家住天津卫三不管，专做放鹰生意。他手里降伏了一帮子被拐骗来的女人，专找孤身男子，不管是种田的，走船的，赶脚的，打鱼的，十分便宜地把一个女人卖过去；这个女人嫁给那个孤身男子，开头也像安分守己，知冷知热，炕上地下都很勤快，慢慢拢住了那个男子的心，把柴米银钱都交给了她，这才下手。往往是那个男子出外归来，推门一看，早已人去屋空，得手的财物都被席卷而去，这才知道上了当，鹰叼着肉飞了。也有的女人，或是不能脱身，或是恋上了这个男子，到日子没有回窠，便有人准时正点前来，绕着院子吹口哨儿，隔着墙头扔瓦片儿；那个女人便知道拉线的人找上门来了，赶忙偷偷接头，或是一起逃走，或是请求宽限几天，以便捞到油水。如果卖出的女人避而不见，打算跟大人贩子一刀两断，放出的鹰收不回来，拉线的人就要强行绑架，甚至动手杀生。花子金跑腿拉线儿，花三春给她爹巡风放哨，打个帮手。这一回，鸡笼船舱里押解着两个女人，便是两只断线的风筝；她们嫁给的男子，待她们真心实意，她们又怀了身孕，就想改邪归正，洗手从良了。花子金巧使调虎离山计，打发花三春甜言蜜语把她们勾引出村，绑架上船；谁想半路途中杀出个柳叶眉，打乱了他们的脚步。

“原来你是个帮虎吃食儿的狐狸精！”柳叶眉气得咬牙切齿，狠狠扇了花三春一个大嘴巴，“我要叫你们偷鸡不成反丢一把米，赔了夫人又折兵。”

花三春原形毕露，不敢放刁，可怜巴巴地问道：“小姑奶奶，您打算把侄女儿我怎么发落？”

“我要把你剪掉翅膀关进笼儿！”柳叶眉冷笑道，“运河滩上给你找个主儿。”

花三春眼珠儿一转，装出一副羞答答的神态，却又油嘴滑舌地说：“小姑奶奶，侄女儿我是顶花的黄瓜带花的藕，红籽红瓤的女儿身，您把我许配给什么样儿的人？郎才女貌，旗鼓相当，我跟他去；猪不吃狗不啃的夯货，一根麻绳歪脖儿树，我宁当吊死鬼儿，也不窝心一辈子。”

“我给你找的是一个教书先生！”柳叶眉气忿忿地说，“人品出众，才高八斗；委屈了人家，便宜了你。”

“那我也得亲眼相看相看。”花三春嬉皮笑脸，“媒婆子一张嘴，装罢神来又闹鬼；我倒不是信不过小姑奶奶热心肠儿，好心眼儿，就怕小姑奶奶自幼大门不出，二门不迈，只见过井口大的天，错把红土当朱砂。”

柳叶眉恨不得左右开弓再抽她俩嘴巴，可是一看她那一身吹弹得破的细皮嫩肉，桃花脸上春色宜人，又不忍心下手了。

牵着花三春的大辫子回瓜棚，已经天光大亮。柳叶眉一掌子把她搡进暗间，扯下她的兜肚，又一声断喝：“把裤子扒下来！”

花三春猫抓了似的尖叫：“凤凰落地不如鸡，你还想怎么搓弄我？”

“我怕你逃跑！”柳叶眉捋胳膊挽袖子，牛不喝水强按头。

“救人呀，救命呀！”花三春打着滚儿哭闹。

“眉子，不得无理！”瓜垄里拿虫子的柳梢青，闷雷一声喝道。

“跑不了你！”柳叶眉撒了手，“你看见了，我一石子打破了你那贼爹的脑壳；你要想跑，我赏你两颗。”

这一天，花三春被关在瓜棚暗间，文吃香瓜，武吃西瓜，饿了吃面瓜，吃得她口角噙香；虽然身系囹圄，反倒眉眼更水灵，面目更娇艳了。

挨到日落黄昏，柳叶眉一阵风直奔柳巷村口，过小桥跑进吴钩的家；吴钩刚放学回来，正脱长衫，还没有来得及下到水盆，柳叶眉把长衫抢到手，扯起他的胳臂，说了声：“跟我来！”又扭头就走。

“二弟，你这是所为何来？”吴钩脚步踉跄，莫名其妙。

柳叶眉也不答话，一溜烟把吴钩拉扯到瓜园柴门外，才站住脚，又把长衫给他穿上，还抻了抻袖子，正了正前襟后摆，左右端详了半天，噗哧一笑，说：“我捉住一只巧嘴花翎白肚皮儿的水鸟儿，关在笼子里，你去看看。”

吴钩不明真相，呆里呆气地说：“那可要一饱眼福。”

柳叶眉把他赶上瓜棚。

一顿饭的工夫，吴钩从瓜棚上走下来。柳叶眉歪着头问道：“中意不中意？”

吴钩面红耳赤，说：“全听二弟安排。”

柳叶眉跳上瓜棚，进入暗间，却只见花三春身倚后窗，哭得像雨打桃花泪纷纷。

“野鸭子伴着天鹅飞，你还觉着不够本儿呀？”柳叶眉大喊大叫，急赤白脸，“是不是嫌贫爱富？”

花三春摇了摇头，抽抽泣泣地说：“嫁给他这个可心的人儿，是我一辈子的福气。”

“你心里有鬼！”柳叶眉逼问道，“竹筒倒豆子，说！”

“我怕……给他带来杀身之祸。”花三春打着寒噤，脸色惨变，“我们那个龙头少爷汤三圆子，点名儿叫我给他做二房；我嫁给了吴先生，飞不上天，入不了地，汤三圆子找上门来，吴先生性命难保，还得把我抓走去放鹰。”

“他来一个，姑奶奶杀他一个。”柳叶眉柳眉倒竖，“来两个，姑奶奶杀他一双！”

“来三个，我也上手。”窗外，柳梢青慢声慢气，笑眯眯地插了一句嘴，“大姑娘，放心跟吴钩过日子去吧！”

圆圆的月亮，柳叶眉从水柳篱墙上折来一枝野花，匆忙中插在花三春的鬓角上；又把她和吴钩按倒地上，双双拜月，成了夫妻。

6

一连几天，花三春盼天黑，怕天亮，跟吴钩枕边嬉戏，恩恩爱爱。花三春虽是个黄花闺女，可是从小在放鹰的女人堆里长大，打情骂俏，撒娇调笑，早已无所不能。吴钩是个淳朴憨厚的农家子弟，又是个循规蹈矩的文墨书生，此中微妙，一窍不通。他虽然觉得花三春未免轻佻，却又贪恋她的姿色，可怜她的身世，也就不多挑剔，反倒十分温柔体贴。

这天早晨，吴钩醒来，已经霞光满窗，他急忙披衣而起。

“你今天……别到学校去，陪一陪我。”花三春脸儿蜡黄，依依不舍。

“我昨天没有告假。”吴钩面有难色，“不能误人子弟。”

“那就……去吧！”花三春叹了口气，“早点儿……回来。”

吴钩匆匆而去，没有发觉花三春目光闪烁，心神不定。

运河滩的风俗，新媳妇进门，不过对九不能抛头露面；前晌和后晌，吴大娘拿着一把小薅锄下地，花三春留在家里烧火做饭。

夕阳西下时分，花三春在院里的冷灶上和面，打算轧饸饹吃。她刚点火烧水，突然墙外小河边，响起一声尖利刺耳的口哨，跟着便是三长两短，两短三长，然后渐渐远去了。

花三春面如死灰，扔下轧饸饹床子，填满一灶膛的柴禾，跑进屋里。吴钩这个家，炕上有三床破棉被，窗台上有几本书，柜里有几件旧衣裳，缸里有几斗粮食，再有就是几只母鸡，两只山羊，拐走哪一样儿也不值钱，更不忍心；看看天色，急忙出门，沿着口哨声的去向，寻找那个拉线的人碰头。

吴钩挂念着花三春，放了学早早回家，他还想进家就端饭碗；谁知推门一看，冷灶上柴禾烧炸了锅，锅台上几只鸡蹬翻了面盆，山羊在羊圈里咩咩叫，院子里空落落不见人。

“三春！”他喊叫。

没有人应声。吴钩屋里院外找了个遍，不见花三春的影子，大惊失色；他跑到二亩河滩地，只有他娘在薅草，转身又跑向柳家父女的瓜园去。

“唉呀呀！”柳叶眉急得蹦跳，“一定是跑脚拉线儿的把她勾引走了。”

“赶快四下去找！”柳梢青也跺起脚。

吴钩跟柳叶眉是一路。他们沿着河边，穿过一片片柳棵子地，穿过一片片丛生着芦苇和水草的浅滩，忽然听见河拐弯的一块野麻地里，有人叫骂、厮打、挣扎……柳叶眉手拉着吴钩，踮着脚尖儿靠拢过去。

残阳如血，一个灯草胳臂麻秸腿的瘦老头儿，上蹿下跳，力竭声嘶：“你叫他破了身，临走秋毫无犯，天生的贱货！”

“爹，他穷……”是花三春那悲悲切切的声音。

“难道就没有一粒粮食？”

“我怎能叫他们母子挨饿呢？”

“难道就没有一条被子，半床褥子，几件卖铺衬打袼褙的衣裳？”

“我怎能忍心叫他们母子受冻呢？”

“看来，你恋上了他？”

“爹，行行好……”花三春嘤嘤啜泣，“生米……做成了……熟饭，您就开恩让我归了他吧！”

“贱坯子！”花子金拳打脚踢，“龙头少爷不嫌你残花败柳，打发我跟贾二哈吧把你带回去，穿绸裹缎，插金戴银，吃香的喝辣的，你倒舍不得那个家无二斗粮的穷酸男人？”

“爹呀，您老人家也洗手回头吧！”花三春紧紧搂住她爹的腿，苦苦哀求，“就在运河滩落户，跟女儿过个团圆日子。”

“放屁！”花子金尖叫，“你那个穷酸男人，见天能供我抽两个云烟贵土的烟泡儿？能供我一天三遍二锅头？能供我……”

“花子金，别他娘的磨牙斗嘴了！”从野麻丛中又跳出了那个名叫贾二哈吧的家伙，“四脚攒蹄，捆走！”说着，从腰间解下一串绳索。

“不许抢人！”柳叶眉出马上阵，身后跟着吴钩。

“小柴火妞儿，少管闲事！”花子金嘿儿嘿儿奸笑，“惹恼了我连你也捆走，樱桃桑葚儿一筐卖。”

“爹，您快跑！”花三春喊道，“这个姑娘一身武艺，您惹不起她。”

“是荤就降素，是男就压女！”花子金拉开了一个饿虎扑羊的架式。

“爹呀！”花三春哭天喊地，“您睁眼看看，姑娘身后的就是您那人品出众的姑爷，打着灯笼哪儿找去？”

“我先撕碎了这个穷酸，叫你死了心。”花子金疯狗一般向吴钩扑来。

柳叶眉却迎上前去，抓住他的手腕子，脚下使了个绊子，把他扔出一溜滚儿，冷笑道：“看在吴大哥跟三春嫂子的面子上，我不下毒手。”

那个贾二哈吧冷不防拔出匕首，一道寒光向吴钩投去。花三春叫了声：“亲人儿！”吓昏迷了。

谁知柳叶眉手疾眼快，抓住匕首的把柄又反投过去，端端正正钉在了贾二哈吧的大腿上。贾二哈吧一声鬼叫，连滚带爬逃走，柳叶眉也不追赶。

花子金吓得就像草头蛇吞下了烟油子，躺在地上抽搐不止，蜷缩一团儿。柳叶眉走过去，软中有硬踢了他一脚，啐道：“你也滚吧！世上真有你这样没人味儿的爹，还有什么脸面再来见你亲生的女儿？”

花子金抱头鼠窜而去。

柳叶眉又把昏迷不醒的花三春扔在身上，替吴钩背回了家。

花三春不久就怀了孕，转年麦子扬花坐胎时节，就要临盆分娩了。

还是吴大娘下地，她在家做饭，还是一天傍晚，她正和面烧火，院外小河边又口哨声四起。她一阵心惊肉跳，可不像上一回那么心乱如麻；沉了沉气，定了定神儿，她舀起两瓢水泼灭了灶膛里的柴禾，又把面盆放进锅里，盖上锅盖，压上一块磨刀石，然后锁上房门，到柳家瓜园求救。

到柳家瓜园去，有一条柳荫夹道的大路，花三春想抄近早到一步，走的是一条羊肠小道儿。运河滩上荒丘起伏，蓬蒿遍地；在一人多高的蓬蒿丛中，打青柴的人走出的小路横七竖八，纵横交错。花三春从没有打过青柴，自从上一回差点儿被绑架抢走，更不敢稍离家门寸步，大路不熟，小道更生；所以她慌里慌张一进河滩，就眼花缭乱迷了路，三弯两转，七拐八绕，身不由已地走上了岔道儿。

“三春儿！”蓬蒿中蹦出了贾二哈吧，金鸡独立，龇牙一乐，“我又来接驾了。”

这个家伙被柳叶眉刺伤一条大腿，回到天津卫躺倒百日；等再一下床，两腿一长一短，走路也就一瘸一拐，行动一蹦一跳，站住脚一高一低，不得不金鸡独立支撑他的身子。

花三春掉头就跑，刚一转身儿，龙头少爷汤三圆子横遮竖挡，拦住去路。

这个汤三圆子是一条淫棍，油头粉面，眉飞色舞，凶狠歹毒，人皮兽心。他身穿春绸裤褂，盛锡福皮便鞋，蝴蝶扣的绦子带扎紧裤腿，贴身的汗褟儿解开了双排琵琶密扣儿，胸脯子的白肉上刺着张牙舞爪的二龙戏珠，猛一看就像从草棵子里钻出一条白花蛇。

“三春呀，少爷想你。”汤三圆子色迷迷地乜斜着眼睛，“跟少爷走吧！”

“少爷，到……哪儿去？”花三春一见这个淫棍的红口白牙，就像三魂出了窍，四肢发软。

“河边拴着我的莲花快船，少爷我接你回天津卫过神仙日子。”汤三圆子捏着甜腻腻的嗓子，花言巧语。

“少爷，您高抬贵手。”花三春双膝跪倒，“我跟吴钩怀胎十月了，残花败柳晦气的身子，您就把我放生吧！”

“你不听良言相劝，那就别怪我手下无情！”汤三圆子陡地变了脸，满面一团杀气，“把花子金押过来！”

“喳！”

贾二哈吧从草棵子里像拖出一条癞狗，拎着花子金的脖领子，扔到花三春面前。

“三春，跟少爷享福去吧！”花子金一把鼻涕一把眼泪。

“好马不吃回头草！”花三春挺起腰杆子站起身，“女儿铁了心，跟吴钩白头到老了。”

“你跟我走不走？”汤三圆子亮出了寒气逼人的双刃尖刀，当胸划开了花子金的布衫，“不走，我就捅了你爹。”

“亲不过父女，三春救爹一命吧！”花子金哀叫。

花三春把心一横，咬定牙关，说：“我生是吴钩的人，死是吴钩的鬼，六亲不认了。”

汤三圆子一拧眉头，双刃尖刀插进花子金的胸口，手腕子上挑下按，就把花子金开膛破肚了。

“杀人啦！”花三春凄厉地呼喊，沿着蓬蒿小路奔跑，“柳大叔，眉妹子，快救命来呀！……”

汤三圆子追上去，一脚把花三春踢翻，贾二哈吧骑到她身上，要把花三春捆成一只粽子。花三春拼出一个死，挣扎抗争，连连呼叫：她抓破了贾二哈吧的面皮，汤三圆子想捂住她的嘴，又被她咬住一根手指。

柳梢青在瓜园里，早看见一只莲花快船远远地停泊岸边，从船上跳下两个贼头贼脑的外乡人，东张西望，眨眼之间不见了；他心中一动，起了疑云，呆呆地想了半晌，便扣上柴门，跟踪而来。柳叶眉正在一座荒丘上打青柴，晚风飘来花三春的呼喊声，也手提着镰刀跑来；父女俩不期而遇，一齐赶到。

汤三圆子见捆不走花三春，拔出双刃尖刀正要把她刺死，柳梢青已经抢救不及，猛喝一声：“住手！”这个平日不声不响的老人，这一声怒吼竟像一个沉雷炸响，汤三圆子的手儿一颤，双刃尖刀落了地。

柳叶眉一露面，贾二哈吧马上鬼叫一声：“少爷！这个柴禾妞儿惹不得，快跑！”

望着这两个屁滚尿流的贼子落荒而逃，柳家父女并不追赶。

花三春失去了知觉，身下一摊血水，一个呱呱啼哭的婴儿落生了。

7

花三春一心扑在了吴钩身上，在运河滩落地扎根了。

这个女人生孩子像莲蓬结籽儿，生完孩子却仍然艳如桃李，真是咄咄怪事。她在河滩蓬蒿丛中的生死关头，生下的是一个男孩，起名叫摸鱼儿。摸鱼儿刚过百日，她又怀了孕。早生贵子，她就像立下汗马功劳，骄气十足，不把吴大娘放在眼里；可是，一见吴钩，她却又换上另一路的娇气，不但十足，而且百倍，把吴钩揉搓得就像柳梢青抹瓜棚的麦芋熟泥。

花三春本是个耍货儿，一身占全了馋、懒、刁三个字。二回怀孕，她不是想吃酸的，就是闹吃辣的；家里几只母鸡下蛋，本为了打油换盐，全叫她那一张馋嘴独吞了。

柳叶眉心疼吴钩，也心疼吴大娘，杏子早过季了，她就到河滩上给花三春采野莓，还摘来一篮子一篮子的辣椒，叫花三春吃个够；她又下河活捉鲫鱼，柳棵子里支起拍网生擒鹌鹑，大补花三春的元气。

花三春坐月子，柳叶眉溜溜忙了三十天。

“眉妹子，你真是我头顶上的福星高照！”花三春那两片嘴儿，能把巧舌八哥哨败了，“我天天心里烧高香，合辙押韵祷告月下老儿，求那老头子拴一个天上的金童下来给你当女婿。”

柳叶眉急不是，恼不是，呸呸啐道：“我剁下你的舌头，撕烂你的嘴！”

“我要是个男人呀，三班鼓乐，旗、罗、伞、扇，八抬大轿把你娶进门儿，再打个丈二的佛龛把你供起来。”花三春的伶牙俐齿，舌头打上膛，就像敲着花梆子唱莲花落。

“我要是吴大哥，一天揭下你一层皮！”柳叶眉笑骂道，“又馋又懒，谁家的娘儿们像你？”

花三春的懒，比她的馋还要命。自从生下摸鱼儿，她算得了理不让人：一不推磨，二不做饭，三不挑水，四不拾柴，更不下地。炕上地下，屋里院外，全是吴大娘拐着一双小脚，里出外进团团转。花三春一心只想打扮自己，把吴钩迷住，以免男人在外拈花惹草。她梳头打不起桂花油，就从木匠作坊找来芬芳刨花，沤在水碗里，刷在她那绵密乌黑的头发上，油光闪亮；她本来有一张容光潋滟的桃花脸，却偏要掐来大捧大捧的凤仙花，研成红艳艳的花汁，搽脸蛋儿，抹嘴唇儿；她扯不起花洋布，也亏她心灵手巧，从串村的货郎担上赊来几支五彩丝线，她能把白粗布小褂儿绣得花团锦簇。吴钩放学回到家，只见盆朝天，碗朝地，水缸空无滴水，老娘一边哄着哇哇啼哭的孩子，一边喂鸡打狗，而花三春却坐在临窗的半块菱花镜前，借残阳一片余晖，搔首弄姿，顾影自怜，不免动怒，气呼呼地说：“你……你于心何忍？”花三春并不顶撞，回眸一笑百媚生，吴钩只得叹了口气，挑起水筲到河边去了。

河边，柳叶眉正洗衣裳，一见吴钩匆匆忙忙来挑水，打趣地说：“大哥，你真把三春嫂子供在丈二的佛龛里呀！”

“都怪你插圈弄套，哄我上了当！”吴钩也开着玩笑，“送我这只巧嘴花翎白吐皮儿的水鸟儿，中看不中用，想赶也赶不走了。”

柳叶眉低下头，默默地洗着衣裳不吭声。

第二天，吴钩进家，一见满缸水，缸边还存下两水筲，便同临窗照镜的花三春道：“谁挑的？”

“你的好妹子，我的小姑贤呀！”花三春满不在意地嬉笑道：“这个眉妹子跟咱们真像一家人。”

吴钩转身出门去，想到柳家瓜园道谢；走在半路上，却见柳叶眉手握一张大锄，正在他租种的那二亩河滩地里耪荒。

“二弟，怎能一而再，再而三地劳累你呢？”吴钩满面羞愧地说。

“挑几筲水，耪两垅地，累不死我！”柳叶眉一副整脸子，夹枪带棒地说，“你还是晨昏三叩首，早晚一炉香，佛龛前拜娘娘去吧！”

吴钩被噎得直打嗝儿，窝着一肚子火又转回家，头一回扯着嗓子跟花三春嚷起来：“你也该学一学人家眉妹子，不应四体不勤，好逸恶劳。”

“我知道你这山望着那山高！”花三春伸出手指，轻轻点了一下吴钩的额角，“吃着碗里，看着锅里。”说罢，又耷朵起小嘴儿，能挂个油瓶儿；两眼泪花晶莹，一副受到天大委屈的神气。

“你……你……”吴钩温文尔雅，只有唉声叹气。

花三春却又莞尔一笑，一头扑到吴钩怀里，撒娇撒痴。

这一天柳叶眉挑水进门，正听见吴大娘忍无可忍，跟花三春拌嘴。

“人有脸树有皮，你一天到晚身不动膀不摇，脸皮子不发烧，心里也过意得去呀？”吴大娘嘟嘟哝哝，“人家柳叶眉一不该咱家的，二不欠咱家的，又不是咱家的长工短伙……”

“那是她放长线儿钓大鱼！”花三春舌尖带刺儿，蛮不讲理，“我还得前后长眼，四面留神；巴掌大的小炕，别叫她占了我的窝儿。”

“人有人言，兽有兽语，你……你是那两脚的畜生！”吴大娘气得抱住门框，才没有昏倒。

“花三春，你是尿布擦嘴长大的！”柳叶眉满头冒火星子，扔下水筲，闯进屋去，“你把刚才那满嘴喷粪舐回去。”

“君子一言，快马一鞭，我花三春吐唾沫落地是钉儿，不改口！”花三春双手叉腰，摇荡着叮叮当当的耳坠子，放起刁来。

柳叶眉上前撕她的嘴，花三春也不甘示弱，又抓又咬；柳叶眉的手背上被抓出五道爪痕，肩膀上被咬下三个牙印，这就惹得她野性发作。鹰抓兔子猫扑鼠，她把花三春挟出屋去，摔在地上，拳脚交加；一边打一边问道：“你改口不改口，改口不改口？”

花三春是个蒸不熟煮不烂的女人，虽然被打得皮开肉绽，还是直着脖子嚷叫：“柳家的丫头想占我的窝儿！……”

柳叶眉血涌上脸，从墙角落找来一把钝斧子，又搬来一块磨刀石，把花三春的下巴按在磨刀石上，狠掐她的脖子，挤出了舌头，举起斧子问道：“你改口不改口？我剁下你的舌头喂狗！”

花三春吓破了胆，卷着舌头连连说：“好妹子，我……舐回去……”

柳叶眉把斧子一扔，扭头就走；满肚子委屈无处诉，一路走一路啼哭。回到瓜园，她抹掉满脸泪水，坐在冷灶旁呆呆出神。

运河滩炊烟袅袅，晚风习习，从柳荫夹道的大路上，传来一声高一声低的哭喊声。

柳梢青从瓜垄里直起腰，手拢着耳朵听了又听，哭喊声越来越近了。

“柳家的丫头偷嘴的猫儿……”

“眉子！”柳梢青大吃一惊，“像是花三春点名儿骂你。”

柳叶眉一听，果然是花三春叫街，气得她就像钻天的爆竹冲天的火，喊叫着：“我活剥了她的皮！”

“君子动口不动手！”柳梢青拦住女儿，迎了出去。

花三春披头散发，拄着一根柳木棍子，跌跌爬爬而来，一见柳梢青，跪倒大哭：“柳大叔，你家眉子想占我的窝儿，刚才手拿斧子要劈死我；您替侄儿媳妇求个情，求她不看僧面看佛面，可怜我那一对小娇儿，饶了我的命。”

“三春，不许血口喷人！”柳梢青沉着脸喝道。

“我那耳不聋眼不花的好大叔呀，难道您蒙在鼓里睡昏了头？”花三春尖声冷笑，“你家眉子跟我家孩子他爹，明来暗去藤缠树，可也不是三天两日了。”

“花三春！离地三尺有神灵，我跟你破腹明心！”柳叶眉又羞又恨，有口难分，不想活了。

柳梢青又把女儿拦住，忍下去这口窝心的恶气，冷冷地说：“三春，回去吧！从今以后，咱两家划地绝交了。”

“谢谢大叔的恩典！”花三春悲悲切切，四起八拜。

柳家父女都吃不下晚饭，早早睡了；瓜园一片沉寂，柳梢一弯惨月。

“柳大叔，眉子二弟！”吴钩站在水柳篱墙外，气喘吁吁地叫着，“贱妇恶语伤人，我来领罪。”

“吴钩!”柳叶眉掀开瓜棚后窗的柳帘，露出半个身子；只见她手握一把瓜刀，割下衣襟一角儿，投到窗下，“我跟你割袍断义了。”

“柳大叔!……”吴钩跪下来。

但是，任凭他千呼万唤，沉寂的瓜棚里再没有回声，柳家父女不可侮。

他一直跪到月儿西沉，回家大病一场。

8

十年河东，十年河西，运河那白沙绿水的河床，年年雨季打滚儿；这边坍陷一个村落，那边就闪出一块河滩。殷汝耕自立国号，名叫冀东防共自治政府，在通州万寿宫登基坐殿，当上儿皇帝，便一声令下，里七外八，十五里之内的河滩地划为官田。他挑肥拣瘦之后，就像刀切豆腐，零卖年糕，把运河两岸的河滩切割成条条块块，赏赐他的皇亲国戚和文武百官。柳巷这一方河滩，土地肥沃，风景如画，落在殷汝耕的一个三岁的小女儿名下，算是这位千金小姐的胭粉地；柳家瓜园地处胭粉地的牛角尖上，于是三代祖产改姓了殷，柳家父女每年不但要纳粮，而且要交租。

柳叶眉血气方刚，这口气咽不下去，哭叫着说：“煮熟了瓜籽不出苗儿，叫这块地寸草不生。”

柳梢青沉重地摇了摇头，说：“一籽落地，就得万籽归仓，不能伤天害理。”

柳叶眉还不甘心，又说：“那就疯了秧子不结瓜，荒了蔓儿结小瓜儿。”

柳梢青却起了火，拍着大腿说：“那岂不是坏了咱柳家几辈儿的名声?”

“难道您就烟不出火不进，窝窝囊囊当奴才?”柳叶眉也跟她爹发起脾气。

柳梢青长叹一声，说：“能屈能伸大丈夫。”

他还像侍弄自个儿的瓜园，汗珠子摔八瓣儿，一腔子心血浇注到每一条瓜秧上，施展出柳家祖传的诀窍和他那独一无二的手艺，比别人家早一个节气熟了瓜，明天就要开园上市了。

种瓜的人，开园就像办喜事。财主富户开园，要请算卦先生挑选黄道吉日，备下香烛纸马，祭告皇天后土，摆下风光酒筵，恭候贵人临门。穷门小户开园虽没有这么多的讲究，但是为了讨个利市，也要翻一翻皇历，择个吉日良辰；瓜把式头脸梳洗得干干净净，衣裳穿得平平整整，东山的早霞一抹红，就早起开门放一挂爆竹。

爆竹一响，惊天动地，吃瓜的人四面八方而来；捷足先登的第一位，便是开园的贵人。瓜园主人满脸堆笑，一团和气，打躬作揖把他迎到瓜棚下，蒲团上落座，面前摆放一张饭桌，然后双手捧来瓜王，请贵人赏光。这位贵人也要随缘凑趣儿，念一段喜歌，或是说几句吉祥话。

种瓜的人最怕鳏、寡、孤、独、五官不正、四肢不全的人开园，那会给他带来流年不利，明年注定缺苗断垄，开谎花儿，疯秧子，结下瓜来招地蛆。种瓜的人欢迎大全福人开园，大全福人也分三六九等：刚入过洞房的新郎官儿，头胎早生贵子的小媳妇儿，都是贵人中的上品，他们给瓜园带来喜气盈门；然而，最受欢迎的贵人，还得首推那光屁股溜儿只穿一条红兜肚，光葫芦头只留一个烙铁印儿的小男孩，在瓜园主人的眼里，他们是财神爷打发来的送财童子。

年年开园前半个月，柳家父女就走遍每一道瓜垄，翻遍每一条瓜秧，百里挑一选瓜王，赌的是眼力。青石磙子满地乱滚，一个个斗大的西瓜就像一母同胎所生，肩膀一般齐，个头儿一般大的弟兄，分不开高低上下；必须独具慧眼，才能找出群龙之首。而一为瓜王，虽不能一步登天，却也在众瓜之间高高在上；瓜身上贴着红喜字儿，瓜身下垫着蒲草圈儿，瓜身旁插一根柳枝，拴着一个红布条儿的幌子，万绿丛中一点红，十分引人注目。柳梢青和柳叶眉也要加倍小心看瓜，黑夜多遛几遍，白天目不转睛，怕有人把瓜王偷走，一年都败兴。

不过，人人都知道柳家父女拳脚厉害，又看守得严密，没人敢太岁头上动土，老虎嘴上拈须，所以这些年从来没有丢过瓜王。

虽然明天就要开园，可是柳梢青刚起晌就被运河滩的警察分驻所传去；瓜园已经不姓柳了，柳叶眉也没有多大兴致看瓜，坐在瓜棚上埋头织席编篓，累酸了脖子才抬起头，漫不经心地向瓜垄里瞟一眼。

她已经二十出头了，还没有婆家，柳家的香烟不能断，她不能嫁出去做外姓人；然而，心甘情愿更名改姓，来到她家当倒插门女婿的男子，不是人品不够尺寸，就是模样儿看不顺眼，她也就宁当一个守身如玉的坐家女，也不愿一朵鲜花插在牛粪上。她也该做母亲了，可是孤花一朵不结瓜，有一回竟做了个梦，梦见一个绿叶香瓜似的小小子儿滚在她怀里，娇声嫩气地叫娘；仔细一看，却是吴钩的儿子摸鱼儿，羞得她一下子惊醒了，心慌乱跳，七上八下再也睡不着。此后，她一见摸鱼儿那个小淘气鬼就脸红；可又仿佛觉得，一条看不见摸不着的菟丝子，把摸鱼儿拴在了她的心尖上。

她跟吴钩一家，已经几年不来往了。花三春年年生儿子，正像柳叶眉手下年年一茬瓜；蛛丝马迹的鱼尾纹，已经悄悄爬上花三春的眼角，可是她还没忘头上刷刨花油，脸上搽凤仙花汁，只愿桃花依旧笑春风。她只在吴钩身上花心思，没有闲情管孩子；一进冬天，几个孩子就像孵小鸡，挤在炕头上不出门，一到夏季，几个孩子就像野鸟满天飞，整天泡在大河里。

柳叶眉坐在瓜棚上，一连编得两只柳条篮子，打算赶集换几个零钱。身边的柳条用光了，她跳下瓜棚，想到瓜棚下的青柴垛上，再取两捆柳条子。脚落地面，无意之中一瞥，忽然发现插在香瓜和面瓜垄里那两根拴着红布条儿的柳枝不见了；她一惊一恼，急忙跑过去看个究竟。

她沿着篱边的畦埂上走，只见水柳篱墙的东南一角，被扒开了一个窄窄的窟窿，只有水沟眼大小，不像有粗夯大汉爬进来；低头再一看，地上果然留下几个小脚丫儿的足迹。柳叶眉踮起脚尖，踩着这几点足迹走进瓜垄，三翻两找，就在一片密密叠叠的瓜叶下，找见了一个赤条条一丝不挂的小男孩儿，嘴啃着一个花面鬼脸的面瓜，睡得正香，原来是摸鱼儿。

柳叶眉忍不住要笑出声来，又赶忙捂住了嘴，怕惊醒了孩子。她慢慢蹲下身来看，越看越喜爱，越看越心疼，想起了那个梦。

摸鱼儿忽然睁开眼，又被阳光照得眯成一道缝儿；等他看出了是柳叶眉蹲在他身边，忙又假装睡着，紧紧地闭上了眼。

“摸鱼儿，你饿了吧？”柳叶眉的心发酸，柔情轻声地问道。

摸鱼儿刚点了一下头，又货郎鼓似的摇起来，说：“吃饱了。”

“家里没做饭吗？”

“好几天揭不开锅了。”

“你爹呢？”

“警狗子抓他，他跑了。”

"呵！"柳叶眉的心咯噔一跳，大惊失色，"你娘呢？"

"娘撞墙哭，要寻死。"

"奶奶呢？"柳叶眉心焦地问道。

"奶奶打发我来找柳姑讨吃的。"

"你为什么不跟我要呢？"

"我……怕您不给，就……钻进瓜垄里偷瓜吃，吃着……吃着……就睡着了。"

摸鱼儿还不满六岁，可是这个孩子比他爹当年还聪明早慧，大人之间的阴影投在了他那小小的心田上；他隐隐约约知道，他家和柳家有一堵拆不开的墙，他娘和柳叶眉结了个解不开的死扣儿。

柳叶眉哭了，站起身到瓜棚下拿来一个柳条背筐，摘了岗尖岗尖的一筐子面瓜，说："摸鱼儿，给你奶奶和几个弟弟吃。"

摸鱼儿偷偷地看了柳叶眉一眼，怯生生地说："我娘也饿。"

"饿死活该！"柳叶眉余恨未消，"我的瓜就是不给你娘吃。"

她背着满筐的瓜，送摸鱼儿回村；快到村口，摸鱼儿说了声："柳姑，我喊娘来接您！"就一溜烟奔家飞跑。

柳叶眉放下柳条背筐，转身而去，她不想跟花三春见面。

回到瓜园，柳梢青刚被警察分驻所放回来，坐在瓜棚上闷头抽烟；听见女儿的脚步声，喉咙里咕噜出一句话："吴钩跑了。"

"我刚给他家送一筐面瓜去。"柳叶眉愁闷地说，"也不知警狗子为什么抓他？"

"仇人见面，分外眼红呀！"柳梢青又吧嗒了两口烟才说，"你猜那个警长是谁？就是被咱们赶跑的那个龙头少爷汤三圆子。"

"真是冤家路窄！"柳叶眉浑身冒火，"是不是他下令把您传去，也想跟咱们找碴儿？"

"他逼问我吴钩的下落，我怎么知道呢？"柳梢青哼了一声，"就是知道，也不告诉他呀！"

"吴钩跑到哪儿去了呢？"柳叶眉忧心忡忡。

柳梢青把女儿叫到身边，嘴贴着柳叶眉的耳朵嘁嘁喳喳："汤三圆子说吴钩加入了共产党的京东抗日救国会，在学校里教学生们练武，还打算带领学生们投奔共产党的京东人民自卫军……"

"当真？"柳叶眉半信半疑。

柳梢青难得地笑了笑，说："吴钩虽是个书生，心胸可比咱们大；想一想他前几年就拜师习武，十有八九不假。"

"但愿他带兵杀回运河滩！"柳叶眉欣喜若狂，"咱们爷儿俩也入他们的伙。"

柳梢青刚要开口，摸鱼儿把柳条背筐送回来了，一路叫着柳姑，说："我奶奶叫我谢谢您。"

"理当的。"柳叶眉满面笑容，"回去告诉你奶奶，吃完了再来摘。"

"我娘……也叫我……"摸鱼儿吭吭哧哧，"谢谢您。"

柳叶眉又把脸一沉，说："我的瓜又不给她吃，不受她的谢。"

"她……没吃……"摸鱼儿的眼泪围着眼圈转，"她说……她今生对不起您，下辈子……变牛变马……报答您。"

柳叶眉的心头一热，忙说："你替我劝你娘，把心放宽。"又到瓜垄里，摘来两个不比瓜王个儿小的大面瓜，托给摸鱼儿，"这是特意送你娘吃的，你们不许争她的嘴。"

"是！"摸鱼儿答应着，却又跪下来给柳叶眉叩了个响头。

"没出息！"柳叶眉把他拎了起来，"你怎么学小叫化子模样儿？"

摸鱼儿低着头，搓弄着两只小手，说："临来时我娘嘱咐我，替她给您磕个头，求您饶恕了她，多疼我们小哥儿几个。"

柳叶眉心里扑通一跳，一阵恍惚，痴呆呆看着摸鱼儿走远了。

9

半夜三更，摸鱼儿又来了。

"柳姑，我娘丢了！"摸鱼儿站在瓜棚后窗的柳帘下，哀哀啼哭，"奶奶打发我来，求您跟柳爷爷找一找。"

柳叶眉睡在暗间的一张平地苇席上，被摸鱼儿喊醒，还没有来得及问话，只听睡在明间的柳梢青骨碌爬起，叫了一声苦："我真粗心大意，该死！"

柳叶眉披上衣裳走出来，问道："爹，您心中有数儿？"

"我给传到分驻所，正看见汤三圆子跟那个瘸腿儿贾二哈吧喝酒，早该料到他们要在花三春身上下手！"柳梢青捶胸顿足，后悔不已。

"只怕晚了！"柳叶眉着了慌。

她把摸鱼儿抱进瓜园，放在瓜棚里；然后，父女俩兵分两路，扑进月色迷茫的河滩，寻找花三春。

天快亮了，他们在一片水网中的柳棵子地里，看见了两具尸体，一个是花三春，一个正是那个贾二哈吧。

花三春在吴钩逃走以后，就听见了墙外一阵紧似一阵的口哨声；她没有想到，事隔多年，龙头大爷还不放过她。她也是个傲性子的女人，觉得没脸再见柳叶眉的面，也不想再情上欠情，所以没有到瓜园去找柳家父女。于是，她镇定了一下心神，打发摸鱼儿给柳叶眉送筐，捎去几句掏心窝子的话；摸鱼儿手托着两个面瓜从瓜园回来，她感动得落了泪，强打精神吃下半个柳叶眉特意送给她的面瓜，便随身携带一把剪子，单刀赴会去了。

一过小桥，沿着河汊走出不远，从一座孤坟后面闪出了贾二哈吧。

“三春，恭喜你要当寡妇啦！”贾二哈吧挤眉弄眼，“龙头少爷当上了警长，奉防共自治政府的大令，抓住你那个男人，就地正法，先斩后奏。”

“吴钩头上吉星高照，汤三圆子休想抓着他！”花三春两眼迸发着火花，“就是抓住了他开刀问斩，我也跟他同年同月同日死。”

“由不了你！”贾二哈吧满脸凶相，“龙头少爷把你赏给了我；嫁鸡随鸡，嫁狗随狗，嫁个扁担你也得扛着走。”

花三春双脚一跺，两个脚印，说：“生有处死有地，我就在这儿下葬了。”

“好！”贾二哈吧挽了挽袖子，“我先杀了你，再杀你那一窝崽子，这叫满门抄斩，不留后患。”

花三春脊梁骨冒出一股凉气，身子打了个晃；等稳住了脚跟，心中闪过一个念头，似哭非哭，似笑非笑，说：“贾二哈吧，你真是逼得我不跳火坑也得下苦井，也罢！我嫁给你，跟你走。”

“空口无凭，我不能给个棒槌就当真。”贾二哈吧涎着脸儿，就要动手动脚。

花三春一闪身子，却又丢了个媚眼儿，说：“天当帐子地当床，我先跟你做一回野鸳鸯。”

他们穿过一片又一片蓬蒿，爬过一道又一道荒丘，走过一条又一条河汊。花三春抱着必死之心求生，胆大气也壮。

走进水网中的一片柳棵子地，已经远离柳巷二三里了。

“三春，这儿的风水好，就在这儿入洞房吧！”贾二哈吧说着，扎煞着胳臂要把花三春搂住。

花三春早有提防，就一头扑到他怀里，噗哧一声把剪子扎进了贾二哈吧的肚皮；贾二哈吧仰面朝天倒下去，两只手乱抓乱挠，想把剪子拔下来，却又疼得翻滚，挣扎了一会儿，也就伸腿瞪眼，一动不动了。

花三春吓得手脚冰凉，呆呆僵立。

“杀得好！”有人拍了拍她的肩膀，“本是我虎口中的美味，怎能叫这条癞狗叼走。”

花三春惊回头，身后站立的是汤三圆子的魔影。

“汤三圆子，我杀了你赚一个！”花三春忘了自己是赤手空拳，就扑上去拼命。

她抓烂了汤三圆子的一张脸，还想咬断他的喉咙，却死在了汤三圆子的刀下。

花三春躺在青草上，霞光像是给她蒙上一床锦被，也给她那失血惨白的面颊搽上了胭脂，还是一张俏丽的桃花脸。

“三春嫂子！”柳叶眉号啕大哭，“你叫摸鱼儿捎给我的是话中有话，我好糊涂呀！”

柳梢青到吴家送信，吴大娘手拉着，怀抱着，身背着几个哭成一团的小孙儿，到警察分驻所喊冤。

分驻所就在柳巷邻村的一座二郎庙里，只有一个巡官，一个警长，两名乡警；那个巡官得了花柳病，在通州城里住医院，这个小衙门就是汤三圆子执政。他下令将吴大娘和花三春的那几个孩子关押在配殿里，亲赴现场验尸，立案侦破。

起晌，汤三圆子来到柳家瓜园，屁股后面跟着一个背枪的乡警。

“柳梢青！”他一脚踹开瓜园的柴门，大声吆喝。

“在！”柳梢青从瓜垄里站起来，头上顶着一张晒蔫的荷叶，搓着两手泥巴走上前来。

“吴钩之母报案，她的儿媳花三春跟一个来路不明的男子，死于河滩柳棵子地，是你父女亲眼所见，可是真的？”汤三圆子打着官腔，神气活现。

“真的。”柳梢青不多不少只回答两个字。

“经过验尸，认定这是一桩奸杀案。”汤三圆子摇头晃脑，面目可憎，“想必是这一对奸夫淫妇，半夜到河滩上春风一度，遭人杀害；可算是牡丹花下死，作鬼也风流。”

“胡说！”正在瓜棚上织蓑衣的柳叶眉，红涨着脸跳起来，“花三春不是那水性杨花的女人。”

天气炎热，柳叶眉只穿着白粗布上绣了几条花草的围胸，披一件柳条布的小衫，汤三圆子那一双锥子似的贼眼，馋涎欲滴在她身上滴溜打转；柳叶眉只觉得肉皮子一阵发紧，慌忙掩住怀，背过脸去。

“大姑娘，你哪里懂得妇人家独守空房之苦？”汤三圆子点头哈腰，向瓜棚下一步步蹭过来，“凡通奸被杀，杀人者大多是淫妇的本夫，为雪夺妻之恨，动手行凶；所以，昨夜晚柳棵子地连伤二命的凶手，必是吴钩。”

“更是胡说八道！”柳叶眉抓起那件刚织了大半的绿蓑衣，裹在身上，又扭过头来争吵，“吴钩是个文墨书生，温柔雅致的性子，这么多年没捅过花三春一指头，怎么会忍心杀她？”

“大姑娘，你只知其一，不知其二。”汤三圆子轻薄贱样儿，越发不堪入目，“吴钩入了共产党的伙，共产党都是杀人不眨眼的凶神恶煞；近朱者赤，近墨者黑，倭瓜茄子一锅煮，也就变了味儿。”

柳叶眉仍然吵吵嚷嚷地说：“你们把他逼得有家难奔，他怎么能回家杀人？”

“吴钩没有走远！”汤三圆子扮着笑脸，却眼露凶光，“这运河滩上，苇塘、蓬蒿、坟圈、瓜棚、柳棵子地，哪儿不能藏身？”

“你少跟我笑里藏刀！”柳叶眉杏眼圆睁，七窍生烟，“你要是想跟我们算什么陈年旧账，那就打开天窗说亮话，不必东拉西扯，藏头露尾。”

“大姑娘这张小嘴儿，赛过花椒子！”汤三圆子干笑两声，“这桩人命案儿，一时还没找到凶手；你们父女亲眼所见，也就跟这个案子结了缘，有劳一位到分驻所打个见证具个结。”

“我跟你去！”柳叶眉跳下瓜棚。

“大姑娘言之差矣！”汤三圆子又假装正色，“娇娘嫩女儿，不可轻出闺阁；柳梢青是一家之主，跟我走一趟吧！”

柳梢青不慌不忙，只给女儿留下两句话：“把那个西瓜王给我换一斤酒，等我回来喝。”就光着膀子赤着脚，头顶着那一张晒蔫的荷叶，跟着汤三圆子走了。

柳叶眉好生奇怪，老爹平日滴酒不沾唇，一年只有中秋节和大年夜两回开戒，也不过是小小一盅，蘸着筷子头儿嘬下去；今晚上怎么忽然想起要喝酒，而且喝一斤？老爹的心，像一眼古井，不知多深，看不见底；一定是他心中哀伤，想借酒浇愁吧？

她的心一阵痉挛，忙从墙上摘下那个满是灰尘的酒葫芦，又到西瓜垄里摘下那个贴着红喜字儿的大瓜王，肩扛着到河边去。河边柳荫下，常有小贩做生意，招揽打鱼的和走船的上岸吃喝；柳叶眉跟一个小贩三言两语成交，还外找了一包子杂碎，给老爹下酒。

关紧了柴门，柳叶眉在瓜楼上坐立不安，没有心思看瓜，也没有心思编织那件绿蓑衣。天大黑了，还听不见老爹的脚步声；月上柳梢头了，她撩开柳帘，从后窗探出身子张望，也望不见老爹的影子。

柳叶眉心急如焚，在瓜棚上转磨。“哎呀，不好！”她失声叫了出来，惊出一身冷汗；老爹一定是中了圈套，被汤三圆子扣押在分驻所。她咬得牙齿咯咯响，从苇席下抽出防身的雁翎刀，雁翎刀在幽暗中闪着寒光。

却在这时，飞来一颗石子，从瓜棚顶上滚落下来。柳叶眉的心跳得像鼓响，难道强人趁她孤身只影，前来打劫？她把雁翎刀紧握在手，闪到窗口一侧，只要强人露头，挥刀就砍。

三颗石子落地，水柳篱墙外有人轻轻呼唤：“柳大叔，眉子二弟！”

声音是那么耳熟，那么亲切，那么柔和……柳叶眉的心里一下子灯明火亮，是他！

瓜园外，月光下站立着一位不速之客，那是吴钩。

10

吴钩双手扯住柳帘，荡进后窗口。

“大哥！”柳叶眉泣不成声，“我三春嫂子死得惨……”

“傍晚我才知道。”吴钩忍下一腔泪水，“汤三圆子打发他的乡警，到各村鸣锣传令，只要我投案自首，就放出我娘和那几个孩子。”

“这两天，你躲在哪儿？”

“住在我的同志家里。”

“什么叫同……志？”

“加入了抗日救国会，生死同心的兄弟姐妹们。”

“我也想加入……你肯收下我吗？”

“要是你跟柳大叔参加进来，我们这支京东人民自卫军敢死队，更壮大了阵容。”

柳叶眉又哭道：“三春嫂子死后，汤三圆子还给她的脸上抹黑，你得替她报仇雪恨呀！”

“三春虽不是出污泥而不染，可是我信得过她那一颗碧玉的心。”吴钩从腰间拔出手枪，“我带来十几位同志，半夜打进分驻所，干掉汤三圆子，把我娘和那几个孩子搭救出来。”

“我爹也叫汤三圆子诓了去，一去没回头。”柳叶眉又问道，“怎么不见你那十几位同志？”

“他们都等在芦苇荡里。”

“快把他们请来吃瓜！”

吴钩正要双手扯住柳帘，再从后窗荡出去，大路上一个醉鬼唱着淫猥的小曲儿，晃晃悠悠向瓜园走来。

七月里，七月哟七，
大姑娘穿红挂绿走亲戚；
半道上碰见一个采花儿的，
拉拉扯扯进了高粱地……

“汤三圆子！”柳叶眉叫了一声。

“别慌！”吴钩的眼睛凛若寒星，“咱俩收拾了他。”

“柳家小妞儿……开门来！”汤三圆子一头撞在柴门上。

吴钩向柳叶眉打了个手势，柳叶眉睡意朦胧地问道：“谁呀？”

“你的……如意郎君……”

柳叶眉刚想破口大骂，吴钩急忙捂住她的嘴，小声说：“把这条狗鱼钓进来。”

“原来是汤警长呀！想吃瓜等我爹回来。”

“你爹……今晚上不回来了。”汤三圆子撞开了柴门，滚进了瓜园。

“他怕你……孤孤单单……冷冷……清清……央求我……带一支……盒子炮……给你作伴儿。”

“把他诓上瓜棚！”吴钩又在柳叶眉的耳边紧急下令。

“汤警长，别……别上瓜棚来，我……我还没穿好衣裳哩！”

“这……这才……方便。”汤三圆子抱着瓜棚的立柱，爬了上来，一直闯进柳叶眉的暗间。

他扑了个头碰壁，嘴啃地；吴钩骑到他身上，夺下他的武器。

“哎呀！你是谁？”汤三圆子吓醒了酒。

“吴钩！”吴钩喝道，“你为什么扣押柳梢青大叔，从实招来！”

“我想……打他个杀人犯，再霸占……他的女儿，玩够了……放鹰……”

“狗东西！”柳叶眉啐了一口，把雁翎刀搁在汤三圆子的脖子上.“是谁杀的花三春？”

“是……是……是贾二哈吧。”

“撒谎！”柳叶眉把手上的雁翎刀轻轻一按，切进了皮里肉外。

“哎哟哟！”汤三圆子杀猪一般痛叫，“是花三春先杀死贾二哈吧，又要杀我，我……我才……万不得已……杀了她……”

柳叶眉气得全身抖索，像一株狂风中的小草；她心疼得泪如雨下，骂了声：“你这个恶贼！”手腕子不由自主一用力，汤三圆子的脑袋掉了。

吴钩和柳叶眉抬着汤三圆子的死尸，扔下大河。

“我去招呼同志们上岸！”吴钩向不远处的芦苇荡走去，一边走一边拍着巴掌。

在洒满月光，镀了银似的大河上，传来了芦苇荡中的回声。

柳叶眉返回瓜园，却只见柳荫夹道的大路上人影幢幢，脚步杂乱；她闪到一簇水柳丛中，蹲下来看见，正是她爹柳梢青扶老携幼而来。

“爹！”柳叶眉带着哭声迎上前去。

“眉子，换到酒了吗？”柳梢青兴冲冲大喊。

他一条胳臂拐到身后，背着吴钩的一个孩子，一条胳臂拢在胸前，抱着吴钩的一个孩子；吴大娘拐着一双小脚，一手拉一个，落后柳梢青几步。

“爹，您带着吴大娘一家逃了出来！”柳叶眉眼含着泪花笑道。

“好扎耳朵的字眼儿！”柳梢青脸上老大不高兴，“你爹我连杀两个乡警，搭救了你吴大娘满门老小，得胜还朝，要喝一葫芦庆功酒。”

“爹，原来您早有打算！”柳叶眉又上前搀扶吴大娘，“我吴钧大哥到芦苇荡里招呼他那支人马上岸，一会儿就跟您大团圆了。”

“快去摘瓜待客呀！”柳梢青那闷葫芦放开了连珠炮，“多圆的月亮，多好的月色，今晚咱们大开园。”

父女俩把吴大娘一家安顿在瓜棚上，就急忙走进瓜垄。

柳梢青滚动着一个又一个青石磙子大西瓜，乐乐呵呵。

柳叶眉摘下一个个白的玉白，黄的金黄，匀溜个儿，滴溜儿圆的香瓜；又摘下一个个花面鬼脸，傻头傻脑，大肚囊儿憨态可掬，逗人喜爱的面瓜。摘着摘着，柳叶眉心中忽然一阵隐隐作痛；她在这片东西八篙宽，南北十篙长的瓜园里长大，心系儿拴着千丝万缕的瓜秧，穷家难舍，热土难离呀！今晚一走，明年就再也看不见满园的瓜秧遍地的瓜；那蒲苇铺顶，麦芋熟泥抹墙的瓜棚，也将坍塌倒坏，埋没蓬蒿，谁知道何年何月才能重返家园呢？

柳叶眉吸溜着鼻子，忍不住哽哽咽咽地说：“爹，等打跑了鬼子，赶走了殷汝耕，太平年月咱们还回家种瓜。”

“但愿我能活到那一天……”柳梢青抬头望月，心有所感，眼神里充满沉思，“人死艺不绝，大乱之年不能只靠你这个两姓的孤女；我得把你爷爷的种瓜诀窍，你姥姥的全套武艺，多传授几个外姓人。”

柳叶眉吓了一跳，说：“您生吞了豹子胆，竟敢不守铁打的家规？”

柳梢青从胸膛里发出嗬嗬的憨笑声，说：“眉子，爷爷和姥姥都疼你，有求必应；你先摆一桌瓜供，再加上那一葫芦酒，祭告二位老人家，替你爹求个情吧！”

柳叶眉破涕而笑。

一九八一年二月

小荷才露尖尖角

1

天上下小刀子，俞文芊头顶铁锅也得回家。七月天的鞭杆子雨，只不过是鞭打快牛，他那辆永久牌装甲自行车，风雨中更像一道闪电。从坐落在朝阳门外通惠河畔的大学分院，到北运河东岸的花街，走京津公路七十二里，这个土头土脑的大学生，天天跑一个来回。

念了三年大学，他还是三年前花街上那个憨气十足的小伙子。红男绿女丛中，他那头顶着高粱花的一身土气，就像羊群里跳出个骆驼，比大鬓角、蛤蟆镜、紧身衫和喇叭裤更引人多看几眼。

仲夏时节，黎明时分，俞文芊就紧蹬自行车，在通州到北京的公路上疾驰。小伙子头戴一顶尖头斗笠，破制服褂子上沾满露水和草叶，打补丁的裤子挽到膝头，光着一双泥脚；后车架上，驮着一个二百斤重的大青草捆。

他一路飞奔，一路口中念念有词。三十六里英文，三十六里日语，俞文芊选修了两门外语课。

一本英汉字典和一本日汉字典，俞文芊都吃进了肚子里。可就是乡下人口羞，不敢挂在嘴边上，发音过不了关。下笔答卷，能拿一百分。但是只要一开口，英文便带着北运河的水音儿，日语便充满花街的旱甜瓜味儿，惹得哄堂大笑，他急忙咬住舌头。

俞文芊的自行车飞下八里桥，直奔奶牛场，交上青草过了秤，然后，跑到人家的男浴室，刷牙、洗脸、拧开自来水管子的莲蓬头冲身子。从车把上摘下一只百宝的大书包，掏出他的礼服：深灰的确良汗衫，铁青中长纤维裤子，泡沫塑料厚底黑凉鞋。早霞晨光中穿戴齐整，配上小伙子那浓眉大眼，圆头方脸，扇子面胸脯，一条脊檩似的个头儿，乡下人眼光看来，也算得俊扮小生。

他每天到校打扫了教室以后，家住市内的同学才姗姗而来。

这个大学分院，只有孤楼一座，矗立在花树葱茏中。没有宿舍，夏天无处午睡，男女同学都趴在教室书桌上，迷迷糊糊打个盹儿。俞文芊却走出校门，到通惠河畔高坡上，找一棵绿荫如伞的河柳下，铺上塑料布，放倒大睡。

这块塑料布披在后背，又是他的雨衣，尖顶斗笠的拴带儿勒紧了脖子，在鞭杆子雨的抽打中弯着腰，像被狂风吹得倒伏的芦苇，两只胳臂趴在车把上，便可风雨无阻了。

每天下午放学，俞文芊片刻也不停留，蹬上自行车，驿马流星似的飞回家。

当年花街上那蒲柳人家的风光，已成过去，只有俞文芊家还依稀可见旧日的残迹。仍然是他爷爷和老爹留下的鸽子笼泥棚小屋，巴掌大的柳篱小院，就连三年一换柴门，也不改古风旧例。

一进家门，俞文芊把书包从窗口扔到炕上，便肩背柳筐，手提镰刀，到村外的河边沟畔打草去。

俞文芊自己手编的红皮水柳大筐，人称花街一号。有一年插秧下起小雨，两个快手姑娘花碧莲和杜秋葵插到地头，没有一棵树遮身子，就把俞文芊的大筐倒扣在头上。她俩盘膝大坐在筐下，还能脸对脸儿玩拍花巴掌。俞文芊磨出的镰刀，虽不能削铁如泥，鸡蛋粗细的柳棵子却能迎刃而倒；三年工夫，就把一条五寸厚的青石磨得像一只马鞍子。

河边沟畔，草色青青，甜而又嫩，奶牛爱吃；俞文芊割多少，奶牛场买多少。他一口气割到月亮挂上柳梢，一团一团的长脚大花蚊子叮得他伸不出手，才算罢休。一筐一筐背回家，散放在柳篱内外。鸡叫起床，打捆装车，上学路上，顺便卖草。

二百斤青草三块钱，从六月到八月，三个月汗珠子一大缸，能换来二百七八十元。再加上每月拿二十元的助学金，俞文芊的这两项收入，超过他上大学之前的全年分红。

孤儿寡母，他家里只有一个老娘。俞大娘一双小脚，又是一条风中烛瓦上霜的病身子，三日阴五日晴，一年挣不了多少工分。所以，俞文芊上大学的同时，还得奔出娘儿俩的嚼谷。

白茫茫的大雨，天连地，地连天，公路上早已路断行人车马稀，俞文芊的自行车也就像天马行空，正得一意孤行。鞭杆子雨又劈头盖脸抽打起来，俞文芊抬不起头，睁不开眼，喘不过气。过桥到运河东岸，从桥头奔花街，三里黄泥道上一锅粥，自行车寸步难行。

前六十九里人骑自行车，这后三里只得自行车骑人。俞文芊把他的永久牌装甲自行车扛在肩上，一步一陷行走。

黄泥道上的两条车辙，像两道小溪，路边柳棵子挂满野花藤萝，雨打落花流水。忽然，几步开外，密密麻麻的雨帘中，恍惚一簇荷花开放。俞文芊停住脚步，从脸上抹下一大把雨水，看了又看，才看出是一件藕荷色的雨衣横躺在路上。雨衣下鼓鼓囊囊，难道是鞭杆子雨打昏了过路人？他扔下自行车，踉踉跄跄扑奔过去，揭开雨衣一角，原来是一辆嘉陵牌摩托车抛了锚。

“喂！”他向四下呼喊，“谁的……车呀？”

雨声哗哗，他的喊声只有自己听得见，却被一大瓢雨水泼进嘴里，呛得直咳嗽。

俞文芊东瞧西看，东边是一片青纱帐，西边是一片瓜田。瓜田柳下，有一座风雨飘摇的瓜棚。

不见摩托车的主人，丢下摩托车不管，于心不忍。送佛送到西天，俞文芊搬起这几十公斤重的摩托车，打算收藏到瓜棚里去。

他拔腿刚要走，突然从青纱帐的豆棵下钻出一个姑娘，跑过来喊叫着：“放下我的车！”两手扯住他的塑料布雨衣不放。

俞文芊回头一看，吓了一跳，花碧莲像是刚从水中捞上来。

2

花街东八里，一条乡村公路和一条小河汊子之间，十几亩柳棵子地上，公社和北京的服装公司合营了一个京花联合衬衫厂。公社出地皮，出劳力，建厂房，掌管人事和保卫；公社书记被选为联合衬衫厂的董事长。服装公司出资金，出机器，出技术和管理人员，掌管供、产、销；服装公司的一个副经理当厂长，盈利双方各得一半。

公社从三十六个大队招考青年女工四百名，男工一百人。这个联合厂出产的男女衬衫，不但畅销全国各地，而且三分之一向国外出口。两年来，公社净赚二百五十万元。

花碧莲眼下就是京花联合衬衫厂裁剪车间的女工。

她爹花四季，是个掌作的瓦匠头儿，一把瓦刀吃八方。她娘小名叫巧儿，更是神通广大，从十六岁就爱保个媒，一张巧嘴能把死人哨得翻个身，三十年喝过的喜酒，足够开一个烧锅。

爹的手巧、娘的嘴巧，花碧莲占全了这两巧；爹的心眼子多，娘的脸子俊俏，花碧莲又各占爹娘一面。

花碧莲虽然身姿娇小，可是一巧破千斤。拔苗、插秧、割麦……人高马大的女人紧追慢赶，跌打滚爬，也只能拾她的脚印。她不慌不忙，有板有眼，遥遥领先，身后留下一缕淡淡的紫丁香气息。她长得好看，阳春三月从桃李树下路过，彩蝶纷飞，一拥而上，追她一程又一程；拐了弯，出了村，过了河，折下柳枝子扑打，打也打不散。

如花似玉的一个姑娘，亲娘又是个说媒拉纤的老手，花碧莲却一直没有找到对象。

这也并不奇怪。

花碧莲心高，她娘多疑，花四季老谋深算，三口人三杆秤，三把尺；过了筛子又过箩，哪个小伙子能过这三关？

人品出众，文化又高，精明强干，又有口才，而且还得出身好。五项原则，缺一不可，花碧莲才看得上眼。

但是，她娘还不放心。

她娘巧儿，四十六岁了，早已被年轻人尊称花婶子。花婶子保了大半辈子的媒，弄虚作假，无中生有，天花乱坠，插圈拴套，全靠人嘴两扇皮，红口白牙跑舌头。所以，不管哪一位媒人登门，她都只当是夜猫子进宅。保媒的哪怕是她的一奶同胞，她也只当是黄鼠狼给鸡拜年。即便女儿中了意，不揭开皮看瓤儿，她也不点头。

花四季久走江湖，见过世面，花活鬼点子，瞒不过他的眼睛，三思而后行，不见兔子不撒鹰。他辛苦大半生，只有这个女儿，不想一盆水泼出去。他不声不响，却是一家之主；女儿中意，老伴点头，也还得听他一锤定音。他想招个倒插门的女婿，可又不想收个情愿更名改姓的无能小子。

三口人，三双眼睛，就像六盏探照灯，瞄来扫去，照远不照近；手擎着灯台灯下黑，他们谁也没想到俞文芊身上。

俞家是花街的孤姓，落户又晚，比大姓老户低一头，矮两辈儿。漏船偏遇顶头风，俞文芊的爹又死得早，撇下孤儿寡母吃不上，穿不上，更不被人看重。俞文芊小名叫榆钱儿，五六年出生。三岁到五岁那几年，正赶上吃食堂，一天喝三顿红薯叶子稀粥，饿得面黄肌瘦。枯藤似的细脖儿，葫芦斗的脑壳，小肚子像一面鼓，敲起来砰砰响，一根根肋条皮包骨，像洗衣裳的搓板子，他娘都不敢指望他熬过来。那时候，花婶子在食堂当炊事员，自个儿吃得饱，花四季和花碧莲也饿不着，比起俞家母子，花家三口真是人上人。七岁那年花碧莲上小学，泥头巴脑的榆钱儿，光着皴皮脚丫子，也跟在她后边。她回头啐了几口，榆钱儿站住了脚，等她一迈步，榆钱儿又像影子跟着她。气得她转身追打，榆钱儿才一溜烟跑了。可是，等她来到学校，榆钱儿已经坐在教室里，还跟她是同桌。有个好心眼儿的老师，给榆钱儿买了一双鞋和一身新衣裳。榆钱儿也真给这位好心眼儿的老师争气，年年考第一。他们念了三年小学，榆钱儿那身衣裳已经窄小而又破旧。天下大乱起来，老师被剃了阴阳头，关在牛棚里，小学生们就像霸王的兵，暗散了。只有榆钱儿，天天上学去。他从校墙外的老虎眼枣树爬进荒凉阴森的校园，扒着牛棚后窗，看望被折磨得蓬头垢面，满身伤痕的老师，一串一串掉眼泪儿。乱了三年，花碧莲和榆钱儿都接到通知，叫他们上中学。散了架的课桌，瘸了腿的椅子，又没有教科书，却还要改革学制，初中只念两年，直升高中。高中开学，并不上课，只叫学生头上长角，身上长刺；砸玻璃有人叫好，交白卷上光荣榜。这一来，冬天的教室冷如冰窖，除了榆钱儿一人，谁也不来受这个罪。昏天黑地混过了两年时光，天天迟到，月月早退，年年旷课，也照领一张毕业证书。黄瓜茄子一锅煮，都回村土里刨食。村里正收回自留地，杀光鸡、鸭、猪、羊，砍光花草树木，四面八方堵死了路。年轻人晚上收工，闲得手痒，闷得心慌，男男女女便一团一伙打扑克。一打就是一个通宵，白天下地就像拉了秧的黄瓜上了架的烟，蔫头耷脑。钻进青纱帐满天星，躲在豆棵下睡大觉，跟队长转影壁，捉迷藏。花四季和花婶子眼看着女儿一天天艳如桃李，好一副花容月貌，只怕眨眼之间没盯紧，一失足成千古恨。于是，天一黑就插门。队里不许花四季耍手艺，瓦刀生了锈，可是队长想娶媳妇却得找花婶子。花婶子说媒拉纤的鞋底钱，有如雪片般飞来。鞋底钱买来一台缝纫机，花碧莲被拴在了缝纫机上。花街的男女青年中，还有一个人夜晚大门不出，二门不迈，此人就是榆钱儿。榆钱儿中了书迷，家里揭不开锅，看书看得能忘了饿。但是，有时饭桌子上看书入了神，一边看一边吃，八个大菜团子入肚也不知道饱。他家冒穷气，他又犯呆气，花婶子打赌，双失目的姑娘缺心眼儿，也相不中这个又穷又呆的憨小子。然而，人不可貌相，海水不可斗量。天时一变，不知哪块云彩有雨。七七年大学招生，花街上的姑娘小伙子人人怯阵，偏是榆钱儿单枪匹马报了名。可惜，出师不利，通知下来，没考上。距离录取线虽不是相差十万八千里，可也像隔着一座山，横拦一道水。俞家的坟地光长蒿子，哪能生出灵芝草？花婶子被女儿捂住了嘴，才没笑掉了大牙。舌头尖子能压死人，榆钱儿的耳朵从小就磨出了茧子。他虽然没能一拳头砸出一眼井，却偏要铁杵磨成针。果然，天下无难事，有志者事竟成。七八年榆钱儿又报考大学，头榜没录取，二榜却中了，考上了朝阳门外通惠河畔的那座大学分院。从此，没人再叫他的小名，都称呼他的大号文芊了。一花引来万花春，花街上又有几个姑娘小伙子扔下扑克牌，拿起书本子，七九年和八〇年各有两个人考上了中专。花碧莲也受到了震动，缝纫机上摆放了当年的课本。她到京花联合衬衫厂当女工，不是走的后门，而是堂堂正正考上的。三年来，俞文芊作为一名走读生上大学，天天早出晚归；两年来花碧莲在衬衫厂，倒换着上早、中、晚班。各有各的钟点，各走各的路，他俩很难相遇，多日不见。

有缘千里来相会，无缘对面不相逢；想不到鞭杆子雨把他们聚会一起。白娘子要不是游湖遇雨，怎能碰见许仙？看来，天作之合，雨是红线。

俞文芊放下嘉陵牌摩托车，玩笑着问道："碧莲，你哪一天买了这匹电驴子？"

"刚买三天。"花碧莲面带骄色，"花了我六个月的工资，半年的奖金。"

"这匹电驴子奴欺主，半路撂挑子。"俞文芊挤了挤眼睛，"看来，你还得买一条懒驴愁皮鞭子。"

花碧莲噗嗤一笑，说："今天下中班，天上刚飘雨花，本想骑上摩托车，八里地一眨眼到家，谁想前不着村后不挨店抛了锚。我蹲在豆棵下躲雨，只盼有个过路人救驾，想不到你这位文曲星下界，也算我洪福齐天。”

“你早该把车搬到那边瓜棚去。”

“那是杜秋葵承包的瓜田，我怕杜小铁子替他姐姐看瓜，把他的狼狗拴在瓜棚里。”

“只好我当搬运工了。”

“多谢了，榆钱儿！”

雨中一串笑声，花碧莲奔向瓜棚。

3

北京人在伏天爱吃西瓜，市面上年年闹瓜荒。花街的西瓜自古就有名，早年间在朝阳门外东大桥，东便门通惠河码头，前门箭楼子下面，三大瓜市摆状元摊。斗大的西瓜还带着一节青藤，两片绿叶，青藤上拴着三寸红头绳儿；有个名目，叫状元红，吃完西瓜还取个吉利。买到就吃，黑籽红瓤儿，脆甜爽口；搬回家去，七天之内，色、味、香不变，走了成色保换。

可是，这些年只许单打一，不管高矮、胖瘦、大小、宽窄，全都一刀切。花街的西瓜刨了祖坟，十几岁的孩子，只在画上见过瓜模样儿。直到七九年才松了绑，放了足；北京的水果店查档案，一窝蜂齐奔花街，家家走访，户户作揖，恨不能将花街这个弹丸小村的八百亩地，吊在半空中，上下、左右、前后，六面都种西瓜。然而，当年的瓜把式，死的死，老的老，活着的手艺也撂生了。矮子里拔将军，旧日默默无闻的杜大胆儿，竟成了今天的高手。

杜大胆儿本人并不出奇，全靠祖传秘方，一块地早瓜，一块地晚瓜，两头卖大价钱。

他这个大胆儿的外号，却是因胆小而得来。杜大胆儿自幼生得瘦小枯干，灾枝病叶不离身，许愿出家，到庙里当过三年小和尚，被木雕泥塑的牛头马面吓破了胆。还俗以后，天一黑就心惊肉跳，跟他老爹种瓜，却不敢在瓜棚里守夜。老爹死了，他和媳妇二朵过日子，一家人全靠三亩瓜田吃饭，他不得不看瓜，就拉着媳妇作伴。半夜三更，偷瓜的人，捣乱的人，在瓜棚四外，鬼哭夜猫子叫，吓得他扔下媳妇逃回家去，再也不肯夜宿瓜棚。媳妇二朵膀阔腰圆，比他力气大，也比他有胆量，恨他胆小如鼠，就赌气一个人镇守瓜田。二朵身上绊住绳子，系三条腰带，手持一把磨得雪亮的鱼叉，坐在瓜棚里，夜夜睁眼到天明。有一回，黑夜下大雨，两个坏小子闯进瓜棚要占她的便宜。她寡不敌众，大喊救命。跟杜家一墙之隔的花四季被吵醒了，喊叫杜大胆儿；“兄弟，你家瓜田有歹人，快去搭救弟妹！”他却关窗闭户，不敢出门，上牙打下牙，哆哆嗦嗦地哭道：“大哥，你……替兄弟辛苦一趟吧！”花四季只得抄起一条桑木扁担，赶奔瓜田而去。两个坏小子已经把二朵反剪了双手，扒光了衣裤。幸亏花四季赶到，打跑了两个歹徒，自己也挨了一刀，倒卧在血泊中，直到天光大亮，杜大胆儿才赶来。花四季受伤很重，一个多月下不了炕，当时又是光棍一人，二朵感念救命之恩，每日端汤送饭，一来二去就有了情。后来，二朵仍然黑夜看瓜，花四季便去陪她。五五年土地入了社，杜家不种瓜了，二朵也不看瓜了，花四季才娶了巧儿。

这两年，杜大胆儿又承包了十亩瓜田，但是已经不用二朵大婶坐镇；他们的儿子杜小铁子，带着一条狼狗，看瓜万无一失。

杜大胆儿和二朵大婶的女儿秋葵，三年前嫁出去几个月，男人是个造反团头子，打、砸、抢分子，又查出他在武斗中杀过人，被判处十年徒刑，秋葵就搬回了娘家，自立门户。她也承包了二亩瓜田，看瓜也是杜小铁子代劳。

杜秋葵的这座瓜棚，狭窄而又低小，连个鸽子笼也算不上，倒像一只站鸡笼子。乡下人一进腊月，就将不下蛋的母鸡，用处不大的公鸡，装进一只特制的鸡笼里喂肥，过年杀了吃。站鸡笼子也像旧时代衙门口折磨犯人的站笼，鸡入了笼卧不下，吃饱了只能一动不动地站立，最能长肉。杜秋葵承包这二亩瓜田，联产计酬，超额得奖，她想多栽几棵秧，不愿瓜棚占地过多，搭起个站鸡笼子遮风蔽雨，只为立足，不为栖身。

花碧莲跑到距离站鸡笼子还有两三步，猛然想起杜小铁子的狼狗，失声尖叫，掉头又往回跑，藏到俞文芊身后，牵着俞文芊的衣襟儿，蹑手蹑脚。

风雨飘摇的小小瓜棚，没有狗，也没有人，一场虚惊。

花碧莲放了心，一步跳进这个站鸡笼子。俞文芊把摩托车搬进去，又返回黄泥道上扛他的自行车。

杜秋葵真会精打细算，小瓜棚不足一席之地，有坐的地方，没站的地方，要想躺一躺，只能虾米大弯腰。花碧莲坐在下面铺着厚厚稻草的破席头上，摩托车挤在她的身旁，就连立锥之地也不剩了。

俞文芊扛着自行车来到，探头一看，在门口收住了脚。

"碧莲，你在这儿避雨，我先回家了。"

"别走！"花碧莲叫起来，"我害怕。"

"这个站鸡笼子装不下两个人。"

"咱俩并排儿站着。"

俞文芊一脚踏进门里，忽然倒吸了一口凉气。大雨滂沱，他刚才顾不上瞟一下花碧莲的打扮，无意之中进门这一眼，却看得真切。花碧莲烫了头，长发披肩，短袖紧身高领的特利灵浅花汗衫，被雨水打得粘在了身上，显露出窄窄的一围乳罩。糯米色的筒裤，也被雨水裹在腿上。一双白高跟凉鞋，粘满了泥水。这哪里是三年前的花碧莲，分明是某一部爱情影片的女主角，大雨天走下银幕来。

俞文芊还真猜着了。花碧莲正是看过那一部爱情影片以后，按着葫芦画瓢，模仿那位女电影明星打扮的。京花联合衬衫厂的姐妹们打赌，花碧莲的眉眼儿，脸蛋儿，身条儿，都比那位女电影明星水灵、俏丽、秀气。那位女电影明星的双眼皮儿，看得出动过手术的痕迹，而花碧莲却是天生丽质。

"站着累得慌，你还是坐下吧！我在门外给你站岗。"俞文芊背靠瓜棚的前脸，半个身子在雨里。

"风吹雨打，小心感冒。"

"伏雨不伤人，只当是淋浴。"

"那你穿上我的雨衣吧！"

藕荷色雨衣小巧玲珑，俞文芊个子高大，只能顶在头上。

大雨越下越紧，没完没了，喧嚣的雨声令人感到寂寞而又心乱。

"文芊……"花碧莲轻声叫唤，"听说你……在大学……交上女朋友啦？"

"没有的事儿。"

"哼，还瞒着我！女方的爸爸，是个高干。"

"你一定是看爱情影片看多了，也学会了瞎编故事。"

"难道没有人看上你？"

"我看没有。"

"你难道也没有看上谁?"

"没想过。"

"男大当婚，你不小了，还要等到驴年马月呀?"

"功课很多，我还要打草卖钱，抽不出身子谈情说爱。"

"还有多少日子毕业?"

"一年。"

"毕了业打算干什么?"

"我想赶快工作，可是我们系主任想叫我报考硕士学位研究生。"

"那真是芝麻开花节节高呀!"花碧莲的声音有点酸溜溜的，"你步步高升，就更看不起我们这些土命人了。"

"我到死都不会'水性杨花'。"俞文芊把雨衣挂在瓜棚的椽子上，向不远处的一片柳棵子地走去。

雨渐渐小了，花碧莲走到门口望去，只见俞文芊怀抱一团野花藤萝回来。

"文芊，你这是干什么呀?"花碧莲奇怪地问道。

"给这座站鸡笼子披红挂绿。"俞文芊笑吟吟地说，"美化一下环境。"

花碧莲的脸上掠过一抹阴影，问道:"你还忘不了秋葵?"

"……"俞文芊垂下眼睛，"咱们这些从小一块长大的伙伴里，她……最苦了。"

"我给你打下手!"花碧莲穿上雨衣，走出来帮忙。

她整理出一条条野花藤萝，递给俞文芊；俞文芊在瓜棚的两山和后墙下，两手扒坑，把野花藤萝的根茎埋下去，然后将藤藤蔓蔓扯上棚顶。

转眼之间，这座囚笼似的瓜棚，像一乘花轿了。

4

杜秋葵是杜大胆儿和二朵大婶的亲生女儿，只因她是属羊的，生辰八字也犯忌，又是个丫头片子，爹娘都不喜爱她。

运河滩老辈子有个陋俗，长得花枝似的姑娘，只要属羊和属虎，不但是赔钱货，而且是处理品，很难嫁出去，更难嫁好主儿。属羊的穷命，属虎的主凶，谁愿意将穷羊恶虎娶进门？属羊的命相又分三等：出生在春三月，羊有草芽吃，算是穷中有盼，是中等；出生在夏秋两季，草盛羊肥，叫穷中有福，是上等；出生在隆冬时节，天寒地冻，百草枯败，这可是穷到了底儿，当然算下等。如此胡说八道，至今竟还有人迷信。

属羊的杜秋葵，偏巧生在立冬那一天，那一年的那一天又是黑煞日。而且，她呱呱坠地，正逢未时；子鼠、丑牛、寅虎、卯兔、辰龙、巳蛇、午马、未羊、……羊又占个未字，杜秋葵就更"羊"了。这已经够晦气，恰巧那一天又是未时交节；未时之前，还算秋日，未时之后，便立了冬。不早不晚，偏赶上此时此刻，杜大胆儿和二朵大婶恶心死了。自欺欺人，二朵大婶给她取名秋葵，不认未时立冬这个账。然而，心中有鬼，想起来便六神不安，头上罩住了丧气。

假如二朵大婶从此不再生育，杜秋葵也就是一棵苗，独根草，到底是自个儿身上掉下来的肉，二朵大婶多少也得疼爱女儿一点儿。谁想只不过一年，二朵大婶又看瓜得子，贵子得自情人，真是无价之宝。厄运都交在了杜秋葵的身上，她的命相跟这位宝贝儿弟弟相克，二朵大婶便给儿子取名铁锁，也就越发恼恨女儿。

铁锁像一颗金蛋，顶在爹娘的头上；秋葵不但遭受爹娘的白眼，更要受弟弟的欺凌。姐弟俩从小吃穿分贵贱，全家的香油、白面、鸡蛋、瓜果，只供铁锁一张嘴，秋葵半口也吃不上。真像京郊农村那首古老的民歌《小白菜地里黄》所唱："……弟弟吃面，我喝汤呀，端起碗来，泪汪汪呀……"但是，民歌唱的是后娘虐待前妻的女儿，而秋葵和铁锁却是一奶同胞。吃食堂的那两三年，打回稀粥，铁锁拿一把笊篱，捞稠的吃，秋葵只能喝红薯叶子。饿得她跟榆钱儿搭伴，树棵里打鸟儿，河边上捞鱼虾，草丛里找地梨，沙冈上摘酸枣儿，填满肚子。她是弟弟的使唤丫头，三四岁就得哄铁锁玩，铁锁一不顺心，又踢又咬，她也不敢还手。二朵大婶听见铁锁哭一声，她就得挨一顿扫帚疙瘩。铁锁背着小书包上学去了，她却穿着铁锁剩下的破衣烂衫，挎着柳篮背着筐，河边野地挖猪菜，打羊草。她没有上过学，是个文盲。花街的姑娘，多多少少都有一点文化，只有她扁担躺在地上，也不认得是个一字，更觉得低人一头。十一岁，她就被二朵大婶打发到队里挣工分，收工回来还要拾一捆柴禾。早上一缸水，晚上浇小园。她肩挑两只大木筲，一担水歇三站，起早贪黑十几趟。

风吹日晒，吃苦耐劳，杜秋葵却长得更茁壮，十五六岁就赶上她娘的个子，力气很大，挣上了整劳力的工分。她泥里滚草里爬，从不挑肥拣瘦，也不嘴尖舌巧，婶子大娘都喜爱她。家里像冰窖，野外像火盆，她喜欢起五更爬半夜打加班，免得回家看爹娘和弟弟的脸色。打加班多挣分，二朵大婶只顾贪爱工分能换米和柴，也就乐得放鸟出笼，却忘了大姑娘就怕高粱地和月黑天。

有个小伙子叫安天宝，贫农出身。他爹年轻时被国民党抓过兵，没有三个月就被解放军俘虏，到十八兵团当战士。十八兵团打太原时，他登云梯，爬城墙，炸断一条胳臂，立了一等功。复员回家，算是二等残废军人，每月能从县民政科领取生活费。此人侠肝义胆，为朋友甘愿两肋插刀；又是二踢脚的爆竹脾气，路见不平，挥拳相助，打起架来就像打太原。一九六六年天下大乱，他从北京来的红卫兵小将嘴里，听说一位当年十八兵团的老首长被打成黑帮，天天挨打示众，心疼得开口大骂这些折磨他的老首长的天之骄子，是马下出来的骡儿。小将们听说后，解下腰间的铜环皮带，唿哨而上。他竟赤手空拳搏斗起来。但是，单臂武松，寡不敌众，被打得血肉模糊，气绝身亡。他死了，却给家人留下了无穷的祸患。儿子安天宝成了狗崽子，脖子上挂黑牌，清队以后改叫“可教育好的子女”。这一来，虽然小伙子有一副五官端正的相貌，两膀子九牛二虎的力气，可是脸上刺着字，身上背黑锅，连地富子女也不肯嫁给他了。

然而，人非草木，谁能无情？安天宝悄悄爱上了杜秋葵。

杜秋葵从小在屈辱中长大，不懂得看不起人，更不会欺侮人。安天宝比她大八岁，农活是能手，脾气又十分和顺，她只当安天宝是个老大哥，并无杂念，更不存戒心。

挖河，打堤，拔麦子，脱坯，是四大累，又是四大巧。杜秋葵的力气顶得住，只是手忙脚乱不出快，安天宝手把手教会了她这四门手艺。她却没有留心，当她蹲下身子，弯下腰时，安天宝常从她那解开纽扣的脖领子里，偷偷瞟一眼她那丰满的胸脯。她穿的是一件洗得褪色，打着补丁的男军装，这也是她弟弟穿剩下的。破旧的军装里也没再穿一件背心。

一个月黑夜，河边浇稻田，只有几个男青年打夜班，姑娘中就来了杜秋葵一个人。安天宝是被教育对象，有夜班就得阵阵出马，场场必到。

那几个小伙子，不是来混分的，就是来泡分的，没有一个是来挣分的。他们只管看毛渠，开畦口。兵分两路，一路留守阵地，一路溜到村边菜园，摘黄瓜，偷西红柿，满载而归。低低打一声口哨，大家钻进一片茂密的柳棵子地，饱餐一顿，扔胳臂蹬腿，横七竖八大睡。安天宝又要看水泵，又要蹓干渠，忙得脚丫子朝天，杜秋葵便给他打下手。

难熬的三更天，人困马乏，一个跟头绊倒，能睡死过去。远处，那一片茂密的柳棵子地里，鼾声如雷。杜秋葵也支撑不住，连连打哈欠。安天宝心疼她，就叫她找个地方打个盹儿。杜秋葵笑了一声："天宝哥，你真是菩萨心肠儿，唐僧的心眼儿！"她把铁锨插到渠边，夹着一块随身带的塑料布，沿着河边的鸡肠子小路，在河湾的柳丛中，找到一条子白沙地。

一天湿三遍，干三遍，全身上下发了馊，她又没有替换衣裳。月黑天伸手不见五指，她下河洗了洗身子，顺便涮了涮衣裤。上岸来，她把衣裤搭在红皮水柳枝上吹风。正是盛夏，半夜三更也并不寒气袭人。虽是月黑天，不像要下雨，河风里不带湿气，不到天亮就能把衣裤吹干了。她又到高粱地里，掰来一大抱叶子，铺在柳丛白沙上，塑料布掩住大半个身腰，躺下来就静静地睡着了。

安天宝坐在河边，看守水泵，心里十五个吊桶打水，七上八下。往日打夜班，姑娘媳妇儿一台戏，他不敢亲近杜秋葵。今天只有杜秋葵单身一人，正得倾诉衷肠。但是，他又怕捅了马蜂窝，起来坐下好几回，还是拿不定主意。

一阵风来，扫得沿河柳弯草低。过了一会儿，一个黑糊糊的东西顺水漂来，到他脚下，他探出胳臂抓到手里，原来是杜秋葵的破军装褂子。他的心猛跳起来，这可找到了话茬儿。过这个村，没这个店，他挺身而起，拎着破军装褂子寻找杜秋葵。

找来找去，他找到了河湾柳丛中那一条白沙子地。走进去一看，眼前白花花的一个身影。杜秋葵身上的那一块塑料布，是剪开的进口化肥袋子，像一片流云水雾，洁白而又透明。安天宝的心跳到了嗓子眼儿，只觉得口干舌燥，呆呆站立，看了半晌，才颤着声叫："秋葵，你的褂子掉到河里了……"

秋葵没有动静。

他又呆呆站了一小会儿，准备把褂子的水拧干，晾起来再走，就在他拧干水，将衣服“哗”地一声抖开时，杜秋葵惊醒了，她昏头涨脑，模模糊糊看见一个巨大的黑影。她个子大，像她娘，胆子小，像她爹，迷迷怔怔大叫起来：“有坏人啦！救命呀！……”

安天宝放下衣服撒腿就跑，一个跟头三个滚儿，无影无踪了。

杜秋葵的喊叫，并没有引起回响，远处柳棵子地里那几个小伙子，睡得死沉，抬起来下汤锅也醒不了，谁能前来搭救杜秋葵？

吓得三魂出窍的杜秋葵，慢慢镇定下来，揉揉眼睛，只当刚才做了个噩梦。她穿上湿衣干裤，原路而回。心里直纳闷：裤子干了，怎么衣服还是湿的！

“天宝哥，我梦见一只老虎要吃我……”杜秋葵说着，向水泵走来。

但是，安天宝失踪了。

小伙子害怕杜秋葵告状，他要挨打、游斗、戴上坏分子帽子，也就没脸活在世上了。他想起老辈子的人，饥寒交迫，惹下大祸，都下关东。于是，他逃回家，拿了几斤粮票几块钱，又带上他爹的荣誉军人证和户口本上的他那一页，连夜逃奔关东而去。

过了几天，杜秋葵才醒过梦来，她梦见的只怕不是一只老虎，而是菩萨心肠儿的安天宝吧？她后悔自己冒冒失失那一叫，害得安天宝不知流落何方，生死不明，暗暗难过了好些日子。

榆钱儿高中毕业，回村劳动，接了安天宝的班。

他虽不是“可教育好的子女”，可是为人憨直，占不着便宜，只有吃亏的份儿。他的力气不小，但是初出茅庐，也是手忙脚乱不出快。杜秋葵早已出师，轮着她手把手教榆钱儿了。她比榆钱儿大两岁，只当榆钱儿是个小弟弟，也并无杂念，不存戒心。榆钱儿是个书迷，不想媳妇儿，也不偷看杜秋葵的脖领子。

娇滴滴的花碧莲，生性好抓尖儿，姐妹中闹得很孤立。杜秋葵从不争风抢上，跟哪一位姐妹都亲亲热热，孤家寡人的花碧莲，便跟她接近起来，送她两套穿旧的花布汗衫和制服裤子，还搭上一条半新的丁香紫头巾。杜秋葵比花碧莲粗壮，穿上花碧莲的衣裳，窄小得绷紧在身上。她从穿衣镜上照见自己的影子，羞得双手蒙脸，怯生生地说：“唉呀！就像光着身子，我怎么敢出去见人！”

“秋葵，想不到你像‘一枝红杏出墙来’！”花碧莲在杜秋葵面前，卖弄学问，“也不知哪个小伙子有口福，把你这颗红杏摘到手。”

“谁肯要我这个睁眼瞎呀？”杜秋葵脸上一阵阴暗，“我娘还想叫我多挣几年工分……”

花碧莲磁着眼珠儿，想了又想，忽然咯咯一笑，说：“榆钱儿跟你正是天生的一对，地造的一双。”

杜秋葵的心颤动了一下，脸一红，发了怔。半晌，却又摇摇头，嘴角一丝苦笑，说：“榆钱儿娶不起我，光是奶水钱，我娘至少要八百块。”

花碧莲只不过是一句戏言，风一吹就忘了。然而，一缕情丝，却缠绕在杜秋葵心上。从这天起，杜秋葵处处心疼榆钱儿，月黑天河边浇稻田，她强忍着困乏，却打发榆钱儿到河湾柳丛中的白沙地上睡觉。一转眼就到了一九七七年，榆钱儿还像一只浸了水的木鱼，敲不响。

这时，花婶子登门给杜秋葵说媒。

花婶子嫁给花四季不久，就耳闻二朵大婶跟花四季相好过，两人做了二十多年的冤家对头。二朵大婶心中有愧，不敢不退避三舍。因此，花婶子进她家的门，是赏她的脸，她怎能不笑脸相迎，满口答应？

说媒拉纤，讨价还价。二朵大婶的娇儿铁锁已经长大，眼下人称杜小铁子，正走桃花运。二朵大婶卖了闺女娶儿媳，开口就要奶水钱一千元，还得奉送一万八千块青砖，三千五百块红瓦。这真是漫天要价，不料花婶子嘎嘣响脆，满应满许，三言两语拍板成交了。

杜秋葵慌了神儿，打夜班溜出稻田，半夜三更跑到榆钱儿家，敲打榆钱儿那间小屋的后窗。

榆钱儿正悬梁刺股，复习功课准备考大学，半天才抬起头，隔窗问道：“谁？”

“我……”杜秋葵低低啜泣，“我妈要拿我换一千块钱，一万八千块砖，三千五百块瓦……你救救我吧！”

榆钱儿走出去，响当当地说：“我带你到公社去请求保护。”

“我怕我妈活剥我的皮……”

“那我就无计可施了。”

“你……你是我的心上人呀！”杜秋葵投到榆钱儿的怀里，“难道你忍心看我跳火坑？”

"我翻箱倒柜也拿不出十块钱，扒了房也没有几块砖、一片瓦……"榆钱儿发了狠，咬破嘴唇，"你拖延一些日子，等我考上大学，你妈就不跟我要钱了。"

"天保佑你！"杜秋葵哭湿了他的胸襟。

但是，榆钱儿没考上，那个小子却把奶水钱和青砖红瓦送上门来，他眼睁睁看着杜秋葵像一只绵羊，被人家买走了。

杜秋葵嫁出去几个月，那个小子就犯了案。法院不但判处他十年徒刑，而且判决破产退赔。杜秋葵怀着三个月的身孕，重回花街，跟那个小子离了婚，到公社医院做了人工流产手术。

娘家，一万八千块青砖和三千五百块红瓦，盖起五间大北房，那一千块奶水钱却被杜小铁子花了个净光。杜小铁子像个散财童子，把卖姐姐换来的一张张十元大钞，抛洒在走马灯似的一个个对象身上，可也没有捞着一个媳妇。

榆钱儿考上大学分院，手拿着录取通知书，去找杜秋葵。半路上，意想不到，却遇见了哭丧着脸的安天宝，从杜家碰壁而归。

安天宝逃到东北，在一家国营农场当了几年临时工，跟一位老农艺师学会了不少手艺，积攒下一千几百块钱，也算衣锦荣归。他回村刚放下行李，听说杜秋葵的不幸遭遇，当下就到杜家求婚。二朵大婶将杜秋葵减价一半，只跟安天宝要五百块的孝心钱，但是杜秋葵吃下秤砣铁了心，死活也不肯再嫁人，二朵大婶一怒之下将她扫地出门。

花四季正想跑马占圈盖一座新宅院，就把杜秋葵收留下来，替他看管老房子。

这二年，秋葵承包瓜田，就像栽种了一棵摇钱树，年年得利，日子富足。但是，她仍然胆子不大，不敢黑夜看瓜，又脸皮儿薄，不敢抛头露面，上市卖瓜。于是，杜小铁子乘虚而入，大包大揽，看瓜交给一条狗，卖瓜沾手三分肥。

雨刚见小，杜秋葵便在家中坐不住，迎着微风细雨跑出村来。她怕西瓜泡了水，太阳一晒放了炮。

这两年腰里硬，自己当家做主，杜秋葵要把失去的春色找回来。她穿的是一件柳绿雨衣，斜大襟花红衫子，半高鞠雨靴；满面春风，挺着胸脯走路。她远远地看见瓜田上，一男一女给她的站鸡笼子扯满了野花藤萝。手搭凉棚望去，看出是俞文芊和花碧莲。她慌忙闪进青纱帐，情不自禁，心里一酸，眼泪扑簌簌淌下来。

俞文芊搬着摩托车，花碧莲扛着自行车，说说笑笑从青纱帐外走过去。他们没有发现青纱帐里的杜秋葵，青纱帐里杜秋葵的泪光中，却久久映照着他们的影子。

5

还有一箭之地，就到花街村口了。

花街是个小村，几十户人家却分布在三道沙冈上；这三道沙冈过去叫龙头、熊腰、凤尾，各自相隔一条窄窄的河汊子，一幅小桥流水人家的风景。这两年新房如雨后春笋，龙头、熊腰、凤尾连成一片，改叫前街、中街、后街。河汊子两岸砍光了水柳、蓬蒿、酸枣棵子，栽种下桃、李、杏、梨、海棠、苹果。村庄四外，杨、柳、桑、枣、榆、槐，绿树浓荫，白天不见人影，夜晚不见灯光。

俞文芊家住龙头前街，花碧莲家住凤尾后街。两家虽是一村人，多年不来往。

“文芊，你把摩托车搬回家去……”花碧莲存住脚步，转了个念头，“咱俩交换了。”

俞文芊不知花碧莲是何用意，笑了笑说：“有钱才能支使摩托车的轮子转，我换不起。”

“你搭救了这辆车，我不要你找价。”

“那不成了路劫明火吗？”

“我真心实意换给你。”花碧莲的目光，含情脉脉，“你每天上学。来回一百四十四里，骑着摩托车，节省两小时，一寸光阴一寸金；我上下班，往返不过十六里，坐上老牛破车，也比你早去早回。”

“我还不够这个级别。”俞文芊扮了个苦脸儿，“再说，我也没处偷油。”

“这个你放心！”花碧莲笑吟吟地打保票，“杜小铁子跟南来北往的十几个司机，都有八拜之交，他能开个加油站。”

“汽油混合贼腥味儿，环境污染更要命了。”俞文芊半玩笑半正经，“碧莲，我劝你也别再骑摩托车，车轮子带着不正之风。”

“牵着不走，打着倒退！”花碧莲变了脸，眼角眉梢都是骄娇二气，

“你换也得换，不换也得换！我开的是一言堂，做的是霸王生意。”

说罢，她跨上自行车，直奔村口，扔下俞文芊给她当苦力。

穿龙头，过小桥，绕熊腰，又过二道河汊子，回到凤尾，她家门口下了车。

花家是花街的首富，三口人三条生财之道。花碧莲在京花衬衫厂，每月工资三十七元，副食补贴五元，车贴二元，洗理费四元二角，夜班费三元，全勤奖五元，超额奖二十元上下，总计七十七元挂零儿。花四季是公社基建队的大掌作，拿七级工的工资，再加上各项补助和奖金，每月收入百元以上。花婶子在家饲养鸡、鱼、貂，一年收入已经不少，另外又身兼私立婚姻介绍所所长，每月都有两笔外快。这两年农民富起来，彩礼水涨船高，媒人的鞋底钱也就大调价，花婶子的这项收入十分可观。财大气粗，盖起这座青堂瓦舍的大宅院，四面砖墙，十间游龙起脊大瓦房，爬满了崭青碧绿的爬山虎藤萝，铜钱花眼的高门楼，两扇红门铜扣环，仿的是老北京大宅门儿的格局。城里人住惯了人均二点八平方米，一见这座宅院吓一跳，只当是一幅海市蜃楼的幻景。

且慢少见多怪，走进门去，更要目瞪口呆。迎面一座大影壁，重金礼聘县文化馆的画手，画了一幅大地回春百花齐放图，大红大绿的杨柳青年画风格，也掺和了不少西洋油画的佐料儿；这幅画花费了一百块钱的润笔，三天四盘八碗的酒饭。影壁后面，还有一座石翠苔青的假山；假山上的雨搭下，十八间小巧玲珑的貂房。养够了尺寸，公貂一只一百二十元，母貂一只九十六元，好大一捆十元钞票。顶叫人惊叹不已，忍不住扯开喉咙喝彩的风景，是满院一池碧水，荷叶盘盘，弥漫清香。这口一亩大的鱼塘，清一色的鲫鱼，大的二三斤，小的五六两，逢年过节大篓上市。东西两面墙下，各有一溜鸡埘，母鸡二百只，日产鲜蛋百多个，好似繁星落地；十只红冠子大芦花公鸡，拍打翅膀啼鸣起来，就像一支合唱团。

要问这座宅院造价多少，主人微微一笑，无可奉告。花四季是一位大掌作瓦匠，门下弟子上百人，一声令下，都来帮工，分文不取。砖场、石窑、木匠作，花四季路路通，处处大开方便之门。这座十间大房的宅院，眨眼之间，平地而起。

早有人吹风，别看花四季眼前过五关，早晚有一天走麦城。花四季却脸不变色心不跳，沉住了气。他已经五十大几，年近花甲，晚年交上好运，摆几天排场，享几天福，也不算罪过。即便再来个大折腾，也死而无怨了。

花四季这几天正在家里休假，大雨封门，他盘膝坐在炕上，面前一副扑克牌，跟老伴花婶子玩钓鱼解闷儿。看看窗外雨住了，他把手中的牌一扔，下炕穿鞋，走出屋门外舒展一下筋骨。

他是个长胳膊，鹭鸶腿，五尺五的大高个子，剃着锃亮的光头，一张鹞眼鹰鼻的长脸，上唇一抹黑胡髭。身为花街首富，穿着打扮就得不失身份。上身是杭纺的对襟褂子，不喜欢钻头套脑的背心，贴身还是白洋布汗褟儿，下身黑绸肥裤，扎着裤腿，脚下双梁鞭鞋，一副艺高架子大的老手艺人神气。

花婶子比丈夫小十岁，年轻时候一朵花，如今四十多岁了，仍然是弯弯的眉，水汪汪的眼，红润润的薄嘴片儿，没有一茎白发的青丝梳着香蕉头，风韵犹存不见老。花婶子心目中，老伴是一棵擎天的树，她是一条绕树的藤。花四季走出屋，她也跟出来，老两口子站在鱼塘岸边，观看荷叶下鱼儿戏水。

“爸，妈!”花碧莲拐过影壁，娇声嫩气地喊叫。

“唉哟，你怎么顶着大雨回家来!”花婶子一见女儿头上脚下湿漉漉，心疼得叫起来，“不怕淋坏了身子，淋坏了‘嘉陵’?”

“我想您们二位老人家呀!”花碧莲嬉笑着把自行车推进来。

“‘嘉陵’呢?”花婶子不见摩托车，忙问道。

“我跟人家换了。”花碧莲又将自行车搬进仓房，门上加锁。

“跟谁换的，他倒找多少钱?”花婶子追问道。

花碧莲抛给母亲一个诡秘的微笑，说：“一对一，换给了俞文芊。”

“什么，什么?……”花婶子两眼眨个不停，“跟那个……榆钱儿?”

“人家上了三年大学，您尊称人家一声文芊吧!”花碧莲一扭身子，走进自己的闺房。

这间闺房里，整整齐齐地摆着大立柜，梳妆台，双人床，落地灯，土造沙发。花碧莲脱下身上的湿衣裳，打开立柜的一扇门，摘下一条墨绿百褶裙，一件白绸衫，都是京花联合衬衫厂的降价处理品。又扒下沾满泥水的高跟凉鞋，换上一双天蓝色的塑料拖鞋。

“你为什么便宜榆钱儿?”花婶子站在闺房门外，喊嚷着。

“人家叫文芊!”花碧莲吃吃笑，“我们俩……在杜秋葵的瓜棚里避雨……”

“他……他跟你动了手脚!”花婶子大惊失色，破门而入。

“我愿意……跟他……”花碧莲坐在床沿上，羞羞答答。

“你怎么迷了心窍，看上他?”花婶子急赤白脸，“三间鸽子笼，巴掌大小院，憋闷死你。”

“您们老两口子不会分给我们五大间吗?”花碧莲瞟了母亲一眼。

“啧，啧!”花婶子打着响舌儿，“他黑不溜秋，一天到晚直眉瞪眼，哪一点儿可人疼?”

“人家直眉瞪眼是一心扑在了学问上。”花碧莲甜甜一笑，“上了三年大学，我看他眉眼口齿，山明水秀，跟过去大不同了。”

“上了大学，一年土，二年洋，三年不认爹和娘，早晚是个陈世美!”

“盐卤点豆腐，我可不是秦香莲。”

“大学毕业，一个月挣多少钱?”

“头一年四十六块，转过年来五十六块，加上补贴，六十块出头。”

“唉哟哟，比你还少十几块呀!”

“我一不缺吃，二不缺穿，三不缺钱，缺少的是……”花碧莲抬起头，“一个给我脸上增光的人。”

花婶子从鼻孔里哼了一声，说：“我当不了家，你也做不了主，咱家的灶王爷是你爹，他说了算。”说罢，花婶子沉着脸走出女儿的闺房。

外屋，花四季正坐在土造沙发上，打开了电风扇，拧开了十二吋电视机，听播音员李娟报告节目。花婶子伸手把声音调低，在老伴耳边喊喊喳喳，愁眉苦脸儿。

“正合我的心意!”花四季一拍大腿，“我订购了电冰箱跟洗衣机，可是还觉得有个大欠缺，原来是少一位大学生门婿。”

老伴点了头，花婶子就像接了圣旨，马上眉开眼笑，说：“等吃完饭，我就到俞家去。”

“妈!”花碧莲跑出屋来，“您不能亲自出马，得另外找个媒人。”

花婶子冷笑道：“花街子你挨门挨户数一数，哪一个说媒比得上你妈?”

“一把钥匙开一把锁。”花碧莲想了想，“安天宝跟文芊是好朋友，您去找他。”

正在这时，门外有人叫："花婶子!"

鬼使神差，正是安天宝，搬着摩托车走进门。

花婶子迎出去，笑问道："天宝，我们家的摩托车，怎么到了你手里?"

"我正到您家来，路上遇见文芊，他叫我把摩托车转交碧莲，再把他的自行车推回去。"安天宝伶牙俐齿，忽然吭吭哧哧，"婶子，我有一桩心腹事，想求您……"

"快进屋里坐!"花婶子喜眉笑眼，"一道篱笆两根桩，远亲不如近邻，谁都求得着谁。"

6

安天宝至今还是独身一人。

他从东北带回来一千多块钱，盖起三间砖房；他爹平了反，县里追补八百元抚恤金，他又接上两间，打上围墙。老娘在他逃走三年后，哭丈夫屈死，想儿子断肠，伤痛而亡。空落落的大院子，缺少女主人。

众星捧月，安天宝当上稻麦专业队队长。他带领另外十几个劳力，承包三百亩大田，稻麦两茬，亩产一千八百斤；还承包了两道河汊子，每年出上万斤鱼。农闲时节，打稻草绳，织稻草帘儿，编草帽子，卖给土产杂品商店。他们这个队的每个人，分红得奖，一点也不比骑摩托车的花碧莲收入少。

不是没有人给他说媒，花婶子就进出他家十来趟，然而他只是一声不吭，连连摇头，谁也猜不透他这个谜。

安天宝心如明镜，明镜上却有一块黑斑。想起八年前的那个月黑天，河湾柳丛中，惊吓杜秋葵的往事，他就感觉自己欠理。而且，好像杜秋葵婚姻上的不幸，也是他的罪过。因而，一定要娶杜秋葵，叫这个苦人儿抱上蜜罐子。

但是，杜秋葵冷若冰霜，拒人于千里之外。于是，安天宝只有等下去，等来春到杜秋葵心头那一天。

专业队里别的小伙子，包产有了钱，抢的是手表、自行车、电视机、电风扇；安天宝却买的是七百多块钱的电冰箱，二百多块钱的洗衣机。有了电冰箱，做一回饭吃十天；有了洗衣机，洗洗涮涮很方便。然而，电冰箱和洗衣机到底代替不了女主人；布谷鸟还是落在他家院外的杜梨树上，日夜向他叫："光棍儿好苦，光棍儿好苦！"

弹丸小村，方圆左右八百亩，土里刨食，磕头撞脑，杜秋葵和安天宝天天见面。

她只见种瓜利大，便承包了一块瓜田，却没有想到种瓜要有好手艺。平畦、施肥、撒籽、浇水，她都是偷眼看人家，依样儿画葫芦。但是，芽棵儿一破土，下一步该当如何，就看不出门道，更一窍不通了。她去问老爹，老爹指点一番，却无暇替她摆弄。

一天，杜秋葵坐在瓜田地头发愁，安天宝问明了情由，一笑说：

"你算是河边巧遇姜子牙，不必三顾茅庐请诸葛了。"安天宝笑眯眯挽起袖口，"摆弄西瓜，我是个半开眼儿的行家。"

"咱村西瓜绝种那一年，你也不过八九岁呀！"杜秋葵不相信。

"我在东北国营农场，跟农艺师学过这门手艺。"安天宝笑呵呵地说，"那个老头儿是神农转世，可惜我只学到了刚入门的小儿招儿。"

"你会种瓜，为什么不承包瓜田？"女人心细，杜秋葵仍然表示怀疑。

"水饱养不活人！"安天宝哈哈大笑，"我更喜爱稻麦两茬，出产大米白面。"

有病乱投医，杜秋葵只得请安天宝动手。安天宝把杜秋葵带进瓜垄，一边拾掇，一边解说，两人头并头，身挨身。杜秋葵已经是一颗熟透的果子，胸脯比八年前更丰满，安天宝却目不斜视，不再偷看。

一年下来，杜秋葵的西瓜，比她爹的西瓜个大、皮薄、蜜甜、结得多。杜秋葵买了两瓶红粮大曲，一盒什锦糕点，等安天宝来到瓜田，双手捧给他，说："天宝哥，理当跟你对半提成，我知道你是个红脸汉子，不肯舀走我的半锅粥。瓜子不饱是人心，你收下这点谢礼吧！"

安天宝只当是瓜熟蒂落，不接谢礼，却满头冒汗，吞吞吐吐地说："秋葵，咱俩……"

"你走开！"杜秋葵那温和的脸上又下了霜，一声断喝。

安天宝讨了个没趣儿，垂头丧气而去。

今年，杜秋葵又承包瓜田，自以为七诀八窍学到了手，不再招引安天宝前来相助。哪料到麦收过后，比往年雨水勤，瓜秧子疯长，生瓜就放炮。杜秋葵只得硬着头皮厚着脸儿，又向安天宝求救，安天宝不计前嫌，招之即来。

这天大雨一住，安天宝遛完了他们专业队的稻田，牵挂杜秋葵的西瓜泡水，又来到这块瓜田看一看。却只见杜秋葵坐在一乘花轿似的站鸡笼子瓜棚里，哭得两眼像五月鲜的红桃，边哭边诉道：

“人家一个是从小虽受苦，金榜题名熬出了头……一个是自幼爹疼娘爱，步步莲花走红运。只有我……属羊的穷命，又掉进冰窟窿，死后也是……黄连树下的孤魂野鬼，坟头上长苦菜。”杜秋葵双手蒙着脸，哭得悲悲切切。

安天宝这才看见黄泥道上俞文芊和花碧莲的双双身影，恍然大悟。他鼓起勇气，壮起胆子，一脚踏进门里说：“秋葵，你别哭了，咱俩齐心合力，就能苦尽甜来。你往前走一步，快进我的门吧！”

杜秋葵闻声抬起头来，先是一愣，然后沉重地摇摇头，说：“你在花街上，也是个顶天立地的男子汉大丈夫，看上我这个丢人背兴的剩货，只怕是鬼迷了心窍。”

“我早就看中了你……”安天宝结结巴巴，满头挂露水珠子，“八年前，月黑天，河湾子的柳丛里，我……就想把这句话……告诉你。”

杜秋葵哇地一声，哭得更伤情。安天宝看出她并无反感，便有了信心，连忙回村找媒人。走到龙头街口，遇上俞文芊，这才搬着摩托车，来到花家。

花婶子把他迎进屋，他刚开口，花婶子就给他道喜：“这真是一桩美满良缘，包在你婶子我身上了！”

“您还是别找钉子碰吧！”花碧莲瞪了她妈一眼，“当初您打鸭子上架，秋葵才嫁给那个打、砸、抢的杀人犯，害人不浅，人家心中能不恼恨您？”

“花婶子不出马，谁配当大媒？”安天宝急得搓手。

花碧莲轻轻点了一下自己的鼻子，笑道：“打着我爹的旗号，我来跑腿儿。”

“多谢了！”安天宝笑逐颜开。

“好，好，好！”花婶子脸上一阵红，一阵白，“我也算有了接班人。”

花碧莲心里也架着一团火，匆匆扒了几口饭，便急急忙忙到她家的老宅院，去找杜秋葵。

杜秋葵天一黑就插门睡觉，不与外人走动。花碧莲赶到门口，杜秋葵刚从瓜田回来，正叫鸡上窝，点过数目儿，就要插门了。

花碧莲帮她赶鸡进院，又替她关门。院里打扫得像镜子面，原来的一架葡萄和几棵果树，也都枝叶繁茂，果实累累。正房上锁，西厢房关窗闭户，点燃了艾蒿绳熏蚊子。冷灶上没有烧火做饭，杜秋葵吃块凉饽饽，就算一餐。

墙那边就是杜家，只听杜大胆儿和二朵大婶又哭又闹，又喊又叫，砸锅摔碗，乱成了一团。

“这老两口子闹黄狼吧？”花碧莲低声问杜秋葵道。

“小铁子还赌账，我妈把家里的存折交给他了。”杜秋葵坐在冷灶锅台上，叹了口气，“棒打出孝子，娇惯养逆儿。我妈偏心眼儿，真是现世报。”

花碧莲一只胳膊拢住杜秋葵的肩膀，悄悄耳语：“我爹打发我来问价儿，他想给你说个媒。”

“四季大伯晚了一步。”杜秋葵冷起脸子，“我自己找主儿了。”

“谁？”花碧莲大吃一惊。

“你猜。”杜秋葵的眼里，闪烁着捉弄人的光芒。

“猜不着……”花碧莲心慌意乱。

“咱村数一数二……”杜秋葵话到嘴边留半句。

“谁？……谁！”花碧莲脸色苍白如纸。

杜秋葵轻轻揭开谜底：“安天宝。”

“啊！”花碧莲的心扑通一声，一块石头落了地，“我爸正是想给你俩撮合。”

“你们爷儿俩也称心如意吧？”杜秋葵嘴角挂着冷诮的微笑。

“恭喜你！”花碧莲高兴地说。

杜秋葵却又一板脸，说：“到头来还是竹篮打水一场空。”

“怎么？”花碧莲又神色紧张起来。

杜秋葵凄然地苦笑道：“小铁子把家里的存款输个净光，我妈一定跟安天宝要双份孝心钱，我可不想再被卖一回。”

“你反抗呀，斗争呀！”花碧莲慷慨激昂，“我妈也想包办我的婚姻，都被我挫败了。”

“我可不敢……”杜秋葵又窝囊起来。

“不怕！”花碧莲脱口而出，“我爸能降伏你妈……”忽然发觉溜了嘴，慌忙弯回了舌尖。

她和杜秋葵，耳朵里都听到过不少风言风语，有点知道花四季和二朵大婶早年的瓜葛。

杜秋葵却没有恼她，咬着嘴唇，沉吟半晌，才点了点头，说：“碧莲，你替我给四季大伯捎句话，求他老人家给我妈一个下马威，成全了我吧！”

7

花四季大摇大摆走进杜家门楼，响亮地咳嗽一声，就像正月初一大清早，开门扔响一个二踢脚爆竹。

杜家院落的风光，跟花家那座十间青堂瓦舍的新宅院一比，可就不值一瞧了。半大不小的院子，一劈两半，夹缝里一条窄窄的通道，两边都是夹着秫秸篱笆的小园；黄瓜、茄子、青椒、扁豆……杜大胆儿和二朵大婶只会小打小闹，大路儿菜上赚个汗水钱。

老两口子刚打完架，满院一团漆黑，一片死寂。

花四季的咳嗽声刚一落音，一个人高马大的身影，从天井的葡萄架下奔过来。那是二朵大婶，慌手忙脚迎贵客。

二朵大婶五十出头了，脸上起了皱纹，身板儿却仍然十分饱满强壮，扛得动二百斤的麻袋。她年轻黑夜看瓜，趴露天地成了习惯，大热天不愿闷在屋里，喜欢院子里睡。大雨打湿了葡萄架下门板搭成的凉床，垫上一块塑料布，塑料布上铺着蒲席。刚打过架，五脏六腑燥热，浓密的头发挽了个松松垮垮的盘髻，光着膀子，身上只穿一条肥大短裤，摇着大芭蕉叶扇子。

“哟！雨刚住，你就出来了？”二朵大婶一见花四季，又喜又怨，俏骂了一句。

乡俗，弟妹和大伯子之间，十分拘礼。能在小叔子腿上坐，不从大伯子眼前过。开口说话，互相称您，不能你呀我的。二朵大婶是弟妹身份，不但在大伯子花四季的面前光膀子，而且出口放肆，打牙逗嘴儿。大雨过后，树林子里出蘑菇，也出狗尿苔。

“无事不登三宝殿。”花四季的声音不高不低，“摊了点闲事儿，不得不到你这座娘娘庙进香。”

“说吧！”二朵大婶双手扠腰，“可我的心，我没个不点头；扎我的耳朵，一个窝心脚踢出去。”

“大胆儿呢？”花四季问道。

“炕上挺尸，死睡。”二朵大婶怨声恶气，“上辈子我扒绝户坟，踹寡妇门，缺了大德，这辈子天报应，才嫁给这个棉花胎子。”

“铁锁妈，我是来给安天宝和秋葵做媒的。”花四季十分庄重地说，“你得赏我的脸。”

“三年前我就点了头呀！”二朵大婶笑道，“只怪秋葵那丫头是个死轴子，不按我划的道儿走，才叫人家安天宝睡了三年凉炕。”

“亏你说得出口！”花四季火了，威严起来，“头一回出阁，你要奶水钱，二一回改嫁，你又要孝心钱；你是个人贩子，不是秋葵的亲娘。”

“她吃我的奶长大，就得交奶水钱！”

“难道你是一头奶牛，喝牛奶得月月交钱？”

“我不能白送一个大劳力！一手交钱，一手交人。”

“你的身价多少？我想买你。”

“买到你家供在佛龛上，叫你那巧儿天天给我晨昏三叩首，早晚一炉香！”二朵大婶笑骂道，“我等着瞧，碧莲那丫头出门子，你跟男方要多少？”

花四季一拍胸脯，说：“不光一个钱不要，还想搭上千八百的。”

“那是你攀上了高枝儿。”

“我只想门当户对。”

“谁叫我生下个孽障儿子呢，你反正不操这个心……”二朵大婶那悲凉的声调里，带着酸枣刺儿，“应名儿是三口人承包十亩公田，小铁子可没掉过一粒汗珠子，看瓜全靠他那条狗，卖瓜全装进他的腰包。讲穿戴、吃、喝、抽，我都不心疼，偏又迷上了推牌九，押大宝，一输就是二三百。花街十几家买上电视机、电风扇、洗衣机，安天宝还买上了电冰箱，难道我瞧着不眼馋？可是他欠下一屁股两肋账，拿走两千块钱的存折也还不清，眼下我腰里不剩一个钱呀！”

花四季哼道：“都怪你宠坏了这个小畜生！”

“难道是我一个人的儿子吗？”二朵大婶哭了，“我恨他那个吃凉不管酸的爹，缩起了脖子不出头，只会站在树梢上说风凉话儿。”

二朵大婶明骂杜大胆儿，暗骂花四季。

“低声！”花四季喝道，“你把小畜生交给我，三年零一节，我把他调理出个人模狗样儿。”

“你……你……当真？”

花四季一声长叹：“碧莲是个丫头，又进了衬衫厂，葱白似的十指不沾一个泥点儿。我这一身手艺，不传授铁锁，难道便宜了外人？”

“多谢大哥恩典！”上房灯亮了，杜大胆儿搭了腔。他并没有睡觉，耳朵一直紧贴着窗户。

“兄弟，你见外了！这个儿子算咱俩的。”花四季又叮咛二朵大婶道，“只是不许再要孝心钱，惹恼了我就把手艺带进棺材去。”

二朵大婶乐昏了头，不顾隔窗有耳，隔墙有眼，推搡着花四季说：“亲不过父子，你赶快到油炸鬼家，管教那个孽种去吧！”

二朵大婶的贵子娇哥儿，大鬓角，菊花顶，小胡子，男不男，女不女，介于人妖之间，哪里还有一点农家子弟的成色？他身穿的大花格衬衫和肥腿喇叭裤儿，都是从自由市场上买来的贼赃，油渍渍，皱巴巴，还自以为打扮得像个美男子。

“畜生！”花四季来到油炸鬼家，一把抓住他那狮子狗似的头发，照他脸上狠狠地啐了一口。

“老梆子，你……管得着我吗？”杜小铁子死命挣扎，挥拳想打。

“有你妈的话！”花四季吼叫着，老虎钳子似的大手抓住他一条胳臂，“你胆敢不服我的管教，拍脑瓜儿送你进法院，办你个忤逆之罪。”

说着，将杜小铁子的胳臂轻轻捋了一下，杜小铁子唉哟一声痛叫，这条胳臂软绵绵地耷拉下来。大掌作花四季，还是半个接骨匠，杜小铁子的胳臂被他摘了环儿。

牵回家，热水快刀子，花四季先给杜小铁子改头换面。明天带他到基建队，三年零一节坐科，脱胎换骨。

8

安天宝奔走于龙头凤尾之间。

花碧莲陪他跟杜秋葵见了面，又到隔壁杜家，见过了杜大胆儿和二朵大婶，大功告成，返回花家。

花四季和花婶子正坐在鱼塘岸边乘凉，身边还有剃了个光头净脸的杜小铁子。面前的饭桌上，摆放着一个斗大的西瓜，一把雪亮的瓜刀，只等他们得胜还朝，吃个瓜宴。

“四季大叔，花婶子！”安天宝进门拐过影壁，一步一鞠躬，“您们二位老人家的大恩大德，侄儿一辈子不敢忘。”

“咱两家是父一辈子一辈的交情，谢字儿挂在嘴边上，那就生分了。”花婶子这几句话，四喜丸子味儿，“你碧莲妹子的终身大事，还得有劳你鞍前马后跑几趟。”

杜小铁子比花碧莲大一岁，摇头晃脑，油嘴滑舌地嬉笑道：“碧莲妹子是个喝过墨汁的高中生，又在出口厂子见世面，俞家也没有蹲门狗，何不自个儿找上门去？当面锣，对面鼓，跟文芊自由谈恋爱，那够多么有滋味儿。”

“呸！”花碧莲红着脸儿啐道，“谁像你，脸皮上三寸茧子，一锥子扎不出血，两刀砍不出一道白印。”

花婶子拉长了脸，说：“咱们是乡下人，不能自由得出了圈儿，过河得从桥上走，上房先得搬梯子。”

安天宝抓挠脑瓜皮，说：“说媒拉纤儿，我可是大姑娘坐轿子头一回，到俞家该怎么开口，您这位老把式得传授我几招儿。”

花婶子一边切西瓜，一边顺口溜：“也跟自由市场上做生意差不多，先讨个价，再还个价儿，多少得有个赚头。”

“妈！”花碧莲连连跺脚，“爱情不能买卖，只要情投意合，讲条件就是低级趣味儿。”

“不！”花四季沉着脸，“万事一个理儿，丑话说在头里，免得日后闹一脖子狗蝇，翻脸无情不香甜。”

安天宝连忙说：“您先开金口吧！”

花四季抹了抹胡髭，嘀嘀笑道：“我伸出一根小指头儿，比俞家的腰还粗。中了我意的是文芊那孩子有出息，不是他家那不值两壶醋钱的家业。”

“您老人家呢？”安天宝又问花婶子。

“我……我……”花婶子忙看老伴的眼色，“老头子夸下海口，我也不是小肚鸡肠。只要文芊跟碧莲有情有义，懂得孝顺我们老两口子，我就心满意足了。”

安天宝转过脸儿，笑问花碧莲道：“大妹子，你也得有个来言去语呀!”

花碧莲低下头，捻弄着衣角儿，半晌才说：“学问不嫌大，我要他听系主任的吩咐，报考硕士学位研究生，将来在北京城里工作，也有个人的名儿，树的影儿。”

“还有没有?”

“……还要他多少也得讲究一点穿戴。城里的学生穿什么，他也别差样儿，人人平等嘛！凭什么我们乡下人就得甘拜下风。”

“再想想。”

“……我跟他说过了，从明天起，骑我的摩托车上学。……也别再打草卖钱，耽搁学业，又伤身子。”

安天宝抓起一块西瓜，说：“我这个人急性子，说媒也像争秋夺麦，回见!”他一边吃着一边向外走。

出了花家门儿，有一条抄近的小路到龙头，他却偏又绕个远，从花家老宅院的墙外转个圈儿，停住脚，听了又听，也没有听见杜秋葵的声息。院里静悄悄，只有风吹桃叶沙沙响，他才恋恋不舍地离去。

过两道小桥，来到龙头。俞家坐落龙口，门前就是小河汊子。柳篱泥棚小院，破旧、窄巴、寒酸，怎能跟花家的宅院相比？但是，穷破之中，却有一大风水，那就是门前一棵百年大柳树，浓荫如伞遮住半个院子。大柳树枯死过几回，又返青过几回，这两年叶茂枝荣，郁郁蓊蓊。好像上应天数，颇有点神奇，花街人人敬畏。俞文芊两三岁丧父，算命先生断定他五年之后，还要克死亲娘，只有认个干娘替死，才能保住母子平安。这真是强人所难，哪里去找一位视死如归的干娘？算命先生却难不住，他抬手一指百年大柳树，干娘就站在大门口。于是，三支高香一盅酒，二尺红布挂枝头，俞文芊三跪九叩，拜了大柳树做干娘。这位干娘慈悲心肠，夏日遮荫，寒冬供柴，知冷知热。俞家母子多少回揭不开锅，情愿挨饿也不忍卖这棵树。

安天宝来到大柳树下，只见西屋亮着灯，那是俞文芊在做功课。窗下，俞大娘借光打袼褙，大热天就打算着给儿子做棉鞋。

一人一口的安天宝，日子冷清寂寞。他在东北国营农场跟那位老农艺师相处几年，喜欢和有文化的人交往，所以常到俞家串门。他也并不打扰俞文芊，只跟俞大娘家长里短，说说笑笑。

“大娘，文芊!”安天宝走进院去，大嚷大叫，“我给你们娘儿俩恭喜，你们娘儿俩给我道喜。”

“惊惊乍乍，哪儿来的喜呀？”俞大娘给他搬过一个蒲团，问道。

“我跟秋葵订了亲！”安天宝喜气洋洋，满面得意神色，“又来给文芊当红媒。”

他坐不住，扒着窗户，看屋里的俞文芊。

小屋，一条窄炕，一只春凳，一张方桌，四壁空空。俞文芊热汗淋漓，正在灯光下演算习题。迎面墙上，粘贴着一幅彩印的油画，那是青年油画家罗中立的作品《父亲》。俞文芊丧父时只有三岁，父亲又没有留下照片，在俞文芊的记忆中，一点也没有保存下父亲的影子。今年清明时节，他从一本杂志上，看到罗中立的这幅佳作，望着那位含辛茹苦而又饱经忧患的老贫农的肖像，他的热泪夺眶而出。这正是他梦见千百回，醒来又消逝的父亲！于是，他剪下画页，贴在墙上，面对自己。有时想要偷懒，抬头瞥见父亲那刻着深深皱纹的面貌，便深感羞愧，不敢懈怠，不敢忘本。

“谁家的姑娘呀？”俞大娘急着打破闷葫芦。

安天宝却还要卖关子：“抬头不见低头见，本乡本土的一位千金小姐。”

“大娘直肠子，不会拐弯儿。”俞大娘被安天宝逗得六神无主，“快说出姑娘的名和姓，别跟大娘打哑谜。”

安天宝冲窗里努了努嘴：“您儿子心中有数儿。”

“文芊，是谁？”俞大娘拍打窗户。

“花碧莲！”俞文芊把手中的圆珠笔一扔，“我不想沾他们花家。”

“唉哟！上了大学，眼眶子挪了位，长到眉毛上啦！”安天宝感恩必报，忠心保主，“像花碧莲的模样儿、巧手儿、心计、嫁妆……你打着灯笼到哪儿去找？”

“她那个爹，贪得无厌；她那个娘，贩卖人口！”俞文芊瓮声瓮气，一脑门子官司。

安天宝的唇舌磨下三层皮，俞大娘敲边鼓帮腔，俞文芊还是一口咬定，花家沾不得。安天宝耍完了程咬金的三斧子半，看来难以取胜，只得哭丧着脸，回花家交差。

但是，一见花碧莲在门外打转，眼巴巴盼望佳音，他怎忍心兜头泼她一瓢凉水？便赶忙强作欢颜，换上一副笑脸儿。

“文芊，他……”花碧莲心神不安地问道。

“馒头上了屉，眼看八成熟。”安天宝闪烁其词，匆匆进门去。

花四季和花婶子站在亮如白昼的院灯下，观看杜小铁子修理摩托车。这个家伙跟汽车司机拜把子，替摩托车偷油，也学会了鼓捣摩托车的半瓶醋手艺，今晚上要在花四季和花婶子面前露一手儿。

“天宝回来啦！”花婶子迫不及待地问道，“俞家娘儿俩乐得闭不上嘴吧？”

“文芊一片孝心，叫我向您们二位老人家表一表……”安天宝谎报军情，“人家是大学生，中央政策比咱们知道得多；损公肥私，不正之风，往后可要罪加一等，说媒拉纤冒犯新婚姻法，打个贩卖人口的罪名，可不是闹着玩的，您们二位老人家还是见风转舵，别小河沟子里翻了船。”

“不必他提醒儿，我不比他傻几斗！”花四季哈哈大笑，“盖起了这座宅院，我也就不想再指镖借银。贪得无厌，早晚咬手，落得个灰头扯脸，坏了半世的名声。”

“四季大叔，您圣明！”安天宝喊好，“文芊没意见了。”

花婶子指点着一亩大的鱼塘，西墙下的鸡埘，假山上的貂房，说：“这一摊子家庭副业，千手佛也忙不过来，贩卖人口还不如我贩卖活鱼、鲜蛋、貂皮哩！从今以后，小卧车接我去说媒，我也不起驾。”

“婶子，您比四季大叔还看得透！”安天宝打着哈哈。

“文芊给我捎来哪些话？”花碧莲追进来问道。

“唉呀，我丢在半路上了！”安天宝掉头就跑。

他去而复返，花碧莲已经迎候在凤尾街外的小桥上。

“文芊是怎么回答的？”花碧莲拦路问道。

“这个人，今晚上专门唱反调，对着干。”安天宝气得呼哧呼哧像拉风箱，“你要他报考研究生，他偏要毕了业就申请到京花联合衬衫厂工作，为发展农村工业出力。”

“鼠目寸光，没有远大理想！”花碧莲恨得咬牙，“农村工业也要现代化，光念几年大学不够用。”

“你要他讲究一点穿戴，他说买不起。”

“我替他买！厂子里有的是降价处理品。”

“他死活不骑摩托车。”

“杜小铁子改邪归正，谁给我去偷油？我也不骑了。”

“助学金不够用，他还得打草卖钱。”

“我再拨给他一份助学金！给他们娘儿俩四十块，我还剩下三十七块挂零儿。”

安天宝一个急转身，原路而回，一边跑一边嘟哝着：“你……你再不答应，我跟你……割袍断义，划地绝交！”

看安天宝颠颠倒倒，花碧莲心上起了疑云，想了想，尾随而去。

她刚到俞文芊的干娘大柳树下，就听见安天宝跟俞文芊吵得像二虎相争。

“……人心都是肉长的！”安天宝的吼声中带着哭音儿。

“我也不是不喜欢她……”俞文芊又急又恼，“她光知道打扮得像一只花蝴蝶儿，就不知道挤出时间学习，报考电视大学！”

“我考得上吗？”花碧莲忍无可忍，一阵风闯进柳篱小院，“你天天放学回来给我补习功课，八年之后我就报考。”

“为什么要八年？”俞文芊满头火星子跑出屋来，又跟花碧莲大吵，“为什么要八年？”

“你明知故问！我就正正经经念过三年书呀……”花碧莲伤心地哭起来。

一九八一年十月

黄花闺女池塘

1

京剧舞台上，坤伶扮女人，反倒演不过男旦。男旦以假乱真，竟比本身就是女人的坤伶更能表现女性特色。

何以如此？一是用心，二是用功。

男人本是雄性，即便是个细皮嫩肉的小白脸儿，各方面跟真正的女性差异也很大。然而，他在舞台上演女人，首先要像女人，要经得住台下男观众和女观众从不同角度的观察，挑剔和认可。因而，光是形似一个或某几个女人是不够的，还必须集众家之长于一身。这就需要用心观摩和用功模仿最富有女性特征的形态与神态，在丰采和魅力上比女人更女人，遂使真正的女人相形见绌，黯然失色。

文坛上，也有类似现象：当今以京味小说鸣世的几位作家，都不是北京人。而我这个北京伏地娃娃竟成了“老外”，正宗本工反倒像个唱票的。

我在北京出生、上学、工作、“划右”、劳改、复出、病倒……五十多年没有动过窝儿，可算是“真正老王麻子”牌的北京人。这五十多年时光，我一半时间住在乡下——京门脸子，一半时间住在市内——城圈里头。头一趟从乡下进入市内，是四十七年前我七岁的时候，那一年北京正吃混合面。

一九四二年秋季，八路军来到我的家乡北运河东岸。开头，白天是日伪军的地盘，黑夜是八路军的天下。到一九四三年春，日伪军便全部撤退到北运河西岸，在京津公路上构筑炮楼，与八路军隔河而治。但是，日寇不甘心失败而垂死挣扎，每个月都兵分几路，从北运河西岸到北运河东岸烧杀抢掠。我是家里的娇哥儿，念书的小学又散了摊子，便被送到在北京城内做生意的父亲身边。

当时我父亲是个经营布匹的领东掌柜，只做内局生意。也就是不挂招牌，没有门面，只批发而不零售。这个内局设在前门外玄女庙胡同的一座民宅内。玄女庙胡同小而且弯，弯而且窄，很不起眼儿，但占地利。它南临珠市口，北靠鲜鱼口，出胡同过马路，对面便是大栅栏，正是商业中心的寸金之地。而且，闹中取静，别有洞天。

这是个小四合院，北房三间，南房三间，东西厢房各两间。我父亲领东的内局，租赁了南北六间房。房东住东厢房，是个未老先衰的女人，一天到晚粘在床上吸鸦片烟。首如飞蓬，面如灰土，声音喑哑，满嘴黑牙，衣衫不整却是红袄绿裤，三分像人七分像鬼。我最怕她龇牙一乐，令人浑身起鸡皮疙瘩，根根汗毛倒竖。

她原是一位南方富商的外室。

那位南方富商，每年都到北京做两回买卖，每一趟要在北京住上一两个月。住旅馆饭馆花钱多，嫖妓宿娼得不到真情实感；不如找个贫寒人家女子，省钱而又能享受家庭温暖。包占的女子一身不二，不会染上花柳梅毒。

外室的身份比姨太太还低下，见不得人，上不了台面。

女房东的爹是个破落户，嗜赌如命输得精光，把女儿押了注。骰子掷亮了点儿，南方富商没有破费分文，把他的女儿赢到了手。南方富商还算怜香惜玉，给这个外室买下这座小四合院。女房东也曾插金戴银，穿绸裹缎，鸡鸭鱼肉，呼奴唤婢，享乐了几年。不料卢沟桥一声炮响，南北交通阻隔，那位富商一去不回，女房东只得靠出租房屋吃瓦片子（房租）活命。

悒郁寡欢，苦闷无聊，便以吸食鸦片烟解闷儿。几年工夫，花容月貌萎靡凋残，三十出头便早衰得像五十多岁；一口糯米白牙被烟熏黑，好似油漆墨染，丰腴的体态也一变而骨瘦如柴。

每天吃过早饭，我父亲和跑外的伙计便分头外出，招揽生意。柜上只留下账房先生和打杂跑腿的小徒弟，我跟他们无话可说，自己又无事可做，感到非常冷清寂寞，常常坐在台阶上手托着腮，呆望着女房东窗外的花草发愣。

女房东拉开窗帘，点手叫我到她屋里去玩。我不爱看她的黑牙，更怕闻她屋里的鸦片烟味。但是，她三请四叫，我只得硬着头皮捏着鼻子而入其门。

其实，我到女房东屋里去，也并不是完全被动。这个烟鬼女人的幽室，古怪离奇，对我自有一股莫名其妙的吸引力。

两间房隔成里外间，紫檀的雕花隔扇，挂着湘绣门帘，里间有花梨木的合欢床，红木的梳妆台。我只进过里间一两回，觉得很像《西游记》里蜘蛛精的盘丝洞。她的外间虽然也气味难闻，但是养着花、鸟、虫、鱼，使我能忍耐逗留。花是一盆文竹，一盆吊兰，鸟是铜丝笼里的一对鹦鹉，虫是竹篾笼里的蝈蝈儿，鱼是蓝花瓷缸里的几条金身凤尾。这些花、鸟、虫、鱼引起我的乡思，想念家乡那些天上飞的，地上蹦的，水里凫的，豆棵里叫的，撒欢野味的花儿、鸟儿、虫儿、鱼儿。

最令人纳闷的是女房东的这些心爱玩艺儿，也有烟瘾。

只有女房东抱起烟枪，烧着了烟泡儿，喷云吐雾，弥漫全屋时，花草才挺直了腰，昂起了头，鹦鹉才欢啼跳跃，蝈蝈儿才清脆地叫个不停，鱼儿才上下左右游动。这股烟劲儿一过去，花草打了蔫，鹦鹉睡了觉，蝈蝈儿变成了哑巴，鱼儿半死不活，连墙上的苍蝇也懒得飞起来。

女房东最爱向我炫耀她扮演四大美人的古装照片和模仿四大名旦的戏装照片。四大美人是西施、赵飞燕、貂蝉、杨贵妃。她身穿古装，那位南方富商却是长袍马褂或西装革履；两人勾肩搭背合影，奇形怪状，不伦不类。戏装照片她模仿的是梅兰芳的《洛神》、程砚秋的《哭冢》、荀慧生的《红娘》和尚小云的《出塞》，眉眼发呆，表情造作，没有一点神采和灵气儿。

我最欣赏她那张小家碧玉处女照，神态娇嗔，喜眉笑眼。梳一条大辫子，穿一件印花布褂子，像一枝带着朝露的鲜花，清香四溢，沁人心脾。我把照片上的少女跟眼前这个女烟鬼两相对照，远瞧近看也找不到一星半点儿共同之处。

我一片童真，不会心口不一，便小胡同赶猪直来直去，说："照片这个姑娘，倒像您那个使唤丫头。"

"她也配！"女房东啐了一口，却又一声哀叹，"人无十年少，花无百日红，我人老珠黄不中看了。"

这个时候，我心里又有点可怜她。然而，虽有恻隐之心但是眼里不揉沙子；我还是爱看那个使唤丫头，而且目不转睛，不愿在这个烟鬼女人身上停留我的目光。

2

女房东虽已穷愁潦倒，却是瘦驴不倒架子，还雇着一个从早到晚服侍她的使唤丫头。这个使唤丫头姓金，小名褥子，住在小四合院的对门。

金褥子的娘生她是难产，折腾了三天三夜，人困马乏在热炕头上睡着了。梦见一个光屁股的婴儿，躺在麦秸垫子上，好像是三伏天却天降大雪；一惊之下醒来，女儿呱呱坠地。身下的麦秸垫子是铺金，身上的白雪是盖银，便给女儿起名金褥子。金褥子的爹，街面上人称打鼓儿的老金。每天短衣襟小打扮，肩头却搭着一件油渍麻花的打补丁长衫，敲打小鼓儿走街串巷收买破烂。打鼓儿的虽发不了财，但是有眼力而又走时运，碰上几宗巧货，也能赚不少钱，养家糊口不犯愁。打鼓儿的老金本是行家里手，财路挺宽；怎奈他又是个馋痨酒篓，挣多少都酒肉穿肠过了。十八岁的金褥子为了挣出自己的一口饭，不得不到女房东家当使唤丫头。

她一大早就蹲在小四合院门外，等候内局扫院子的小徒弟打开街门。她嗞溜闪身而入，便在女房东窗外站班。

“褥子来了吗?”女房东早已醒来，不出被窝先抽一个烟泡儿；伸个懒腰沙哑着嗓子，在床上问道。

“早就侍候着哪!”金褥子儿答应得清脆悦耳，像春三月白云中的鸽哨。

于是，金褥子走进屋去，把女房东从被窝里轻轻抱起，靠在自己胸前，然后一件一件给她穿罗衫、绸裤、丝袜、绣鞋，又侍候她漱口洗脸，梳妆打扮。金褥子手脚不停闲，直到大晚老黑，给女房东擦净身子洗了脚，上床捶腰砸腿哄得酣睡，才能回家。一日三餐，吃的都是女房东的残汤剩饭。我一想到金褥子要吃女房东那黑牙咬过的饽饽，就忍不住一阵阵翻胃，心里难受而又忿忿不平。

我只盼快到礼拜六晚上，谷秸大哥来到小四合院，金褥子那整天喝苦水的嘴，才有人喂一口枣花蜜。

谷秸是我的本村乡亲，在北京市立男二中念书。

鱼菱村南，有一口池塘，远看圆中有方，近看方中有圆，很像一个砚台。北岸有一座雕花青砖砌成的小庙，供奉的是北运河河神爷的黄花妃子，所以又叫黄花妃子庙。年月一多叫走了嘴，黄花妃子庙便成了黄花闺女庙。相传，北运河的河神爷每年春、夏、秋三季出巡，给他管辖的二百八十里水域送雨。这位河神爷的老爹，便是战国时代的西门豹曾与之对抗的河伯。有其父必有其子，北运河的这位河神爷也好色成性。出巡每到一处，都要游龙戏凤打野食，拈个花惹个草儿。河神爷一日路过这口池塘，看见一个身穿杏黄衫子的少女，正在水边洗绣花兜肚，不禁为之心动。河神爷眼毒，一眼就识破这个少女的原身是一条黄花雌鱼，便一爪把她抓在手中，揽在怀里，沉入水下入了洞房。从此，河神爷每年驾临这口池塘一趟，跟黄花妃子欢度一夜。黄花妃子一年三百五十九天守空房，患上了弗洛伊德学说中的性压抑症，便在鱼菱村人身上发泄出气。每年立夏以后，鱼菱村的大小伙子们到池塘凫水，至少也要淹死仨俩的，四五天才漂上尸首。原来是充当黄花妃子的面首，缓解了黄花妃子的性饥渴，才被放回。村人大惧，求神问卜，又重金礼聘能工巧匠，精雕细刻青砖，在北岸砌成一座高二尺、宽尺半的小庙。正中彩画黄花妃子神像，两厢站立四名虾兵蟹将；名为护卫，实为看守，防止她不守妇道，给河神爷戴绿帽子而又祸害村人。

这口池塘三个姓，我家、谷家和高家。东西三十丈，南北十丈多，占地五六亩。我家住南岸，谷家住西岸，高家住东岸，有如魏、蜀、吴三分天下。

谷家世代单传，都是念书人。谷秸的父亲是个小学教员，丧妻之后便把儿子带在身边上学。谷秸念完了小学升中学，考上了北京市立男二中。他父亲望子成龙，不惜血本，把几亩地卖给了高家，卖地的钱在我父亲领东的内局入了股，红利可供儿子念书的花销。

谷秸原名保邻，是他父亲给起的名字。民谚：“好汉保三村，好狗护三邻。”古人有云：“不能为良相，但得为良医。”谷秸的父亲希望自己的儿子当不了好汉也要当一条好狗。谷保邻又字吉和，拆大改小拼成个秸字，进京上学因以为名。

北京市立男二中只有男学生，也没有女教员，校规森严，像座古刹。住宿生每周放假一天，礼拜六下午就可离校。谷秸不坐叮当车，全靠两条腿，从东四牌楼走到前门外，在我父亲领东的内局住一夜。他每周准时正点到来，有三个目的。一个是吃两顿好饭，见一见荤腥儿。一个是这座小四合院有个住户，在鲜鱼口内的华乐戏院卖票。每天都带回几张后排角落的戏票送人。谷秸是个戏迷，跟此人交上了朋友，此人每个礼拜六都给谷秸留一张。礼拜六夜场都是好角儿登台，贴出的戏码也硬；谷秸虽然坐在后排角落看不清晰，却也大饱了耳福。一个是跟金褥子亲热亲热。谷秸的生活圈子很小，眼界也就很窄，看了才子佳人戏，不能不产生“关关雎鸠，在河之洲”的联想。才子是自己，佳人是哪位？马上跳进脑海映入眼帘的便是金褥子。

金褥子粗手大脚，目不识丁，跟窈窕淑女沾不上边。但是她宽肩、蜂腰、肥臀，胸脯子高而衫子瘦，不能不令人瞩目。她弯眉吊眼角，高颧骨薄嘴唇，本是一副穷相；然而人面桃花，口如咧嘴石榴，又秀色可餐，风韵迷人，谷秸和金褥子眉目传情了一些日子，便渐渐动手动脚起来。有一回，两人正在影壁后面的灯影里亲嘴儿，被我看个正着。我大惊小怪叫道：“谷大哥，你怎么咬人？”金褥子慌忙从谷秸的怀抱中挣脱出来，仓皇逃窜。

谷秸望着金褥子的背影怅然若失，舌舐嘴唇很不满足。

“你这个井底之蛙，少见多怪！”谷秸怒形于色，“一犬吠影，惊飞彩蝶。”

我听他咬文嚼字，只觉得很像戏台上的小生念白，便嬉笑道：“你是不是教金褥子唱《拾玉镯》？”

“然也。”谷秸转怒为喜。

我怕他是逢场作戏，急忙点醒他：“傅朋后来娶孙玉姣当媳妇了。”

谷秸满脸正色，说：“我也要把金褥子娶回鱼菱村。”

“可不能接演《豆汁记》呀！”我还不大放心。

“兄弟，大哥不是薄情郎。”谷秸见天色不早，跟我挥手而别，急回学校报到。

3

日本鬼子的武运并不长久，从硬逼着北京人吃混合面那天起，就头朝下走了背字儿。眼看着气数一年不如一年，一月不如一月，一天不如一天，一会儿不如一会儿，一阵儿不如一阵儿。鬼子临死还要拉北京人垫背，大大减少了混合面的配给，却又瞬息万变地涨价。街有饿殍，路有倒卧；打鼓儿的老金空了三天肚子，灌下两瓶烧酒，醉倒饿死在便宜坊烤鸭店门前。巡警拿块席头一卷，埋在了城南陶然亭的乱葬岗子；坟坑太浅，黄土都遮不住脸。

女房东也讲不起排场把金褥子解雇。穷途末路，身陷绝境，只有依靠谷秸搭救她了。

谁都愿意花常好月常圆，千里共婵娟；可惜，此事古难全。

一个星期日的清晨大早，金褥子在小四合院门外站立多时；小徒弟刚拉开街门的门闩，她就破门而入，抢步跨进来。

“谷先生醒了吗？”金褥子顾不得口羞，心急气喘地问道。

小徒弟左瞧瞧右看看，才掩上街门，压低嗓子，说：“谷先生……犯了案，逃回……老家了。”

北京市立男二中有个日本教官，野蛮粗暴，专横霸道；学生有一半以上挨过他的打，老师有二分之一挨过他的骂。这一天的日语课上，他不但大骂谷秸“巴格牙鲁”，而且抬掌直劈谷秸脖颈，叫嚷“死啦死啦的！”谷秸忍无可忍，从课桌里拿出裁纸的折刀，直刺日本教官的胸窝。他见日本教官杀猪般在血泊中滚叫，便一刻也不敢停留，跳窗逃回老家。

金褥子叫了声天，说：“活要见人，死要见尸，我找他去！”

这时，我父亲也起了床，走出屋来，说：“金姑娘，今儿初一，高留住要给我送粮，你就搭坐他的骡驮子，到鱼菱村去找谷秸。”

这个小四合院家家吃混合面，只有我父亲和他领东的内局吃的是净米纯粮。

北运河东岸建立了民主政府，实行二五减租，年年谷秀双穗，穗如凤尾，地里插根筷子都能开花结果。鱼菱村是个米粮仓，我父亲和他领东的内局也就饿不了肚子受不着罪。

每月赶着骡驮子送粮来的人，是住在黄花闺女池塘东岸的高留住。

高留住喜欢穿一身紫花布裤褂，戴一顶麦编尖顶草帽子，走路不声不响，坐下不抬眼皮，却是哑巴吃饺子心里有数。他半夜从鱼菱村起身，一副驮子两只筐，每只筐里装一石小米，到我父亲领东的内局正赶吃早饭。吃过饭睡个大觉，醒来又填一回肚子，就赶在关城门前出去。

他往返都走夜路，为的是避免在路上碰见日伪军的哨卡和巡逻队。

金褥子坐在高留住的骡背上，心情有如孟姜女千里寻夫。高留住却是一张冷脸子，从面皮上看不出喜怒哀乐，金褥子心中暗骂他比石头人多一口气。出了城天就大黑，高留住把骡子赶进青纱帐，不走大路走小道。晚风吹得高粱叶子沙沙响，金褥子抬头只见星星鬼眨眼，月牙弯弯像悬在头上的一把刀。她一阵阵心惊肉跳，冷汗从脊梁上淌下来，湿透了裤腰，顺腿而下。

“大哥，快到了吗？”她哆里哆嗦问道。

“闭嘴！”高留住粗声恶气，一脸凶相，“鬼子地面，不许出声。”

金褥子只得把眼泪咽进肚子里，牙咬紧嘴唇。是福不是祸，是祸躲不过，死活听天由命了。

一路上，深夜犬吠，吠音如豹；炮楼洞眼，常打冷枪，枪声震耳，划破夜空。金褥子吓得趴在骡背上捂住耳朵，欲哭无泪，追悔莫及。

水声哗哗，河风阵阵，昏昏迷迷中好像坐上小船。忽然，小船打了个旋转，她失足落水，一声惊叫睁开双眼，只见满河闪烁月影星光，骡子漂行水中，水齐了她的胸。

“救……命！”她两手乱抓着叫起来。

“坐稳！没有过不了的鬼门关。”身后，高留住揪着骡子尾巴，哈哈大笑。

“轻声！”她反倒百倍小心了。

“已经到了八路地面，你该笑就笑，想哭就哭吧！”高留住解下盘在头上的鞭子，抽了个声传十里的响鞭。

骡子上了岸，金褥子像一只落汤鸡，凉风一吹连打寒噤，上牙磕得下牙咯咯响。

“大哥，哪儿是谷秸家？”金褥子恨不能一步扑进谷秸怀里。

“前边就是鱼菱村。”高留住的口气又不冷不热起来，“只是你想见的那个人，见不着了。”

“谷秸他……”

“找他爹去了。”

“他爹在哪儿？”

“在山里的八路小学教书。”

“你怎不早说？”

“说破你就不出城了。”

“你拐骗良家妇女！”

“难道你想在城里等着饿死？”

两人拌着嘴，从河边上了河堤。

“谷秸不在家，我睁眼一团黑，到鱼菱村投奔谁？”金褥子在骡背上抹起眼泪。

“这二年我家的日子好过，饭桌上不怕多双筷子。”高留住嘿嘿笑道，“棒子楂粥管你够，豆馅团子你敞口吃。”

“黄鼠狼给鸡拜年！”黑夜中，金褥子脸色惨白。

“狗咬吕洞宾！”高留住鼻孔里喷出的热气，烫金褥子的后背。

骡子走到池塘西岸，月光下只见有一座柳条篱笆小院，满院子半人高的苍耳秧子和蒺藜狗子，三间泥棚寒舍坍倒了两面山墙，窗口像两个黑咕隆咚大窟窿。

“下来吧！”高留住抓住骡子的笼头，骡子四脚立定。

“这是……哪儿？”

“你的婆家！”

突然，一只夜宿荒宅的野兔受到惊吓，钻出柳篱裂缝，夺路而逃。金褥子惊叫哎呀，滚下骡背；高留住抢上一步，张开双手把她抱住。

“到你家……歇歇脚吧！”金褥子哼哼唧唧，有气无力。

“不是一家人，不进一家门。”高留住心中欢喜口气冷，“你迈进我家门槛就拔不出腿，跳到大河也洗不清了。”

金褥子已经山穷水尽没有退路可走，高家又不是火坑，跳下去或许死里逃生，也就半推半就了。

连吃了三天饱饭，金褥子便开了脸，剪下辫子梳圆髻，地地道道是个小媳妇了。

4

市井女子并不比柴禾妞子娇贵多少，金褥子嫁给高留住没有几个月，就入乡随俗；入木三分的明眼人也分不出她是进口货，还是土产品。

婚后，金褥子跟着送粮的高留住回过一趟玄女庙胡同。她走东家串西家，好比一个活广告：嫁到乡下吃饱饭。十多个玄女庙胡同的市井女子，被金褥子带回鱼菱村。几年后，北运河东岸土改，金褥子又回过玄女庙胡同一趟，又到过去的左邻右舍转了转。嫁到乡下去，每人三亩地，一阵风吹进玄女庙胡同的穷门小户。“地心引力”的作用更大，玄女庙胡同市井女子嫁到鱼菱村的又有十多人。

二三十个市井女子改变不了鱼菱村的村风民俗，却也带给鱼菱村两大文明习惯：一是爱干净，二是好打扮。

爱干净表现在清早起来刷牙上。鱼菱村男女老少千百年来不刷牙，艳如桃李的大姑娘小媳妇，明眸而不皓齿，张嘴满堂黄牙板子，大煞风景，美中不足。金褥子来到鱼菱村，随身携带牙粉口袋牙刷子，清早开门头件事，就是把牙刷得满嘴吐白泡。高留住讥讽她是掏茅厕，她也不争不吵，只是嫌高留住嘴臭，不许高留住跟她亲嘴咂舌。高留住很想跟金褥子做个吕字，也就掏起了茅厕。好打扮反映在衫子、褂子、小袄的腰裉上。鱼菱村女人穿衣裳，千百年来都是上下一般粗，不掐腰，不抱身。金褥子和那些市井女子，件件衣裳都有腰裉，穿起来胸高腰细，像个挂秧葫芦，十分惹眼好看。

金褥子两年一胎，三胎正赶上北京和平解放那一年。这个女人生一回孩子便俊俏一倍，桃花脸鲜艳夺目，石榴嘴湿润红嫩，腰不见粗而胸脯子更高。这一年我已在北京市立男二中上学，学生的暑假正是农家的挂锄时节，我回到鱼菱村。刚到黄花闺女池塘，就见金褥子在水边洗衣裳。我喊她留住嫂子，她不愿意，偏要我叫她褥子大姐；我也就随风转舵，赶忙改口。

我下午到家，上炕歇息，一觉睡到太阳压山。

傍晚的鱼菱村，家家户户的烟囱好像一声令下齐步走，眨眼之间咕嘟咕嘟冒炊烟；争先恐后，直上直下，像在天地间倒挂一匹匹白布单子。但是，炊烟一过树梢，便四外飘散开来，笼罩了长堤，弥漫了大河，合围了田野，串进了地垄。炊烟被豆丛草棵撕扯成一缕缕一片片，运河滩被包围在香甜的饭香和辛辣的烟味里。

我走出柴门，只见西山落日红又圆，东南月上柳梢像小船。我在画中，画在我眼，黄花闺女池塘令人心醉神迷。

东岸，金褥子向我连连招手，笑嘻嘻喊道：“送行的饺子接风的面，今晚上我管你饭。”

好吃不如饺子，恭敬不如从命，我招之即来。

天已大黑，金褥子还舍不得点灯；满灶膛的柴禾点着了火，火光照得半屋子明半屋子暗。金褥子叫我坐在门槛上，跟她贫嘴。

“真的有秧不愁长。”她直勾勾地盯着我不转眼珠儿，“兄弟，你个子高了。”

我躲闪她那火辣辣的目光，嘿嘿一乐，说：“豆芽儿菜，细长。”

“你这个模样儿，叫我想起一个人。”金褥子掀开锅盖，把饺子一个个下到开水锅里。火光、热气、身影，声音迷离徜徉。

“你想起谁？”我一时摸不着头脑。

“他……”金褥子还是不捅破这层窗户纸。

“他是谁？”我仍然猜不出这个哑谜。

金褥子又给灶膛填上一把柴禾，盖上锅盖，背过脸去，说：“你的个子快赶上当年的谷秸，行动坐卧也越来越像当年的谷秸，看见葫芦想起了瓢。”

“我跟谷秸大哥是一个师父传授。眼下我念书的学校，当年谷大哥也在那里坐科。”

“你知道他的下落吗？”

“他在军管会工作，天天带着几个人遛大街，整顿市容。”

“多大的官？”

“遛大街的头儿，够不上品。”

金褥子双手抱着膝头，沉吟了半晌，说：“兄弟，你哪天回北京，我跟你搭伴，进城看看。”

这个有夫之妇，竟想扮演潘氏姐妹（金莲、巧云），我忍不住大叫起来：“你是有主儿的人啦！”

“我进城是为了寻找我娘！”金褥子急赤白脸，“前年土改，我顶着雷进城，本想接她到鱼菱村吃日饱饭，谁想她不知搬到哪儿去了，这两年我老是放心不下。”

“顺便也可以找一找谷秸大哥。”我又心软了，“他一走六年多，理当衣锦还乡回村看看，挂锄时节正该歇伏。”

金褥子从鼻孔里哼了一声，站起身揭锅捞饺子，跟我不过话了。

我装满一肚子饺子回家，爬上炕倒头便睡；鼾声响如旱天雷，整夜回响在黄花闺女池塘上。我哪里知道金褥子这一夜的煎熬难过，睡不着觉在炕上翻饼，鸡一叫就离家出走，不知去向。

睡到傍晌我才起炕，跳下炕跑出柴门，到黄花闺女池塘凫水。三圈两转我凫到东岸下，只见高留住正在冷灶上烧火。青柴没有干透，光冒烟不起火苗子；高留住撅着屁股趴在灶膛口，呼哧呼哧大口吹气，呛得一阵阵咳嗽。

“留住大哥，当上大脚老妈儿啦?”我踩着水问道。

高留住转过熏黑的脸，瓮声丧气地骂金褥子：“那娘儿们不是鬼迷心窍就是中了邪，头遍鸡叫穿衣下炕出了门，我只当是到院外倒她肚子里的泔水，谁知她一走就像肉包子打狗，到这个时候还不照面。”

我似有所悟，满脸三年早知道的神气，说：“十有八九，八九不离十，她是进城寻她娘去了。”

“我那个丈母娘，早就找到啦!”高留住哼道，“前年土改，她下乡嫁到京北；四十八还结个晚瓜，给我养了个小舅子。”

“那就是……”我没敢说出“找谷秸去了”，便急忙扎了个猛子，水遁而去。

溜溜一天，高留住当爹又当娘，没有摘奶的小三哭得声嘶力竭要断气，急得他全身起满痱毒，生出一嘴玉米珠子大小的口疮。

我的起急，也不在高留住以下。入夜，高留住在东岸转磨，我在南岸绕影壁；活像两头蒙住眼罩的噘嘴骡子，拉着碾子轧麦场。

三更时分，金褥子回来了。我跟高留住都没想到，她带回了那个烟鬼女房东。

5

金褥子出城下嫁鱼菱村，不多不少三年整。我父亲领东的内局关了张，到东城的一家纽扣商行帮账（助理会计)，我也就斗转星移来到东城上学。等到我考上北京市立男二中时，搬出玄女庙胡同的小四合院已经两年三个月了。

我虽年幼，却很念旧。虽然我念书的学校跟玄女庙胡同相距甚远，我还是坐上叮当车来到前门外重游旧地。

然而，我敲开小四合院的两扇街门，看见的却是一张生脸儿。开门的女人浓妆艳抹，花枝招展，妖冶风骚；我向她打听女房东，她勃然变色，砰地一声将街门紧闭，叫我碰了一鼻子灰。

我从这条胡同的一位老住户那里知道，两年前那个南方富商又来北京做买卖，出现在玄女庙胡同。这座小四合院的房契上，产权人的名字写的是富商自己。富商见女房东色相已衰，便收回房产赶走了她，另找了个外室，仍然藏娇于此。这个新收的外室便是刚才飨我以闭门羹的女人。

我父亲给人家帮账，收入上比当领东掌柜大为减少，我念书全靠勤工俭学。经人介绍作保，交了押金，我投在报把头门下，当上一名报童。数九隆冬刀子风，我凌晨三点趸了报，便九城奔走叫卖。穿大街过小巷，每遇到路边躺着冻饿而死的倒卧，我都要走过去看一看，看看是不是女房东的尸首。

想不到她竟活下来，而且被金褥子带回鱼菱村。

原来，她流落街头，白天沿街行乞，夜晚在鸡毛小店栖身；命中该有救星，活到了新中国成立后。被谷秸整容队送进游民收容所，戒了毒，治了病，身子胖起来，脸蛋也有了血色。像一只上锈的铜壶又被擦得锃亮。她才三十九岁，过去的娇媚依稀可见；每天拼命刷牙，牙齿一白更为增色。收容所常开政治报告会，有一回她认出作报告的是谷秸，从此更加严格律己，为身为顶头首长的老相识争光。谷秸大悦，也千方百计树立她当典型。收容所的游民受训完毕，就要被动员到京郊的荒地开垦稻田。女房东虽然说不上“士为知己者用”，但是谷秸的动员报告话音刚落，她就高举双手，当场头一个报了名。报名之后领取一笔生活补助，到街上买些女人的日用品，巧遇在街上拦人打听谷秸的金褥子。她花光这笔生活补助费，请金褥子吃了两盘子锅贴，便不辞而别，跟着金褥子私奔了。金褥子拐走了谷秸的典型，哪里还敢跟谷秸见面？

女房东心甘情愿跟随金褥子到鱼菱村来，是因为金褥子应许给她找个称心如意的男人。

这个男人便是鱼菱村旱船班子领作的，一个年过四十还没有娶妻，整天在娘儿们堆里出来进去的家伙。他家的祖产，不够个地主也够富农；传到他手里，几年花个寸草不剩，土改竟被划为贫农，可算是歪打正着。他分得两间房四亩地，自己却不耕种，租给了高留住，秋后对半分粮。平时，他挑着货郎担，摇着拨浪鼓，专卖女人的脂粉、针线、花袜、洋胰子，也是赔本赚吆喝。他最上心的是跑旱船，出风头。走起会来，他像狂蜂浪蝶满场飞，不少轻浮娘儿们为了看他，眼珠瞪出眼眶子，不住手揉眼睛才没掉下来。

旱船班子十几名演员，有男无女；领作的男扮女装，演的是驾船摇橹的船娘。我是领作亲传弟子，扮演拉船的纤女——纤女共有四人，我是其中之一。有人考证，旱船虽是地上行舟，却是扮演隋炀帝乘龙舟、下运河、游扬州的故事。

鱼菱村跑旱船，全年两起。一回是正月新春到关帝庙进香，一回是挂锄时节到河边祭河神。

领作的跟女房东相见恨晚。“孤王酒醉桃花宫……”领作的沉溺酒色，忘了安排旱船班子准时登场。

我趁机篡位，挂头牌挑班。男的演男的，女的演女的；我的这项改良虽然算不上出奇制胜，却也在运河滩引起轰动。

金褥子起带头作用，抛头露面扮演船娘；我从京剧雏尾小生身上偷艺，扮演调戏船娘的花花公子。

胭脂红粉上了脸，簪钗珠翠上了头，彩衣彩裤上了身，金褥子摇身一变换了个人，鱼菱村男女老少都说她像黄花妃子投胎转世。不但我目瞪口呆，连高留住都直了眼。

锣鼓一响上了场，金褥子就像跳大神的被黄鼠狼附了体，手舞足蹈，眉飞眼动，虽没有领作的真功夫，满身的花活儿却逗弄得观众一声接一声喊好，黄口小儿都喊哑了嗓子。我跟她配戏，也不甘示弱，一会儿使出三姓家奴吕布的身段，一会儿是顾曲周郎的儒雅，一会儿又是马前先锋罗成的雄姿勃勃，跟金褥子争个高低，分个上下。气得站在人前背后偷看的高留住，脸色一阵紫一阵青，身上出汗散发着腌酸菜气味。

忽然，金褥子好像中了暑，又像被寒霜打蔫；慌手忙脚，目光散乱，三魂出窍走了神儿。我急忙一挥手中泥金扇，命令文武场停锣煞鼓。金褥子扔下旱船，没有卸妆就奔家跑。

我收拾了残局，才离开旱船班子。

出村走在到黄花闺女池塘的小路上，冷不防从路边的柳丛中跳出了高留住，吓得我一连倒退几步。

“兄弟，救我！……”他哭眉泪眼，满面愁容。

我只当他看金褥子跑旱船走红，打翻了醋缸，便铁青起脸，怒喝道：“你想扯褥子大姐的后腿吗？”

“本主儿来了，本主儿来啦！”高留住双手抱头蹲在地上，“谷秸……找我报夺妻之仇，我不敢见他，有家难回。”

我扔下高留住，跑到黄花闺女池塘，只见身穿军管会粗布制服的谷秸，在他家的废墟四外转来转去。

“大哥！”我一步三跳扑过去。

“兄弟！”谷秸张开双臂迎上来，“我就是为了跟你见个面，才磨蹭着没走。”

“那就多住几天。”

“我回村是因公出差找个人，不是休假。”

“找谁？金褥子……”

“女房东。”

“你反倒挂念这个烟鬼？”

“她是我管辖的游民收容所学员，我应该亲眼看到她有个好下场，才放心。”

“你怎么知道她嫁到鱼菱村？”

“昨天我收到她托人写的一封信。”

“见着金褥子了吗？”

“我刚才一直看她跑旱船，鱼菱村的水土把她养得比过去更好看了。”

“怪不得她忽然慌神走板哩！原来是看见了你，跟你对了眼。”

“城里见！”谷秸转身推车，“明天上午还有个会。”

我抓住车把，说：“你得见一见金褥子，叙一叙旧，才不枉久别重逢一场。”

“对了眼还不算见过吗？何必多此一举。”他凄然一笑，“不要惹得金褥子心酸，更不要搅得高留住心烦。”

我听他说得占理，相约等我过完暑假，到北京再见，便撒手放行。

他骑上车走出不远，突然，紧急刹车，翻身落地。我追过去一看，才知道是女房东横躺路面，挡住了自行车的前轱辘。

6

过多少年我都忘不了金褥子家那顿酒饭。

金褥子杀了一只鸡，炸了一锅油豆腐，从篱笆上摘下一篮豆角，从小菜园又摘来顶花的黄瓜。手艺高明的女房东上灶掌勺，炒了一桌子菜；饭桌摆放在炕面，当中一锡壶酒。

“刘大公子，咱们走吧！”女房东朝我挤眉弄眼努嘴儿，见我一点不识相，便动手扯我的胳臂。

“他不能走！”谷秸慌忙抓住我的膀子。

谷秸前来赴宴就有言在先，叫我陪王伴驾不离左右。

金褥子也只得留下女房东，说：“没有您陪客，不咸不淡没滋味儿。”

女房东嘴馋而又好酒贪杯，金褥子开口挽留她，她正得就坡下驴。金褥子给她满上一盅又一盅，她嗞溜一口酒吧嗒一口菜，半锡壶酒入肚便溜了桌。金褥子把她像一袋麦子扛走。

金褥子扛着女房东出去，谷秸忙咬我的耳朵，说：“看见了吧？你可要少饮。”

我恍然大悟，说：“她是想把碍眼的人都灌醉，淘干了水塘捉的是你。”

金褥子去而复返。在金褥子死说活劝下，我虽然步步设防，也被迫喝了三盅。三分酒醉七分作戏，我歪倒在墙角落；虽然睁不开眼皮，耳朵却没有失聪。

“谷秸，你有家眷了吧？”金褥子给谷秸的碗里夹了一条鸡大腿，颤声问道。

“匈奴未灭，何以家为？”谷秸当了几年八路，仍然书生气十足，“现在国家百废待举，还顾不上个人小事。”

金褥子哭了，说：“你等着我，我没等着你，骂我水性杨花吧！”

“男大当婚，女大当嫁，我不怪你。”谷秸心平气和，“民主政府有规定，已婚夫妻三年音讯皆无，也可以男婚女嫁悉听尊便。”

“我忘不了你过去待我的情意。”

“那是才子佳人旧思想，不必看重。”

“我跟高留住睡在一条炕上，心里想着的是你。”

“多谢！今后可不要一心二用了。”

“好个酒色不沾的大侄子！”窗外，女房东的新郎，旱船班子领作的，高声叫好，“正牌八路，十分成色，一点不缺斤短两。”

他推门走进来，身后跟随着高留住；两人在窗根下偷听多时了。

吃过酒饭，谷秸看了一下手表，已经深夜十二点；他要连夜赶回城里，明天早八点的大会才不会迟到。

女房东已被领作的背走，谷秸叮咛金褥子道：“新社会将鬼变成人，女房东就是一例，有劳你替我在她身上操心了。”

金褥子含泪点着头，说：“有我吃的，她就饿不着，你把心放进肚子里!”

当着高留住的面，谷秸又说：“你们两口子，要举案齐眉，相敬如宾。”

“走你的吧！你就甭牵挂我了。”金褥子强忍着泪水，把谷秸推出门外，“难得有谁活上三万六千天，阖眼就是一辈子。”

我送谷秸到桥头，他推着自行车一步一回头，恋恋不舍。我早已犯困，催他上路，他猛跺一脚，飞身上车，头也不回而去。

一去三十几年没有重返鱼菱村，其中二十二年是因为划了“右”，无颜见鱼菱村父老，更没脸再见金褥子。金褥子后来又连生三子，生一胎脸上多几道皱纹；日子又过得锅里缺米灶下少柴，三十老得像四十，四十老得像半百，进城怕被人当成叫化子，想到城圈儿里看看就犯怵。这几年过上好日子，承包了黄花闺女池塘，又忙得分不开身。做梦也只是旧景重现，而且一年比一年少。一个走不出城圈儿，一个离不开京门脸子，竟三十几年难相见。

谷秸已是花甲之年，打报告离休，当即照准。离休干部有的学书画，但是他的字写得能将颜、柳、欧、苏化为一体，作画能将花猫放大变成虎，一只葫芦破成两个瓢；上不上下不下，老年大学不收他。离休干部也有的练气功，他偏跟气功格格不入，像榆木疙瘩不导电。想跟我学写乡土小说，这两年进口货和仿洋牌吃香，土特产行情大跌。他又不愿做无效劳动。

恰巧，有人送我一套上等渔具，我便借花献佛转赠给他。

京郊有很多养鱼池，不少养鱼池被辟为官钓塘，专供有权势的高官假日垂钓。于是，以鱼为诱饵，换来紧俏物资供应的批件；所以，官钓塘又名钓官塘。谷秸没有权势，也不够级别，官钓塘哪有他的席位？只能扛着鱼竿寻寻觅觅，找个窑坑水洼子坐下来，钓几条草生儿，聊胜于无，自我安慰而已。

高不成低不就，谷秸想起了黄花闺女池塘；可不知道黄花闺女池塘已被金褥子承包，养鱼种藕放鸭子。他骑着那辆三十年一贯制的自行车，吱咯乱响，星夜动身，到北运河边，太阳还没有拱嘴儿。

肚子饿了。大桥头公路边，有个小饭铺亮着灯。

叫开了门，开饭铺的是老两口子；男的跑堂，女的掌灶。

一碗绿豆稀饭，两个细罗白面馒头，一盘凉拌黄瓜，一盘热炒鸡蛋，一碟卤煮花生，一碟香油臭豆腐。吃完一算账，没零没整儿二十元！谷秸出门，身上从不带着十元以上现金，以免被扒手偷走而感到肉疼。但是，不交足饭钱脱不了身，他只得把手表押给掌柜的。

一传一递之间，他认出了老头儿是早船班子领作的，老太太正是女房东。他没有点破，走出饭铺不免一阵凄凉。处处向钱看，难道乡情也变得薄如纸？

谷秸跟金褥子在黄花闺女池塘的见面，他一直守口如瓶，详情细节我都不得而知。不过，从此他每个星期跑一趟鱼菱村，每趟都满载而归，带回一网兜子草鱼、青鱼、鲇鱼、白鲢子，打电话叫我到他家吃全鱼席。有时他一不留神走了嘴，三言两语藏头露尾；我虽不敏，也猜出这些美味来自何处了。

这一天我又到他家吃鱼，穿堂过室如入无人之境。来到桌旁坐定，挽起袖口刚要动箸，谷秸劈手把我的筷子抢走，黑沉着脸子欲言又止，一副心烦意乱景象。

“插足了，是不是？”我低声嬉笑着问道。

“本人早已不惑知命，没有这个雅兴了。”谷秸鬼鬼祟祟，颇像做贼心虚，“兄弟，你台面大，眼皮子杂，能帮我买三千米平价铁蒺藜网吗？”

“想当官倒呀？”

“为了投桃报李。”

“此话怎讲？”

“我不能白拿金褥子的鱼！”谷秸一拍桌子，紫了脸红了眼，大嚷大叫，“你也不能白吃我的鱼！”

金褥子想买铁蒺藜网，是要把黄花闺女池塘圈起来，成为铁打江山自家天下。

谷秸拿人家手软，我吃人家嘴短，敢不俯首帖耳，供人驱使？

金褥子，真有你的！你不但放长线钓大鱼，而且一箭双雕，一石二鸟，一条线拴俩蚂蚱。

一九九〇年四月至五月

短篇小说卷

蛾 眉

1

这个村庄叫细柳营，村东北运河，村西京津公路，方圆左右一片肥田沃土。可就是守着青山没柴烧，怀抱金盆讨饭吃，跟穷字结下了不解之缘。

河边绿柳垂杨，杂花生树，远瞧近看，风景如画。然而，绿柳垂杨中掩映着的一户人家，三间泥棚茅舍，半围坍倒篱墙，二里外就望得见三丈高的穷气，却又大煞风景。

这一户人家只有父子两口人。老爹唐二古怪，六十多岁了，原是百里闻名的瓜把式；自从一声令下，只许种粮，不许种瓜，被迫改行，下放大田，年老力衰，每天只挣六分。儿子唐春早，念过高中，一心想上大学，成名成家；虽然也有两膀子力气，可是按照大寨评工记分标准，只算个等外劳动力。工值很低，挣分又少，父子俩一年到头脱皮掉肉，汗珠子摔八瓣儿，年下分红刚够嚼谷，分文拿不回家。

这一方，上京下卫，小伙子娶媳妇难，难于上青天。花枝一般俊俏的姑娘，好比彩云追月，鸟飞高枝，不是心向北京，就是眼望天津；剩下不那么水灵秀气的柴禾妞儿，开口一要彩礼，也要把人吓出一溜筋斗。

遂令此地父母心，不重生男重生女。

但是，唐二古怪却另有如意算盘。他躺在炕头上加减乘除，不栽梧桐树，招不了凤凰来，要想娶个儿媳妇，至少得盖五间砖瓦房，还得再花千八百块彩礼；他们父子俩每年挣五千工分，十分为一工，每工三毛三分钱，紧打窄算，勒住脖子扎上嘴，不吃不喝二十年，才能把一座金身玉体搭进家来。不过，他看见，凡是手里端着一只铁饭碗，嘴里吃着商品粮的人，哪怕是三寸丁谷树皮，猪不吃狗不啃的角色，屈尊下驾到农村娶媳妇，不但用不着重金礼聘，而且还能倒赚一笔奁资。于是，他恍然大悟，要想娶儿媳妇省钱不费力，必须得让儿子捞到一只铁饭碗；而要想把铁饭碗捞到手，只有靠念书，书中自有颜如玉嘛！

唐春早心灵内秀，敏而好学，学而不厌；唐二古怪打定了主意，吩咐儿子在收工之后，埋头读书，不可一心二用。他拼出这一把老骨头，搜肠刮肚，省吃俭用，荞麦皮里榨油，也要供养儿子学富五车。

可惜，他错翻了黄历。世道变了，万般皆上品，唯有读书低，交白卷才能金榜题名；而且，唐二古怪呆头呆脑，是个没嘴的葫芦撞不响的钟，人穷却又气粗，倔犟得像一条宁折不弯的桑木扁担；一不会拍马屁，二不懂走后门，所以上学招工，年年都没有唐春早的份儿。

寒来暑往，年复一年，眼看唐春早二十三岁了，前景还是一片黑灯瞎火；男大当婚，唐二古怪心中暗暗着急，沉不住气了。

谁想，车到山前必有路。七四年青黄不接的麦收前，本村有个外号叫马国丈的能人，从四川贩来六七个农村姑娘，按人论等，按等论价，唐二古怪急忙跑去打听行市。

这个马国丈，原名马国章，奸、懒、馋、滑、坏，一身占全五个字；不必提名道姓，打个嚏喷，顶风臭十里。

可是，这年月正气头朝下，邪气脚朝天；一人得道，鸡犬飞升。马国章有个把兄弟，铁嘴钢牙，七十二变，打、砸、抢起家，学大寨镀金，在县里掌了印把子，马国章也跟着时来运转。一阔心就变，这位把兄弟走马上任，就跟原来的黄脸婆离了婚；马国章手疾眼快，连忙把自己那含苞待放的十八岁的女儿，梳妆打扮，送上门去做填房。于是，盟兄变成了岳父，马国章变成了马国丈。

富贵多病，马国丈小病大嚷，无病呻吟，拿着县革委会的证明信，走遍五湖四海求医，专干些不伶俐的勾当。从四川贩来六七个农村姑娘，只不过是做一桩顺手牵羊的生意。

马国丈家住在细柳营村西口，京津公路旁的一块风水宝地上。青堂瓦舍，高墙大院，雕花门楼，忠字匾额，白天车如流水马如龙，夜晚日光灯照如白昼；这一切都来自乘龙快婿的探囊取物，四面八方的顺水人情，没费他吹灰之力。

唐二古怪走进国丈府大门，六七个四川农村姑娘只剩下一个了。原因是这个公社有个晚婚规定，男二十五，女二十三，才许登记；马国丈贩来的六七个四川农村姑娘中，二十五岁的一名，二十四岁的两名，二十三岁的三名，领回去马上成亲，所以身价甚高；只有一名二十岁，要白吃三年饭，虽然一连削价，还是无人问津。

这个二十岁的姑娘，正坐在马国丈的西厢下，左手拿着块玉米饼子，右手拿着个咸菜疙瘩，面前一碗清水汤；吃一口，抽泣一声，眼泪像下小雨，点点滴滴洒满了汤碗，喝下的是自己的泪。

大玻璃窗的正房北屋里，马国丈的老婆正扯断了脖子，喊破了喉咙，跟马国丈吵骂。

"你吃多了荤油糊住了心，喝多了猫儿溺昏花了眼，收留这个赔钱货，磨扇压手搡不出门，难道你想打个佛龛把她供起来？"

马国丈被骂得狗血喷头，唉声叹气，不敢还口。忽然，院里脚步声，他偷眼一觑，见是唐二古怪，转悲为喜，龇牙乐了。

"姜太公钓鱼，愿者早晚来上钩！"

他满脸奸笑迎出去。

2

唐二古怪写下欠洋八百元的文书，以他的三间泥棚茅舍和房前屋后九棵树做抵押，按上指纹手印，接过了这个姑娘的户口卡片。

姑娘名叫凌蛾眉，家庭出身是贫农，本人高中毕业，学生成分；但是，在备注一栏里，还有两行小字，写的是她父亲是个被镇压的"反革命分子"，因而她的身份应是"可教育好的子女"。

蛾眉生得身姿娇小，面黄肌瘦，乌黑的眼睛噙满泪花，像是野葡萄挂满露珠，闪烁着惊魂不定的神色。

唐二古怪正要把她领走，马国丈的老婆在屋里断喝一声："等一等！进屋来换上她本人的衣裳。"

蛾眉进屋去，拉上窗帘，脱下上身的的确良花汗衫，下身的三合一涤纶裤，脚穿的白塑料凉鞋；换上一件油渍渍的男人制服褂子，一条打满补钉的粗布裤子，光脚穿着稻草鞋走出来。

“你们为什么扒下她的衣裳?”唐二古怪瞪起眼睛问道。

“那是我临时借给她穿的行头。”马国丈拉长了下巴,“处理品,便宜货,没有包装。”

唐二古怪把蛾眉领回家,唐春早也刚收工回来,正光着膀子在柳荫下乘凉。这个小伙子书生气十足,一见老爹领来一个年轻姑娘,慌忙扯下挂在柳枝上的衣裳,穿在水淋淋的身上。

“春早,爹给你搞了个对象!”唐二古怪笑眯着眼睛,得意地说。

唐春早羞得满面通红,看也不敢看蛾眉一眼,嘟哝着说:“您怎不跟我商量商量,也不知人家……是不是自愿?”

“她是自卖自身,也就讲不得什么愿意不愿意!”唐二古怪沉下脸,灶王爷的模样儿,一家之主的神气,“你二十三,她整二十,不够公社晚婚的尺寸,登不了记;反正千里姻缘一线牵,月下老儿已经把你们拴成一对了,今晚上就入洞房。”

吃过晚饭,天大黑了,唐二古怪关上柴门;像把一对鸟儿关进竹笼,他把唐春早和蛾眉锁进西屋。

蛾眉面无血色,背靠着墙,可怜巴巴地坐在炕沿上,不敢抬头;唐春早两眼直勾勾地盯着她,一副木呆呆的神情。

两人都很害羞,谁也不开口。

忽然,唐春早闷声闷气地说了一句:“你先睡吧!”便转过身,在临窗的桌前坐下,拉开抽屉,拿出书,读起来。

这一句话,一个动作,蛾眉感到很惊奇,忍不住悄悄瞟了他一眼。

唐春早好像有所觉察,不是芒刺在背,也是如坐针毡,在椅子上不安地扭来扭去,踏不下心,书在面前,一个字儿也没有映入眼帘。

“关灯睡觉吧!”东屋,唐二古怪吼道,“明天公社在咱们的大寨田开现场会,还要起五更。”

唐春早听得懂老爹的弦外之音,万般无奈地熄了灯,可是仍然一动不动地坐在椅子上。

“大哥,睡吧!”蛾眉柔声细气地劝道。

唐春早猛一掉脸,只见在青幽幽的月光中,蛾眉像一朵雾中的小花,隐隐约约,朦朦胧胧,引人心动。温情和欲望,在他的胸膛中一阵阵鼓荡,春潮涨满了全身。

他霍地从椅子上站起来,向蛾眉身边走去,蛾眉低叫一声,紧贴住墙壁，像是要把她那娇小的身子嵌进墙去。

唐春早粗手笨脚地把她放倒在炕上，她直挺地仰躺着，不反抗，也不挣扎。

唐春早解开了她的上衣，她的双手蒙住了脸，轻轻啜泣；唐春早柔情如缕地抚摸着她，她放声大哭了。

"大哥，开恩吧！"蛾眉凄厉地哀叫，"我……不愿意……"

唐春早像被狠抽了一鞭子，发昏的头脑清醒过来，羞愧交加，撞出屋门。

唐二古怪从东屋扑出来，张开胳膊拦住他的去路。

"爹！我不能欺侮这个无依无靠的姑娘……"唐春早痛心地喊道。

蛾眉也从西屋追出来，跪倒在唐二古怪的膝下，哭道："大伯，收下我给您当干女儿吧！女儿是为了替父伸冤，葬母还债，才走这一步的。"

人心都是肉长的，唐二古怪本来就是个软心肠的人；他从地上搀起了蛾眉，颤声问道："孩子，你家里遭了什么凶险，爹娘是怎么死的？"

蛾眉一字一泪地说："我们那个地方，本是天府之国的聚宝盆，接连打了八九年的派仗，草盛苗稀荒了地，官儿们一边年年上报大丰收，一边给社员开介绍信，出外逃荒讨饭。我爹爹本是个不爱多言多语，树叶落下来也怕砸破脑壳的人，只因为饿得肚子咕咕叫，说了几句气话：'这个'文化大革命'不是请客吃饭，再'革'下去，男女老幼都饿死，'黑五类'绝了种，'红五类'也断了根，就被打成犯下'恶攻罪'的现行反革命分子，抓了起来，评法批儒吃紧，判处死刑枪毙了……"

"轻声！"唐二古怪蹑手蹑脚走到屋门口，侧着耳朵听了听，扒开门缝看了看，才又踮着脚尖走回来，"你老爹的这些气话，可不许在外人面前学舌呀！别人的话你学舌，也一律同罪。"

"你母亲是怎么死的呢？"唐春早又问道。

"她带着我的两个弟弟，到百里以外的火车站讨饭，听说我爹冤屈而死，就一头撞了火车，粉身碎骨了。"

"两个弟弟呢？"

"我赶到火车站收尸，正遇上马国丈收购青年女子，我就把自己卖了五十斤粮票，三十元现金，交给了两个弟弟：十五元还旧债，十五元买粮食，算是尽到我这个做姐姐的最后一分心意了。"

“你这才是跳出苦井，又掉进火坑呀！”唐春早哀叹地说，“你是尊贵的人，怎么能像鸡、犬、牛、羊一样出卖自己呢？”

蛾眉哭着说：“我只想来到北方，能到北京告御状。”

“告不得，告不得！”唐二古怪货郎鼓似地连连摇头，“赶上了这个天狗吃日头的年月，小人得势，奸臣当道，哪座庙没有屈死的鬼？包龙图进了牛棚，你到哪个衙门递状纸？”

“我……走投无路，进退……两难呀！”蛾眉哭成了泪人儿。

“你进了我家的门，就是我家的人！”唐二古怪一拍瘦骨嶙峋的胸膛，“三张嘴吃两口人的饭，饿不死就等得来天睁眼。”

蛾眉留在了细柳营，是唐二古怪的干女儿，还是唐春早的未婚妻？身份不明，也报不上户口。

3

报不上户口，就不能到队里干活；不能到队里干活，就不能挣工分；不能挣工分，也就不能分口粮，只得三张嘴吃两口人的饭。

数着米粒下锅，只吃七成饱，一到来年青黄不接时节，仍然要闹饥荒；地上刚返青，唐二古怪就剜野菜，兜回家去，野菜合汤煮。

“阿爹，这……能吃吗？”蛾眉皱着眉头问道。

“怎么不能吃呢？”唐二古怪嘻嘻哈哈地说，“神农尝百草，长生永不老。”

“您老人家还是不要吃吧！”蛾眉央求地说。

“你爹我天上不吃风筝，地上不吃板凳！”唐二古怪叫起来，“一方水土养一方人，我自幼是吃运河滩的野菜长大的，练就了一挂铜肠铁胃。”

“是我累赘了你们爷儿俩，苦了您老人家……”蛾眉神色凄然地说。

唐二古怪喟然长叹，忧心忡忡地说：“这个‘大革命’再闹腾个没完，等着瞧吧！明年家家揭不开锅，灶膛里长青草，烟囱上搭鸟窝。”

但是，苦中也有乐。这座泥棚茅舍，自从住上蛾眉，就有了活力，有了喜色，有了笑声，三丈高的穷气也矮下了二尺。

有了蛾眉管家，缝缝补补，洗洗涮涮，唐春早和唐二古怪父子俩，头上脚下都干净利落。洒扫庭除，小院子镜面似的，坍倒的篱墙编笆打桩，旧貌换新颜。房前屋后，种瓜点豆，饭桌子不必再蘸盐花，啃咸菜了。有蛾眉做饭，农忙时节累得散了架，进门就吃现成的，还能躺在炕上喘口气。养了十几只鸡，鸡窝是银行，天天拣几个蛋，打油买醋，手上见着了零钱。喂了一口肥猪，够分量卖个大数目，还马国丈的债。另外，又喂养了两只羊，过年吃一只，卖一只，羊皮剥下来垫在炕头上，给唐二古怪当褥子，隆冬腊月不腰疼。运河滩上水草丰茂，打草晾晒，完秋供销社收购，蛾眉的干草有几垛。

蛾眉住在西屋，唐春早搬到他爹的东屋去，两人井水不犯河水；不过，平日也有说有笑，只是不许动手动脚。

天一黑唐二古怪就睡觉，脑袋一挨枕头就鼾声如雷，所以唐春早每天晚上还得到西屋去读书。开头，蛾眉便躲出去，避免两人接近。后来，一口锅里舀饭也日久天长了，就渐渐消除了戒心；唐春早读书的时候，蛾眉就远远地坐在墙角落，偷一片灯光，飞针走线，可是一声不吭。

唐春早对于自己的才学，十分自负，他在细柳营的男女青年中，还没有棋逢对手，甚感寂寞。一天，他忽然想起，蛾眉也是个高中毕业生：然而，看蛾眉那样子，对于他的读书，视而不见，充耳不闻，一点不感兴趣，倒像个目不识丁的文盲。于是，便想测一测她的高低虚实，故意逗她说："蛾眉，拳不离手，曲不离口，你也跟我一块来复习功课呀！"

蛾眉无动于衷地摇了摇头，说："书读得越多越蠢，我还是从生活中学点聪明吧！"

唐春早只当她腹无实学，找出这个金口玉言，掩饰自己，便又紧逼一步，叹了口气，话中带刺儿，说："女学生从小学到初中，大多数能压男学生一头；可是，升入高中以后，女大十八变，心眼多，走神思，又爱面子，大多数都要走下坡路，男学生就占了上风。"

蛾眉陡地红了脸，冷冷地一笑，但是又话到嘴边留半句，哼了一声，说："我就是走下坡路的典型！"

第二天，蛾眉一反常态，没有外出打草拾柴。

晚上，唐春早又到西屋复习数学，从抽屉里拿出习题手册，打开一看，大吃一惊；在最近几天的作业上，每页都有娟秀工整的小字细心评阅，正误精确严密，不禁目瞪口呆。

他如梦方醒，大喊道："蛾眉，是你给我批改的吧？"

“我怎么敢?”蛾眉脸上像下了霜,“我这个走下坡的……”

“别拿我的话堵我的嘴,拿我的手打我的脸吧!”唐春早打断她的话,“你得收下我这个学生,当我的家庭教师。”

“折杀了我!”蛾眉仍然是一副冷冰冰的神色,“我不配。”

“答应我,答应我!”唐春早走上前去,抱住蛾眉的肩膀摇晃她。

蛾眉被他揉搓得心神把握不定了,脸红了红,啐了一口,说:“依你!……可就是这一桩。”

从此,夜深人静,他们便同桌切磋学问,白窗纸上,映现着他们那耳鬓厮磨的身影。

细柳营的工值,一年不如一年,唐二古怪和唐春早父子俩,年年竹篮打水,两手空空;倒是蛾眉养鸡、喂猪、打草,每年收入二三百元,偿还马国丈的阎王债。

唐春早过意不去,于心不安,跟唐二古怪说:“爹,给蛾眉留下一百元;她在家乡还有两个弟弟,寄回去给那两个孩子买口粮。”

“欠下这笔债,好比蛇缠腰,早还早脱身呀!”唐二古怪面有难色,不过还是点出十张十元的票子,递给了蛾眉。

蛾眉接过钱,眼圈一红,说:“我那两个弟弟,还不知到哪一方讨饭,是死是活;我想拿这笔钱当路费,回家乡看看。”

“你不能走!”唐二古怪急了,一声断喝,“你还没有跟春早结婚,不许回娘家。”

蛾眉眼泪汪汪地说:“我还回来的。”

“我不答应!”唐二古怪一甩袖子,回到东屋,跳上炕,倒下身,呼呼刮风一般生气。

“蛾眉,别难过。”唐春早轻声柔语,“我劝服老人家,放你走。”

蛾眉也回到西屋,关上门,淅淅沥沥哭得像六月连阴雨。

夹缝中的唐春早,心情非常痛苦,在小院里徘徊到半夜,才进屋睡觉。

“让那孩子走一趟娘家吧!”唐二古怪已经风停了,气消了,“蛾眉这两年也真是忠心保主,咱们不能亏待她。”

唐春早赶忙说:“她说一定回来,您要信得过她。”

“她敢不回来!”似睡非睡中,唐二古怪狡黠地咯咯发笑,“她的命根子——户口卡片,攥在我手里。”

唐春早在黑暗中眼珠一转，低低地说："您收藏在哪儿？可别叫她发现了。"

"房后……老枣树下……一口坛子里。"唐二古怪呢呢喃喃，坠入黑甜乡了。

黎明时分，有人敲西屋的后窗，蛾眉惊醒了，披上衣裳一听，唐春早在窗下轻轻唤她。

她迟迟疑疑地打开窗户，问道："你……？"

"给你户口卡片！"唐春早伸进一只胳臂，"你回到家乡，日子比这边好过，就不必回来了。"

"我不走了！"蛾眉从窗口扑出半个身子，搂紧唐春早的脖颈，"我……离不开……你了。"眼泪像清晨的露珠儿，洒满唐春早的头。

4

八百元失而复得，唐家盖起了三间青砖房，房顶还铺上了红泥瓦，这是因为十年浩劫到了头，光明赶走了黑暗，马国丈坐了牢，法院勒令马家，退赔那六七个被贩卖来的四川农村姑娘的身价。

新房坐落在花红柳绿中，墙里开花墙外香，绿柳浓荫中冒出冲天的喜气。

唐二古怪心满意足，笑不拢嘴，绕着新房转来转去，不敢进屋子；他到河边洗净了两只泥脚，还是怕踩脏了方砖地面，唐春早和蛾眉一人扯住他一只胳臂，拖进了新房。

蛾眉收到了弟弟从四川家乡的来信，那边的日子比细柳营还强。

"你拿主意吧！"唐二古怪低声下气地说，"人往高处走，鸟奔高枝飞，我跟春早欠下你还不清，报不尽的情分，也不敢开口要你回来。"

"阿爹，您好糊涂！"蛾眉哭笑着，"我在运河滩上扎了根儿，鞭打也不走，棒打不分离。"

"那……那……"唐二古怪吞吞吐吐，吭吭哧哧，"你……你跟……春早……"

"我们马上就登记！"蛾眉清亮地笑道，"咱们不摆酒席，不请宾客，不声不响办喜事。"

"不忙，不忙。"唐春早搓着两只手，一副窘态，"咱俩还没有自由恋爱呢！”

“书呆子，你真不开窍！”蛾眉狠狠地戳了他额角一指头，“自由恋爱并不像小说里、电影上描写得那么疯疯癫癫，要死要活，叫人头发昏，脑发胀，眼花缭乱。”

“我怕……不够格儿……”唐春早痴痴呆呆，“委屈了你。”

“你少给我头上扣炭篓子！”蛾眉叫道，“阿爹，他变心了！”

“我打折这个小畜生的腿！”唐二古怪举起一根顶门杠。

蛾眉拉起唐春早就跑，到公社登记，领取结婚证书去了。

他们走到公社门口，只见人山人海，围观一张告示；唐春早挤进人群，翘起脚看，原来是全国大学招考的布告，忙又挤了出来。

“咱们别结婚了！”唐春早兴奋得满面通红，激动得两眼放光，“集中精力，抓紧时间，复习功课，报考大学。”

“也好。”蛾眉沉吟了一会儿，“你报名，我不考，帮你复习。”

“有难同当，有福同享！”唐春早和蛾眉原路而回，“咱俩要双双报考，双双考中。”

“你真是个不开窍的书呆子！”蛾眉苦笑了一下，“我不跟你登记，就报不上户口；报不上户口，就不能在北京地区报名。”

“啊！”唐春早站住了脚，愣怔了半晌，“你赶快回四川家乡吧，咱俩得争分夺秒。”

“我……离不开你。还是不考吧！”

“那我也不考，咱俩同归于尽！”

唐春早是个一条道走到黑的脾气，蛾眉虽然比他聪明伶俐，却拗不过他的认死理儿，只得顺从了他。

临别之夜，他们在西屋最后一次温习功课。但是，蛾眉神不守舍，心乱如麻，目光散乱；心头和眼底，笼罩着浓雾一般的离愁，看不见书中的字，算不出一道题。

“你累了，”唐春早收拾桌子上的书籍和纸笔，“睡吧！明天还要起早上路。”

“等一等！”蛾眉两手紧抓住唐春早不放，生怕失去他。

“还有什么话要叮嘱我吗？”唐春早问道。

“我要跟你约定……”蛾眉哽咽着说，“你考上了，我考不上，我不……拦你……爱别人；你考不上，我考上了，我仍然属于你。”

“这也是我的誓言！”唐春早眼也不眨地说。

他们拥抱在一起，这还是他们共同生活了几年的第一次。

“今晚……”蛾眉脸色苍白如纸，声音颤弱，“你跟我……睡在一起吧。”

“干什么？”唐春早摸不着头脑。

“我要给你留下一个纪念……”

“什么……纪念……”

“我要把……身子给了你。”

“不！”

“我不能让你枉担了虚名。”蛾眉激情地亲吻着唐春早那淳朴天真的脸儿，“我把身子给了你，别人就不能打我的主意了。”

“不能！”唐春早惊慌而又执拗地躲闪着她，“我要保持你的清白之身；不能对不起你，更不能对不起……将来你可能爱上的那个人。”

他把蛾眉推倒在炕上，破门而出。

蛾眉走了，唐春早送她到车站；一路上他们默默无语，分手时也没有洒泪而别。

他们都考中了，一个在北京，一个在四川，山重水复几千里。

要知后事如何？聚在瓜棚柳下聊闲篇的人们，都不敢断定。

且等几年后见分晓吧！

一九八〇年十二月

青枝绿叶

1

一九五一年阴历六月，是毒热毒热的天气。

从地里收工回来，互助组长春果的浅花褂子，被湿得裹在身上，一双油黑的小辫子，也热得盘在脑后。副组长宝贵跟在她身旁，嘴里含着一片谷叶子，慢慢地往回走，说："你回去劝劝永春嫂，别让她再下地，五个月的重身子，提防累出好歹来，这是你们妇女的福利问题。"春果点着头："是咧。"又回头嘱咐宝贵："你多跟永春讨论讨论，今晚那技术学习充充实实的；紧跟着就开展比武夺魁，省着再费一道手续——又开个动员会。"宝贵说："好吧！我到河边玩一会儿就麻利回来。"说完，就学着布谷叫："赶快布谷！"奔河边去了。

李满囤老婆挺着大肚子，靠着篱笆泡烟水，满脑袋汗珠子，雨点似的落在桶里，"叮叮当当"地直响。她看清春果，笑着说："宝贵喊你哩！"春果回头看看，宝贵早不见了，只是接连着布谷叫，满囤嫂哈哈笑起来："你听！宝贵一劲朝你喊：'光棍好苦！光棍好苦！'"春果也笑了，指着她脸说："你这贫嘴老婆！"

宝贵跟春果都刚十九岁，一根蔓上两个瓜，他俩真是脸对脸长大的。前年春天，一块入了团；起初联络几家帮工搭套，辗转组织起互助组。今年三月间，春果头个成了候补党员，宝贵也填写了申请表。春果到专署参加过互助组长座谈会，宝贵在农场学习了四十天；从那时起，组里政治技术学习才有个制度。

下晚，大月亮下，村西头河高崖上，互助组技术学习完了，比武夺魁挑战正欢热。永春嫂一旁咬着薄嘴片，眨着眼睛不言语；等大家静下来，她说："你们是家雀抬杠乱嚷嚷，春果！咱俩劈合同。"

听她这一挑战，宝贵直皱眉头，他看着春果，春果脸上一点不挂急；心里上下翻滚的，却是永春。老婆怀着五个月的孩子，还一股劲地争强，他想提出来，碍着自己是技术员，在组里大小算个头目，不好张嘴；又怕老婆顶撞他，老婆那两片薄嘴，他是服在口上，怕在心里。

永春正在为难，春果说了话：

"永春嫂，前晌不是跟你说啦，不许你再下地，留在家里干些零星活，你怎么不听话？"

永春嫂那薄片嘴抢过来：

"哟！我又不是千金之体，怎那么娇嫩！人家满囤嫂快生养啦，不是照旧下地治蚜虫！"

"你是明白人说糊涂话。"春果说，"满囤嫂从地里回来，哪回不是龇牙咧嘴！只是家里没人手，不硬强下地，地里就得乱营。单干户跟互助组，这点就瞧出不一样。"

宝贵说："就是呗！咱组眼下正榜四遍，大家稍微加点油，就能把你替换下来，你就该安生生地留在家里。身子骨儿是本钱，这工夫你跟它过不去，早晚它也跟你过不去。"

春果跟宝贵这一番话，说得永春嫂闭口无言，她暗里却用手拧永春。永春装出没关系的样子，说：

"她自己愿意，就依她吧！"

一个俏皮小伙子嚷起来："永春嫂！你白机灵，我瞧得清清楚楚，永春大腿快让你拧肿啦！永春，亏你五尺男子汉，也真受得下去。"说得他们夫妻俩，脸涨得红布似的。

大多数组员都说："留在家里吧！""人家春果跟宝贵那话正确。"永春嫂还想争辩，春果笑着拦她："没有你发言权啦！这是大家的决议。"宝贵说："咱组该立下这个章程。"他瞧了一下那些不发言的年轻媳妇，"省着日后再费口舌。"

夜深人静，大家回家去了。

宝贵夜晚睡在河崖上，仰着脸，瞧着天空，拉长调子，学着布谷叫："赶快布谷！"春果刚要睡着，听见一声接连一声的"光棍好苦！光棍好苦！"在静静的夜里，声音非常清响。她爬起炕，到河边找着宝贵：

“睡吧！别叫啦。”宝贵说：“叫几声怕什么！多好听。”春果一双水汪汪的眼睛，盯问他：“你心里想什么？”宝贵背过脸去，说：“想咱组哩！一个个心气这么旺盛，秋收一定超过爱国丰产计划。”春果说：“咱俩更要加油，按照区委的指示，往合作社的路上引。”宝贵抢过说：“不止哩！还要朝集体农庄引；到那时节，屋里有电灯，黑夜能演电影，耕种收割有拖拉机，闲在时，坐上农庄的汽车，到北京参观参观。”春果一串铃似的笑个不住声，她推推宝贵：“你想得真是一步登天，这得慢慢来，互助组这个地基砸结实，才能盖上高楼大厦呀！”宝贵笑着说：“有毛主席指引，有苏联的榜样，还不快当。”春果说：“互助组搞得满堂红，往上升到合作社，再到集体农庄；咱们离北京这么近便，毛主席也许抽空来看看，我想那时咱俩也不过三十上下。”宝贵说：“再过十年，你早嫁出去咧！还能老留在家里做闺女。”

春果脸红红，不言语，一个蝈蝈在邻近叫起来。

宝贵回过头：“不早啦！你回去吧。”春果站起来说：“你也睡吧！别再‘光棍好苦！光棍好苦！’地叫，叫得人心里不踏实。不到二十岁，就担心起这些没影的事来，谁还会眼瞧着你打光棍。”说着，就顺着小道跑走了。

过了半天，宝贵想起春果那话，故意长长地叫了一声：“光棍好苦！”可是春果早睡着了。

2

花开两朵，各折一枝。

永春夫妻散会回家，永春嫂奔村南小道走，永春说：“糊涂啦！这条道绕远。”

“你明白！啰嗦什么，走吧！”

永春听出老婆正在生气，便不再搭腔，低头跟在后面。夜晚，这条道最清静，只有他俩脚步“擦擦”的声音。永春嫂瞧着四下没人，于是雹子雨似的，数落永春：“你是座泥胎？在一旁就不帮我说话。”永春笑嘻嘻地说：“你呀！三十岁的人啦，还是小孩性情，就不知道心疼点自己。”永春嫂气哼哼地一摔袖子：“甭跟我嬉皮笑脸的！”就撇开永春，自己走了。永春在后面笑着说：“嘿！好一个三十岁的娃娃！”

永春躺在炕上，心里暗暗想道："春果跟宝贵他俩，照顾得真周到呀！咱平日干活没拿出十分劲，总觉自己是技术员，多干不上算，真他娘的自私脑袋！都像我这种脑袋，这辈子也走不到社会主义。"他推推永春嫂，永春嫂已经睡着；他说："喂！你说状元红旗谁头个抢上？"永春嫂迷迷糊糊地回答："不是宝贵就是春果。"永春说："好！你等着瞧。"

第二天清早，永春修理一下锄杠，听宝贵哨子一响，就集合下地了。这块地坐落在运河旁边，四十亩满种棒子，眼下已是暑伏时节，花红线一缕缕地秀出来，黑绿黑绿的豆秧里，开着绛紫色的小扁花；从地里冒出闷闷的热气。地头，立着一个高大的木牌，牌上写着黑真真的字，那是这块地的爱国丰产计划。

春果一声令下，一群燕似的，大家扑向地里，起始就像一字长蛇阵，并排着向前；后来，宝贵领在头里，春果赶紧追上，永春透过叶子一看，照着手心唾口吐沫，握紧锄杠，跟了上去。

歇息时，宝贵跟永春平，宝贵让了，状元红旗插在永春地头。在遍地碧绿上面，一片艳红轻轻飘浮。

傍响收工，永春回到家，坐在葫芦架下吃瓜，永春嫂一边放桌子，一边问："状元红旗谁拿上啦？"永春装得不起劲，说："你猜呢？"永春嫂说："跑不出宝贵。"永春说："他抢着一回。"

"那两回呢？"

"那两回呀！嘿嘿！"永春绷不住脸，拍着胸脯，"咱的。"

"你？说瞎话。"永春嫂不相信。

永春急啦："你这个人，我什么年月骗过你！"

永春嫂知是真的，也按不住高兴："你这可是太阳从西出来，别乐得驾起云，认不清东南西北，有本事天天保住！"

今天永春嫂特别喜欢，格外给永春炒了五个鸡蛋。

3

天麻麻亮，睡在房檐下的李满囤，早就醒过来。他伸起胳膊，敲着窗棂，吆喝他老婆："起！"满囤嫂披上褂子，揉着眼睛，嘟念着："谁像咱家，脸不洗饭不吃，披星戴月就下地，人家春果他们……"满囤说："你就会说泄气话，这时劳累劳累，看秋天咱那庄稼！春果他们眼下是挺欢热，鸡多不下蛋，不定搞出什么名堂！”满囤嫂还想说两句，满囤说，“走吧！亲娘总是疼亲儿，自己耕种顶牢靠。”说着，就直奔河边那五亩棉花地。

水灵灵的棉花，自从上了蚜虫，就像秋霜打过；枝上叶上，一层层地爬满蚜虫。满囤一看，登时青筋暴起，眼睛瞪得滴溜圆，提起一桶烟梗水，生牛似的奔向一垄。满囤嫂累得站在地头，扶着扁担，大口喘气。

太阳露头，地里冒白气，春果互助组也下地来了。宝贵喊叫着：“满囤哥！你们两口子真卖命啊！挑灯夜战！”满囤抬起头，笑笑没言语。春果说：“大嫂快坐月子啦！应该多歇歇。”满囤嫂用袄袖擦把汗，刚要说：“从鸡叫……”满囤瞪她一眼，就憋了回去。

互助组歇头歇，满囤地里还不声不响治蚜虫。春果对宝贵说：“满囤嫂实在够累啦！叫她过来歇歇吧！”宝贵说：“满囤哥怕不高兴。”春果说：“咱俩去。”

他俩刚直起腰，那边突然吵得热窑似的。满囤蹦跳着，骂他老婆：“懒骨头，我说瞧不见你，原来坐在垄里偷懒！”

满囤嫂坐在地上，嚷叫着：“谁偷懒呀！打鸡叫干到现在，歇会儿都不让，你是成心把我折磨死。”

满囤还是直劲吆喝：“起来！”满囤嫂说：“我就不起！”满囤说：“不起也得起！”说着动手就扯，满囤嫂也打起千斤坠。

春果跟宝贵赶来了，宝贵把满囤推推搡搡拦在一边。春果说：“满囤哥！你就是老煤油桶——点火就着的脾气。累得慌就歇歇，两口子还能动不动就粗脖子红脸！”

满囤说：“春果大妹子，你看：棉花让蚜虫缠得打蔫，不紧着治就要完蛋；她一死要歇着。歇！秋后你他妈拿筷子支起上膛，坐在房脊上喝西北风！”

春果说：“蛤蟆跳三跳，还要歇一歇。大嫂没几天就要坐月子，真累出好歹，你的急处更大。”

满囤嫂鼻头一酸，眼圈儿一红，朝着春果诉起苦情：

“春果大妹子！人家永春媳妇多福气，刚五个月就不下地，我好苦呀！”眼泪“劈嗒啪嗒”落在衣襟上。

满囤蹲在一边，闷着头，一锅一锅地吸起旱烟。在浸过烟水的棉杈上，蚜虫又露出来了。……

吃晌饭时，满囤嫂端上香喷喷的菜汤，黄灿灿的饼子，摆在满囤面前；满囤叼着烟袋："吧嗒！吧嗒！"其实烟叶儿已经烧成灰末末了。满囤嫂说："吃饭吧！"满囤说："你说，咱的棉花怎么办呀？"满囤嫂说："大热天，别急出毛病来；过晌我还跟你下地。"满囤摇摇头："甭啦！你也该歇几天了。我想跟王富家借把喷壶，使唤这个物件，快当得多。"满囤嫂说："那个小气鬼，你还去找他！春果他们有三把呢！不是张手就借来。"满囤说："王富小气也要分跟谁，跟咱不会。"吃过饭，他便去借，半晌光景，空手回来了。

满囤嫂说："我说他不借，你还偏去碰钉子。"满囤说："这家伙日子越过越旺，却变得不懂情面，咱家的东西，永远不许借他！"

晚上，满囤翻过来掉过去睡不着，棉花上的蚜虫，像是钻进他的心窝里。坐起来，想去找宝贵，几次三番又躺下："春天劝咱参加互助组，咱一死不肯，说是单挑鞭满顶；人家表面不露，心里可记下哩，眼下出了难题，再去找人家帮忙，咱脸往哪搁呀！"

蚜虫在他心口窝爬呀爬，躺不是，坐不是。屋里满囤嫂说："把被子盖严实，留心房檐风。"满囤说："你怎么也没睡呀？"满囤嫂笑着说："我都睡醒一觉哩！"满囤抬头一看，启明星已经有些偏西，村里叫驴"吼吼"地叫，已经是半夜了。

满囤硬着头皮，来到河崖，宝贵睡得正香甜；满囤把他叫醒，宝贵说："你还没睡！"满囤叹口气说："火烧眉毛尖，还会安心睡觉！棉花眼看要完蛋啦！你给想个法子。"宝贵说："俺家存着鱼藤粉，你再找点煤油，咱俩起个五更，赶紧配药。"满囤笑咧开嘴："好咧！你安心睡，傍亮时分我来喊你。"宝贵说："你要忙碌不过来，俺组给你拨两工。"满囤笑着说："你真把我看扁啦！五亩棉花再整治不了，那真对不起每天三顿饱啦；兄弟！不是大哥吹牛皮，论力气你还得赶个三年五载的。"满囤那股愁闷，好像雨过天晴，他乐颠颠地回到房檐下，脊梁骨贴墙，不大一会儿就睡着了。

4

六月六，看谷秀。

满囤家河边的棉花，好像一丛丛树棵子，四外伸满枝桠，一朵朵淡粉色的花，夜里开得遍地全是。

满囤坐在地边，眼睛眯成一条线，烟袋不离嘴，眼睛不离棉花。赶着胶皮轱辘车的宝贵，路过这里，在半空打了个响鞭，满囤“机灵”清醒过来。宝贵说：“我看你都着迷啦！棉花长得不错，大嫂瓜熟落地，真是人财两旺。”满囤从嘴里拔出烟袋，笑着说：“棉花是比往年强些，心里多少凉快点。你配的药真灵验，立秋那天请你吃饺子。”宝贵说：“等大嫂养个胖娃娃，满月喝喜酒吧！”满囤说：“好咧！你套车上哪？”宝贵抓紧缰绳，把牲口拦住：“眼下挂锄啦，河西修工厂，拌三合土用白沙，我这是出车拉沙子。”满囤咂着嘴：“出一个月车，干落也是笔大钱。那些人呢？”宝贵说：“盖场房哪！秋后组里家具多啦，又摊些公份，得有个妥帖地间存放；再说三九天，组里开个会，学习政治技术，都要占屋子。三五天就上梁，过后到工厂包上半月临时工。”

傍晌，漫天黑云下来了，小风清凉地吹着，庄稼叶子唰啦唰啦地响，满囤赶忙往回走，嘴里打着口哨。村里，小孩们蹦跳着，唱：“大下小下，下到今儿个明儿个，淅沥沥，哗啦啦，扁豆角，架黄瓜……”满囤说：“下吧！六月连阴吃饱饭，一滴雨点一粒粮食。”

大雨瓢泼似的，从傍晌到天黑，还是不止。满囤嫂躺在炕上，肚子疼得哼哼着，对坐在旁边的满囤说：“快啦！请收生员去吧！”满囤推开门，大雨就像开了锅，震耳响，道上伸手不见掌；他往前跑着，差点跟前边的人撞个满怀，一个女人“呀！”了一声，满囤被人揪住。

“谁？”是个女人的声音。

“我是满囤。你是春果吧？”

春果松了手，忙问：“大嫂要生养吧？我们跑来帮帮忙。”满囤说：“正躺炕上哼哼哩！”刚才“呀！”了一声的女人，“咯咯”笑起来，满囤听出是永春嫂的声音，心里热辣辣的：“弟妹！黑更半夜大雨天，辛苦你啦！”说着，把身上的麻袋披在她俩身上，自己却顶着大雨，去请收生员。

好半天，春果跟永春嫂在外间屋，听见屋里孩子“哇哇”哭出声来。永春嫂笑着说：“满囤哥！恭喜恭喜。”满囤笑了，大嘴咧得瓢似的，连说：“大家同喜……”

这时雨住了，满天星斗，月亮像盏灯，照亮了院子。满囤推门一看，登时眉头皱起来，刚才那张笑脸，抹上一层青灰。春果说：“雨一住，腰花①存水，清早太阳一晒，就得烂掉啦。”满囤说：“就是呗！种棉花顶怕夜雨脱桃。那七亩高粱站在迎风口，准吹得东倒西歪，地带又洼，垄里雨水没脚腕；又要赶紧地排水，又要忙着收拾，唉……”两手捧着脑袋，坐在锅台上叹气。

满囤嫂在屋里清醒着，有气没力地说：“趁着月亮天，还不麻利下地！唉！都怨你……眼瞧着庄稼受害救不了……”

满囤从屋角拿起铁锨要走，春果拦住说：“你伺候大嫂吧！”满囤站住脚，扶着铁锨，说：“那地里呢？……”春果说：“甭愁。明天让宝贵他们去拾掇棉花，他有办法。高粱地也帮你收拾。”满囤一听，眉眼舒展开了，可是又一想，满腔高兴憋回去：“春果，你知道我日子不富裕，这些人的工钱真掏不起，青黄不接，管饭都犯难……”

“不用！”春果摆着手，“写在借工账上，眼下欠工，秋收时还工。”“好咧！”满囤笑了。

“还是互助组好哟！”屋里满囤嫂眼睛漂着泪花……

5

清早，李满囤睁开眼，从棉花地的窝棚里走出来，到河旁洗洗脸，就回家去做饭。迎面，宝贵赶着大车，小伙子们坐得满满当当。“干吗去呀？”满囤问。宝贵说：“到河西做工去，你的棉花怎样啦？”满囤说：“亏得你跟他们几个帮忙拾掇，棉桃结得压颤枝。”宝贵说：“棉花是宗细水长流的活，够你们两口子忙碌的。”满囤笑着说：“只要丰收，日子好过，累点倒不怕。”宝贵一摇红缨鞭，大车过桥到河西了。

满囤家的烟囱刚冒烟，春果带着妇女们，已经下地了。

半月过去，小雨淅沥淅沥下个不住。好容易盼个晴天，永春套上车，进城到医院给老婆检查胎位。春果去找宝贵：“趁着好天，咱俩也进趟城吧！”于是他俩追在车后，坐在车厢上一同去了。

满囤嫂苍白着脸，给满囤送饭，看见永春嫂坐在车上，头上打着旱伞，喊道：“他永春婶！出门上哪呀？”永春嫂笑着回答：“到医院检查去。”满囤嫂说：“你真福气哟！”永春嫂说：“都是春果摆弄我，说实在

① 棉枝桠上开花有三种：尖花、腰花和底花。腰花就是棉枝桠上中腰里的花。

的我真害怕。”满囤嫂又问春果跟宝贵：“人家两口子检查去，你俩凑什么热闹？”宝贵眨着眼，说：“嘿！俩警卫员陪着，走起来多威势！”春果说：“听他胡扯！眼看就要秋收，进城买些家什。”满囤嫂说：“你们河边那四十亩棒子，秧子小树似的，镰刀不锋利，非得崩刃。”又低声对满囤说：“人家那棒子，一棵秧三两个歪歪着，真是聚宝盆。”

傍晚，大车回来了，车上装着笆筐席篓，还有杈把镰刀；永春嫂挤到车头，春果跟永春坐在两边车辕，宝贵好神气，骑着一头大青骡子，跟在后头。满囤嫂老远就喊：“嘿！买来这些东西。”满囤眼尖，早瞧见那头大青骡子，连跑带颠跑过来；拉住笼头，掰开嘴岔：“嘿！六口正当年。”宝贵说：“一百六十万，贵不贵？”满囤说：“便宜。这骡子身挺四胯都好，你俩眼力不差。”满囤嫂看见骡子，叫嚷起来：“唉哟！瞧这大青骡子，真是龙种，秋上一点急甭着。”满囤问：“每家摊几石粮食？”春果说：“半点没掏，用的是那半月工钱。”

车走远了，满囤望着那头膘肥腿壮的大青骡子，露出话口：“还是人家呀！……”

6

满囤整天长在地里，一点捞不着闲空；晌午回到家，从满囤嫂怀里接过肉头肉脑的胖儿子——儿子名叫双旺，取的是人财两旺的吉利——亲亲胖脸蛋，抽袋黄烟，自自在在地坐在桌旁，喝起汤来。

吃到半中腰，宝贵来了，满囤赶忙让坐：“尝尝！煎饼卷大葱，吃个新鲜。”宝贵说：“麻利吃吧！回头咱俩看看你那高粱去。”满囤瞪眼问：“高粱怎啦？”宝贵说：“你这家伙真偏心眼，一心扑在棉花上，就不去照看照看高粱。我打地头路过，一大群鸡正吃豆角，再往里一看，青草夺垄，野猫乱窜；你是顾脸不顾屁股。”满囤已经吃不安心，把碗一推，筷子一撂：“不吃啦！赶紧瞧瞧去。”说着，也不穿褂子，光着脊梁奔高粱地去了。

回来时，满囤眉毛锁个蛋，瓮声瓮气地对满囤嫂说：“过晌你也下地去吧！”满囤嫂说：“孩子呢？”满囤说：“搁家。”满囤嫂说：“他是五岁六岁，放他满处跑，刚刚出满月，撂在家里不是找吓着。”满囤拧着脖子喊：“你是想躲懒，拿孩子当倚障。”满囤嫂“啪！”把筷子摔在桌上，吵起来："胡说！老街旧坊谁不知道我勤俭，炕上地下哪样干的比你少！不是我，你能挑起这份家当！"这一叫喊，一个多月的双旺，两手一抓，咧嘴哭起来。

春果听见声音跑过来，把满囤嫂劝到她家；春果抱起孩子，对满囤说："刚出月的娃娃，你就想摔打他，还早哩！"满囤赶忙解释："孩子是眼珠，咋会不疼！可也不能光顾人旺，财不旺呀！真要是那七亩高粱收不下粮食，日子还是过得紧。"春果说："这就是自家人手少的难处，我给想想法子看吧！"满囤追着送出门，连说："那真谢谢你哩！"

过了一顿饭的工夫，满囤嫂抱孩子回来了，脸上绷不住喜欢。满囤忙问："春果给想了什么办法？"满囤嫂说："把孩子搁家。"满囤说："那不像话。"满囤嫂"噗哧"乐啦："那真不像句人话。春果说，把孩子交给他们托儿所，秋后给老太太缝缝连连，换工互助。"满囤喜得点头："互助组真搭帮咱家，这才是两全其美。"满囤嫂说："参加互助组更美。"满囤说："再瞧瞧，秋忙帮工倒合算。"满囤嫂撇撇嘴："你又瞧上那头大青骡子，跟那辆汽胶车。人家宝贵跟春果是机灵里挑出的，撅屁股就知道你拉什么屎，能白白叫你占便宜？"满囤说："碰碰试试，碰上是运气，碰不上拉倒。"满囤嫂说："没脸没皮，没羞没臊。"

晚上，民兵下地护青，宝贵背枪往河边去。满囤早在路旁等候，一把拉住他："跟你提件事。眼看收秋了，我想跟你们组帮工，你掂量掂量……"宝贵想了想，说："行啊！只是骡马车辆都要合工，实在麻烦。"满囤说："我也有头小驴，都甭算工。"宝贵说："那不行，大家不能吃亏呀！"

宝贵刚走，春果背着枪又来了，满囤又跟她念叨一遍，春果说："让大家吃亏，这话说不出口；你不用三心两意，爽得加入互助组吧！"满囤不言声，蹲在道边发愣。

二更天，春果在地当间碰见宝贵："坐下，咱俩商量商量满囤的事。"宝贵靠她旁边，坐在豆丛下，说："满囤真不嫌寒碜，像这找便宜的话，也说得出口。"春果说："满囤肚子里的小算盘，正紧着算账！话里话外，透着对互助组眼热，咱们该找他谈谈。"宝贵说："谁去？"春果说："咱俩呗！"

第二天下晚，春果跟宝贵去找满囤，坐在他窝棚外边，说到小半夜，宝贵困得直打哈欠。春果问满囤："想得怎样啦？"满囤脸上挺为难，嘴张得老大，只是一劲："这这……"他百年不遇有点结巴，这工夫，却当做台阶装起来。

宝贵跟春果往回走，宝贵说："满囤这家伙心眼太杂。"春果说："他肚里算盘还拨着，容他算完账，自会找上门来。"

7

七月末尾……

宝贵被批准为候补共产党员，还有几个姑娘小伙子，被吸收为青年团员。永春提议："这是咱组一件大喜事，一定要热闹热闹。"永春嫂拖着快到月的重身子，提着柳条篮，找来香瓜和早熟的葡萄，地点在场房前头。

宝贵跟那几个新团员，穿着年节的新衣裳；春果也穿上新缝的碎花褂子，辫子插着两枝浓香的桂花，黑红的脸上挂着喜气，今天她是主席。

永春把香瓜葡萄摆在当间，说："吃吧！大喜兴的日子，欢喜欢喜。"春果说："大家吃着，也甭拘束；今天给宝贵他们提提优缺点，日后他们好改正。"宝贵说："咱是党员哩！就得严格着点；平日里的错误，瞒不过大家的眼睛。提吧！越多咱越高兴。"

春果掌握着，一直到月亮西斜才散会。春果说："咱组今天迎来个大喜，明天动手收秋，再来个出门见喜。"

永春两口子回到家，永春说："本想吃吃喝喝，不料想开个批评会，党员就是跟咱不同。"永春嫂瞪他一眼，说："平时你是瞎子，咱组不是春果跟宝贵两个党员领导，会有这大成绩！"永春拍着凉洼洼的心口窝，说："这话不错。秤锤压千斤，人小骨头重，别看春果、宝贵在组里顶年轻，领导得实在不差。瞧咱组那棒子豆子，真是压倒往年。"永春嫂抱怨起来："早不赶晚不赶，偏偏赶到收秋重身子，关在笼里见不着天，捞不着下地砍高粱掰棒子。"

永春笑着说："嘿！嘴噘得都能拴头驴，不管你怎么生气，反正不让你下地。"永春嫂说："瞧着吧！我跑到地头坐着去，也不在家闷着。"

第二天，月亮挂在东南天角上，趁着天气凉爽，互助组要下地抢割。宝贵的哨子，一紧一慢地吹着，男男女女带着镰刀，小跑着到大场集合。

永春嫂提着水壶，头前来到地头，她瞧着那棒子，红澄澄的一尺多长，长在青竹竿似的秆上。她手心痒痒着，可是组长不准她拿镰刀。她抱怨起永春……

宝贵跑进场，组员已经到齐，只差还工的满囤没来；永春拉着那头大青骡子，正在套车。宝贵说：“喜歌念在头里，今年咱组是五谷丰登，一定超过爱国丰产计划，等算出数目，就写信给毛主席报喜……”永春套上车，一旁接过下语：“告诉毛主席，咱组是青枝绿叶，俺那组长春果、宝贵，是两朵盛开的大红花，互助组好比台阶，咱们是登着台阶一步一步朝社会主义走。有毛主席教导，咱农民是万年长青！”

春果跳上土堆，在出发前讲几句话，大家静下来。

哨子响时，满囤正跟老婆商量，满囤嫂说：“爽爽快快说出来，加入吧！”满囤说：“这不是玩闹，再瞧瞧。”满囤嫂用指头戳了一下他脑袋：“瞧个甚？在组的家家比咱强；宝贵眼下又入了党，有春果跟他领导着，还不是年年兴旺。”满囤想了一阵，说：“那就入呗！”满囤嫂说：“今天就跟春果说，想加入的不少咧！咱们抢个早。”满囤点头：“是咧！”满囤走出门外，满囤嫂放心不下，又追出去，连连叮咛：“一定说啊！别不敢张嘴。”满囤不耐烦地说：“我又不是三岁的娃娃，用得着一再嘱咐，不嫌絮叨！”

满囤到场里，春果讲话正在收尾，他心头“怦！怦！”直跳，沉下气来听，春果那清脆的嗓子，正说：

“要想年年五谷丰登，家家人财两旺，那就得听毛主席话，跟共产党走——组织起来……”

北斗星当头照着，闪着长长的白光……

一九五二年七月

摆渡口

一

俞青林家住在河边堤拐角，牛腿高粱秫秸的篱笆，围着三间矮矮的土房；院子里有一棵歪脖枣树，青枣子结得压颤枝。夜里下着瓢泼大雨，傍亮时分才停住；篱笆湿漉漉的，冒着一股潮气，十几只白白的鸭子，在院子里摇摇摆摆地叫着。

青林拿着根青秫秸棒，光着膀子赤着脚板，把鸭子往河里赶。太阳从东山露出头来，照得河面冒着金光，河水白漂漂地涨着，往河边洼沟里流串；一只大木船，拴在摆渡口的桩子上，在水皮上面飘浮着。

一辆载重大汽车，装满货品，从公路跑来；到了河边，跟车的小伙子朝青林喊："劳驾给喊声管船的，把船摆过去。"青林子说："甭啦！我来摆。"跟车的看不起他，假装没听清，还是直劲喊："喂！辛苦一趟，给找下管船的。"青林子笑着对跟车的说；"你别把人瞧扁喽！靠河边长大的孩子，使船跟玩灯似的。"青林子跑过去解绳子，拿起篙头轻轻一点，船就离开河岸。

汽车上船，跟车的一瞧青林子：瘦瘦的细高挑，满脸的孩子气，往大处猜也不过十七八岁；于是叮咛着："小兄弟！稳重点，这是给合作社运的农具。"青林一听，把篙头从水里提出来。扒着车厢一看：新式步犁，手摇铡草机，收秋用的镰刀席篓；青林馋得吐舌头，看个不够。

船顺流朝下去，跟车的急得喊：

"好兄弟哩！翻船啦。"

"瞧你这大胆子。"青林说着，篙头一拄，黑红的胳臂一用劲，船斜着奔河边去，连着几回，就抛锚靠岸了。

跟车的拍着他肩膀："小兄弟！本领真高，回来还找你。"

青林说；"你们得赶快回来，傍晚河里水流急浪头猛，容易翻船出危险，不让摆。"

跟车的问他姓名，给了河钱，青林送到管船老张的小屋里；老张到现在还睡得死死的。

支书关山清早起拾粪，看见青林正摆船，对抱柴做饭的青林娘说："大嫂你看！青林子多鹰鹞。"

青林娘眨着红眼圈，看了看说："十八大小子，还是那么孩子气，白胡子盘三遭，也甭想找着媳妇。"

关山把粪筐撂下说："青林地里顶上一条大汉子，学习更是拿着红旗，跑到头里；前程出息着哩！怎会耍光棍？"

青林娘喜得眉开眼笑，朝着光膀子的青林喊：

"洗脸来，该吃饭咧。"

村里，家家烟囱冒起淡白的炊烟，在半空像一团雾；清爽的风儿吹过来，烟雾渐渐飘散，露出瓦蓝瓦蓝的天空。

二

起晌，河水还是涨着，漫滩上房檐高的野麻，渐渐地被淹没；浪头在野麻上翻起筋斗。

三两只银白的水鸭子，从空中跌下来，肚皮擦着水面，一道闪似地飞走了。

青林站在堤上，朝远处瞭望，只是不见汽车的影子。管船的老张，把大船拉得靠堤，用铁索紧紧地拴在柳树上，青林说："老张！有辆汽车还没过河呢！你等摆过去再拴船。"老张梗着脖子："你敢情躺着说话不腰疼，船翻了你不管。让他候两天吧，水归岸再回去。"

青林还是伸着脖子张望，忽然肩膀被拍了一下，回头看，原来是支书关山，他们的互助组长。关山说："快下地吧！大伙等你念报呢。"青林二话没说，回家扛起锄，撒腿就往地里跑。

在地里，隔着青纱帐，青林听见汽车隆隆的声音。他站起来，站在一座土岗上翘脚看，关山笑嘻嘻地逗趣："青林子！不到三更半夜，牛郎望不着织女。”青林红涨脸，急着分辩：“清早您不是瞧见，有辆汽车是我摆过去的；回来时还是满载，大船上索风浪又大，真叫人替他们着急。”别的组员说：“管船老张也许没回家。还是喝碗枣叶茶，歇会儿吧！”

汽车上满载着整麻袋的黄豆。上面坐着一个十六七岁的小姑娘，一只手抓着扎绳，一只手打着旱伞，随着汽车的颠簸，身子来回摇摆着。两只油亮的短辫子，震动得跳起来。

跟车的一见大船上了索，跑到小屋里找管船的，屋里空空的连炕席都卷走了。跟车的急得滴溜转，瞧着半里长的河面，一团团的浪头，惊牛似的水流，脑袋直冒油。

离摆渡口不远，有两个人在树荫下歇凉。一个叫王福亮，是个“瞎摸海”，跑到河边来歇午，一下睡过劲，就懒得再下地；那个叫李有福，是村里单干典型，外号叫“财迷李”，皱着眉头来看水。

王福亮指着那辆汽车，对李有福说：“你瞧！那跟车的直转磨，咱俩敲他一下怎么样？”李有福摆着脑袋：“我可不敢。大水漫天，凭咱俩这点本领，摆个大汽车，出了差错，这个罪过担不起。”王福亮挤着鼻子：“不要紧，咱俩沉住气，顺流掌舵，不会出事的。”李有福心里有些活动，但说：“三万块钱真不值当，提心吊胆摆过去，让老张知道，还得没屁股没脸挨顿骂。”王福亮挖苦地说：“你真是傻小子，这节骨眼儿上，他们还不给个大价钱吗？”李有福说：“好吧，你把他喊过来吧。”王福亮说：“别忙，等他找咱来。你瞧，他来啦！”

“喂！劳驾，”跟车的走近来，像是嗓子眼发干，喝下口清泉水。连忙招呼：“您给找下管船的。”

李有福站起来，一点不带瞌睡的样子。摆着手说：

“管船的不在，回家啦！”

“那辛苦您一趟，给找找俞青林。”

听跟车的指名点姓，李有福瞪了眼，王福亮赶忙过来，说：“谁知道他上哪块地去啦！瞧你蝎子螫着似的，俺俩给摆过去。”

“车上是国家的粮食，不是玩闹的。”

王福亮一拍胸脯说：“嘿！河边住的大人孩子，使船是家常便饭。”跟车的想起俞青林早上的话，就说：“那就摆吧！”

王福亮说：“咱丑话说在头里，河钱得多加；这一趟半里开外，实在够累。”跟车的连连答应：“行行！摆过去给六万。”王福亮装出行家的派头，吆喝；

“铺跳板，汽车上船。有福掌舵！”

李有福心里直敲鼓，哆哆嗦嗦地上了船。

一只青蛙“哇哇！”地叫了两声，跳到河里；霎时间，又露出头，瞪着鼓溜溜的眼睛，盯住这俩家伙。……

三

大船解开铁索，就像脱缰的野马，一直顺流下去；浪头追着船屁股，紧紧地顶撞着，溅起无数的水点子。

李有福掌着舵，左拨右拨，大船却不老老实实听从摆布。王福亮用篙头一试，已经找不着河底，他心里打个寒噤；他一瞧跟车的，急得直瞪眼，心说：“八成要出危险，跑吧！”找个空子，“噗通！”一个猛子不见了，篙头也跟着漂走。

李有福也想跳下去，跟车的就站在他背后，不错眼地盯着，司机和那小姑娘，也站在他两旁。李有福心里跟油煎似的：“唉！没打着狐狸反倒惹身骚……”他咬着嘴唇，脸色青白，黄豆粒大冷汗珠子往外冒，猛一阖眼，向水里扎下；小姑娘想伸手抓住他，李有福的褂子开了花。他来个仙人脱衣，“咕噜！”沉入水底。

小姑娘身不由己，也掉到水里，跟车的急得直冒火，小姑娘却挣扎着从水里探出身子，双手扒着船帮，跟车的伸手拉上来；小姑娘苍白着脸，胸脯一起一伏。

司机铁青着脸：“甭慌！我来掌舵。”

大船像一片树叶，在河里转起圈子。……

这时，小姑娘看见岸上地里有人，她扯开嗓子喊：

“救船来呀！汽车载着国家的粮食！”

话刚落音，一个小伙子像离弦的弹子似的跑来，跟着，男男女女也追在后面。……

支书关山说：“鸡多不下蛋，我跟青林子下去。”说着就跳下水，一个浪头把他按下去。

跟车的瞧见是青林，喜得喊：

“小兄弟！把那两个坏蛋抓住。”

青林一看，王福亮李有福正靠着堤喘气，青林黑眼睛瞪得溜溜圆，凫着水奔他俩去，那俩家伙吓得往堤上爬，青林一只手抓一只脚，就往深处扯；两个“妈呀！妈呀！”叫起来。关山回头喊：“青林子！放开他俩，赶紧推船来。”青林狠狠地说；“过一会再收拾你们！”就松开手，向大船那里游去。

关山掌着舵，青林推着船，不到一会，就到对岸了。跟车的拥抱着青林：“好兄弟！多亏你跟那位老叔，国家财产没受到损失。”司机掏出十万块钱：“辛苦您俩，留着买点酒喝，压压惊。”关山立刻攥住他的手往对方的口袋里塞进去，说：“同志！爱护国家财物是大伙的事，难道还该要酬劳吗？”司机心里热辣辣的，嘴唇激情地抖动着，竟说不出一句话来。

他们紧紧地握着手。

太阳已经落山，映起一片晚霞，晚霞笼罩着他们，像是满身披红。

四

小姑娘躲在一片麻地里，脱下褂子拧着水，圆圆的麻叶，挤得严严实实，把她深深地藏在里面。

汽车搧起烟，发出“嗡嗡”的声响。跟车的喊：“喂！那位姑娘上车吧。”她急忙穿上衣裳走出来；瞧瞧天色，眉头皱个疙瘩：“到北京太晚啦！怕找不着。”

“到北京有什么急事？”青林问。

“俺哥哥从朝鲜调回来休养，去看望看望。”小姑娘愁起来，“人生地不熟，一时半会怕找不着。衣裳又湿着……”

青林看去，她的裤子直滴水点。他鼓足勇气，不让脸发红，说：“住俺家吧！”

小姑娘很欢喜：“那就搅一宿咧！”

晚上，青林抱着杆枪，坐在堤上放哨。小姑娘换下湿衣裳，穿上青林娘新缝的老毛蓝裤褂；她拿着个蒲团上堤去，河风扫过来，把肥大的裤褂吹得鼓蓬蓬，身上“嗖！”地一股凉气，她赶忙坐下。青林朝她笑了笑。

白茫茫的天河，静静地躺在湛蓝的天空中，两岸无数的星星在蹦跳着。

“你叫俞青林，今年十八，青年团员是不是？”小姑娘问。

“嗯。”青林回答，“你怎么知道？”

“问大娘来着。”

“你呢？”

小姑娘一点不封建：“俺叫李春兰，今年十七咧！春三月参加青年团，东榆林庄的。”

“你家老少几口？参加互助组没？”青林大胆地往下问。

“跟爹娘嫂嫂过日子，俺家是农业生产合作社社员。”春兰眨眨眼，“你们村里，还没有吧！得慢慢来。”

青林不服气：“完秋看！俺组准改成生产合作社；这真是瓜熟落地，一点不是半生不熟。”

静。

忽然，村里孩子们嚷嚷：“走哇！到葡萄架底下听哭的去。”春兰问：“怎么回事？”青林说：“今天是七月七，不是牛郎织女天河相会吗？”

春兰笑了，脸红红的。

第二天清早，春兰吃完烙饼摊鸡蛋，青林送她上汽车，汽车站上挤满人群，春兰对青林说：“回去吧！”青林脸上挺为难，站在道上不动。春兰红着脸说：“你跟大娘待人真亲热，完秋来看你们，住些日子。”

青林嘴角挂着笑，喜兴兴地回家了。

清清的河水，哗啦啦地向南流着。摆渡口的大船，载着人马车辆，船夫大声吆喝着：“咳哟！……”

肥沃的土地里，冒着呛鼻的清香，传出一阵阵嘹亮的村歌。

一九五二年八月

大青骡子

一

一群家雀，躲在院墙外榆树上的窝里，亮晶晶的圆眼睛，滴溜溜地望着天空；天空像一张绷得紧紧的黑帐篷，有几点雨花飘落着。

从天边的黑云层里，钻出一只山喜鹊，像夜晚的一道流星，斜投在这棵老榆树上，吓得麻雀"叽叽喳喳"一阵乱噪噪。

桑老奶奶站在榆树下，"咕！咕！"地叫鸡，十几只鸡在场里找烂高粱粒吃，桑老奶奶叫干嗓子，照旧不挪动。她生气了，拣起一根榆树枝子，便追赶起来，鸡子在秋天吃得肥囊囊的，摇摇摆摆跑得不利落，秋雨声在背后响起来。

秋雨下起来了。桑老奶奶把鸡赶进棚子，回到北屋盘腿坐在炕上，张着嘴喘气。

房檐"稀里哗啦"地流着水，在影壁旁边拧个漩子，潺潺地从阴沟流到院墙外，影壁后头那一簇矮小的洋槐，被秋雨浇得弯着腰。

忽然，有个老太太顶着锅盖，一拐一拐地跑来了。桑老奶奶脸贴着玻璃窗，看清是她的亲家婆；她赶忙喊：

"亲家！快进来避雨吧！"

亲家婆跑进屋子，冷得直打寒噤。桑老奶奶从吊竿上拉下手巾，送过去："擦擦吧！上炕暖暖，好不容易赶上这个天气，咱老姐妹俩可该唠叨唠叨啦！"说着，便从炕角拿过烟笸箩。

亲家婆把烟袋拦下，深深吐口气："老姐姐！俺家正忙碌着，找不出闲空陪你坐坐，等到三九天，再扯那些陈谷子烂芝麻。俺顶雨来，是想求你一件事。……”桑老奶奶笑着说：“说吧！儿女亲家，还说什么求不求的。”亲家婆发愁地说：“俺家的豆子还晾在地里，这场秋雨准给浇烂喽！俺想顶雨拉回来。……”

“好咧！”桑老奶奶抢着答应，“等您亲家放牲口回来，俺老两口子就紧着去。”

“不是。”亲家婆连连摇着小疙瘩髻，“俺家人手足够，就是缺牲口；那头黑牤子太慢，就像屎克螂推粪蛋，半晌拉不回一车。全家急得眼蓝，您闺女……”她脸红红，瞟瞟桑老奶奶，“您闺女就打发我来，借您家这头大青骡子。”

桑老奶奶笑着说：“好吧！您亲家把牲口从河滩拉回来，就登时给您牵去。今天赶上下雨，社里不用骡子。”亲家婆站起来，满脸挂笑地说：“谢谢您，过会儿我来牵。”桑老奶奶说：“甭啦！让您亲家给牵去吧，泥水浆汤的，省着您再来回跑。”亲家婆笑着顶起锅盖，又拐拐地走了。

桑老奶奶送到外间屋，手扶着门框，朝大道上望望，雨水顺着车道沟“哗哗”地流，在甩洼坑里鼓起白沫沫。

她纳闷：“老头子怎么还不回来？八成是躲在场房里闲扯呢！”她从锅台上拿起斗笠，刚想顶雨去找，这时就听见院墙外，桑贵老头正跟亲家婆说话：

“亲家！雨天有什么忙碌的，怎么不多坐会儿？”

“不啦！”亲家婆笑着说，“您怎么光着脊梁呀！不怕受秋寒？”

桑贵老头“嘿嘿”笑起来：“咱老骨头硬朗，秋雨浇浇更结实。咱受点委屈倒不怕，可不能让傻青淋个好歹，这头大青骡子是俺社里的珍珠宝贝。”

“啊！啊……”亲家婆结结巴巴地应声着，赶忙走了。

桑老奶奶听老伴光着膀子，顾不得秋雨淋，颠颠跑出去了。一边直唠叨：“你半疯啦！秋雨天脱光脊梁，大棉袄淋湿再晒，干吗这么小气。……”

她走到院墙外，眼睛吓得发花：老伴笑呵呵的，抹着山羊胡子上的水珠，脊梁背上，一串串地流着雨水；那件里面儿三新的大棉袄，披在大青骡子背上。大青骡子仰着头，紧紧地站在桑贵老头旁边，皮笼头上的红缨缨，像是秋雨里一朵艳红的鸡冠花。

二

早晨，白窗纸上，刚迷迷糊糊透出窗棂，桑贵老头用腰带缠紧棉袄，把大青骡子拉出棚来，到井台饮饮，就到大场套车去了。

大青骡子拉着沉重的铁瓦车，跟车的小伙子坐在车厢上，桑贵老头摇起大鞭："嘎啦啦！"像是出门见喜的一串鞭炮，铁瓦车随着渐渐消散的声音，跑向光秃秃的野地，几只田鼠，在豆铺儿里钻着。

天气阴沉沉，铁瓦车在格巴巴的硬泥道上，一趟一趟地来回运着，豆铺儿堆得塔高塔高，桑贵老头坐在车辕上，怀抱着红缨皮鞭，头上冒出一层汗珠。

前面有辆牛车，摇摇摆摆地走着。一堆一堆的豆枝子，从车上落下来，一个女人跟在车后头，落一枝就连忙弯腰拾一枝，然后再扔在车上。

桑贵老头喊："喂！劳驾让让道，秋雨要来啦！"大青骡子听话的摇摇耳朵，放开四蹄，一霎间就追上牛车，后面的几辆汽胶和花轱辘，也追赶上来。

"爹！"

桑贵老头看清是闺女，笑着问："你们拉几车啦？"闺女脸上干巴着尘土，说："从鸡叫到这时分，总共拉三趟，黑牤子太慢，俺那几个小姑子，都用麻绳背呢！"桑贵老头歪头看，果然在漫天野地上，有几个黑点点。

他把铁瓦车开过去了，直奔村头大场。

"拉完了吧？老叔。"关主任站在破墙头上问。

"完啦！那几辆是瘸羊跟在后头。"

"回家吃饭去吧！"

吃完早饭，天不破晴也没落雨，桑贵老头骑着大青骡子，到河滩去了。

大青骡子绊着腿，啃着河滩上的青草，嚼着满香甜。桑贵老头叼着烟袋，靠着河边的馒头柳，听着大青骡子嚼草"沙沙"的声音，河水在他脸前"哗哗"地向南流，他慢慢阖上眼皮，烟袋落在胳臂弯里。

秋雨"唰唰"地落着，馒头柳像把雨伞，雨点淋不着桑贵老头，他照旧安安生生地睡。大青骡子蹓跶到远处，雨落起来，它慌忙奔回跑，腿绊着跑不快当，秋雨追着屁股迎着前脸的淋。大青骡子打着响鼻儿，浑身上下浇得精湿，像是抹上一层油。

大青骡子跑到柳树下，桑贵老头还没醒，它也不声不响地卧在旁边。秋雨下大了，雨点从柳叶儿的空缝里落下来，落在桑贵老头的脖梗儿里，桑贵老头“机灵”醒了，他揉揉眼，四外大雨瓢泼似的，河滩上迷迷濛濛。他照着大青骡子搂个耳光，笑骂着：“傻青！雨下大啦，也不把我喊醒喽！”大青骡子从地上站起来，傻个隆冬直愣着眼睛。

桑贵老头想骑上去，伸手一摸，骡背上潮漉漉的，冒着稀稀的热气。他想：“河滩到村头二里多地，跑起来傻青准出一身汗，再让秋雨一淋，还能不受秋寒？这头骡子是咱社里的宝贝，可不能有个好歹……”这时，馒头柳就像筛子底儿似的，雨点冰凉冰凉地淋着。

桑贵老头按按头上的斗笠，紧紧地系起飘带，他解开光杆大棉袄，露出瘦骨嶙峋的肋骨，秋风裹着雨点儿吹过来，登时激起鸡皮疙瘩。他把棉袄披在骡背上，自己也蹿上去，照着骡子屁股一巴掌，大青骡子跑起来，大雨紧赶着，淋着桑贵老头的光脊梁。

桑贵老头“呜！呜！”地打着口哨，大青骡子像是擦着地皮儿，向村头跑着。

村头，一座旧瓜棚下，七八个小伙子挤在里边避雨，他们笑着说：“老爷爷！您是吃饱闲的吧？在雨地里消化食。”桑贵老头想搭腔，只是上下牙紧磕，张不开嘴。他们生产合作社的关主任，从瓜棚里探出头，看清他是光着膀子，棉袄披在骡背上，忙说：

“咳！你真是死心眼，牲口淋淋怕什么？您这把年纪，万一受着秋寒呢？”

桑贵老头哆嗦着发紫的嘴唇，笑着说：“这场秋雨下完了，就该墒地啦！咱病几天没关系，傻青要是有个毛病，咱社里得多遭难？”

“您快回家吧！身板要紧。”关主任眼送桑贵老头走了，笑着朝大家说，“真是黄忠八十不服老。”

远远的秋雨里，传来桑贵老头清脆的口哨：“呜！呜！”大青骡子跑过溅起的泥点子，落满道旁的酸枣丛上。

三

桑贵老头把牲口拴在棚里。一根枯干的爬山虎藤儿，从棚顶上垂落下来，傻青仰着脖子，咬着干边的叶儿；桑贵老头揪下来扔在槽里："等着！这就给你拌草。"说着，从屋里端出满瓢香料面，合着干草，洒了半瓢清水，就搅拌起来。手指头冻得麻木了，胳臂也有些发僵。

桑老奶奶在北屋喊："半疯子！还不穿衣裳来！"

"给牲口拌草哪！"

"不是在河滩上放半天了吗？"

桑贵老头拍着手上的尘土，撩门帘进来。说："雨来了，傻青没吃十成饱。"说着，摘下斗笠，用手巾擦干身上，桑老奶奶给他披上一件旧棉袄。桑贵老头长出一口气，想脱鞋上炕歇歇，老伴拦住他：

"别忙！把骡子给亲家牵去，回来再歇着。"

"给他家牵去？"桑贵老头脚蹬着炕沿，瞪着眼问。

"刚才亲家婆顶雨来，"桑老奶奶说，"借咱骡子去拉豆子，他家的豆子在地里淋着哩！"

"秋雨天，让牲口去挨淋——主任批准了吗？"

"哟！好严的管束。"桑老奶奶不高兴地从鼻孔里哼出声来。

"家有家规，铺有铺规，咱社里要是没个章程，不就成了一窝蜂。"桑贵老头本来是麻雷子脾气，今天却装出"政策通"的样子，给老伴解释着。

"牲口搁在咱家，咱就不许做主？"桑老奶奶叨叨着，"参加生产合作社，也不能六亲不认呀！"

桑贵老头压不住气，红涨着脸：

"社里的章程，社员都得遵守，你怎么个别？再说，豆子淋了也不登时就烂，干吗偏挑这个时候？"

桑贵老头把鞋甩在地上，倚着被窝垛，瞌起眼来。

桑老奶奶气急了："亲家婆求上门来，你就来个不搭理……"

桑贵老头不等老伴说完，半截腰插嘴说：

"珠子她婆家，谁不知道是个尖头，跟咱借去大青骡子，就不套他家的黑牤子啦！牲口是咱全社二十多家的，咱不能让全社受损失！"

桑老奶奶气得直哆嗦，手指着桑贵老头嚷：

“你不是红脸汉子，连个人情都不懂！”

“你才真正不懂人情！”桑贵老头坐在炕上，吆喝着。

老两口子吵得像台戏，闺女珠子闯进来，她用麻袋围着身子，戴着一顶吓唬老鸹的破斗笠，红扑涨脸地进门就喊：

“娘！怎么还不把骡子送去？俺婆婆直劲叨唠。”

桑贵老头不等老伴搭腔，抢过来说：

“骡子禁不住淋，找别家借吧！”

珠子气哼哼地撩起门帘：“心里要是不愿意借，嘴上就别答应呀！”

桑贵老头板着脸：“谁答应的？”

“俺娘！”

“你娘是生产合作社主任？”桑贵老头硬邦邦地问。

珠子噎得直咽唾沫，坐在炕沿上干喘气，说不出话来。

桑老奶奶怕闺女心里难过，连忙安慰：“甭跟你爹生这股肮脏气，咱娘儿俩一条心。……”闺女回过脸来，指着靠在炕角的桑贵老头，没鼻子没脸的数落：

“干什么跟我身上出气……”

桑老奶奶怕他们父女俩吵起来，又劝说闺女：

“你爹心不顺，跟我嚷叫半天啦！回去跟你婆婆说清楚，咱从心里愿意借骡子，就是拧不过社里的章程。”

桑贵老头插嘴说：“你娘说的不对，不是生产合作社不借，只是赶上下雨的天气，不能让牲口受委屈；雨住天晴，只要你们张嘴，咱社里没个不答应。”

闺女气得脸发青，嘶哑着说：

“我什么都明白，您参加了生产合作社，就黑眼白眼瞧不上单干户的闺女。”

桑贵老头锁着眉头，说：“你嫁出去十几年，真是一盆泼出的水，你爹妈都是六十开外的老干柴了，不是照旧下地受累，你是帮过割把豆子，还是帮过砍棵高粱？”桑贵老头咳嗽两声，瞥瞥闺女，“要不是有生产合作社，俺老头子在技术组，你娘在托儿组，就凭这土埋半截的岁数，见天能吃上香油白面？”

闺女站起来了，眼圈红红着，声音有些哆嗦；“我不是不能当家做主吗？……”说着，一摔帘子跑出去。

在“哗哗”的秋雨里，传来珠子“呜呜”的哭声。桑老奶奶站起来朝外就走，桑贵老头从炕上跳下来，拉住老伴的胳臂：

“你家坐着吧！我去……”

桑老奶奶站住脚，说：“你去牵骡子呀？”

“不……”桑贵老头已经跑出屋子里，他在雨地里使劲摇摇头，说，“我去安慰安慰她，别让孩子太伤心。……”

秋雨渐渐小了，“淅沥淅沥”地落着。影壁后头的洋槐，滴滴青地抬起头，在微微的秋风里，抖落叶子上亮晶晶的水珠。

一九五二年十月

瓜棚记

一

夏夜，运河边的瓜园里洒满乳白的月光，闷热的南风吹得瓜叶发出簌簌的幽响，浓厚的瓜香气弥漫着整个瓜园。

已经七十五岁的看瓜老爷爷，靠着瓜棚，点起一锅烟，烟锅里蹦跳着的火光，就像河边飞来飞去的萤火虫。他的身边，放着一把长满黄锈的生铁刀，那是他十八九岁参加义和团时的武器，一直保留到今天。

大概是被猛烈的旱烟陶醉了，或是被运河敲击河岸的水声催了眠，他瞌睡起来了。

忍耐不了酷热的布谷鸟在不停地叫，瓜园上空，蝙蝠就像在南风里飘舞的白杨树叶子。

猛地，看瓜老爷爷跳起来，一把抓住了一条瘦嫩的胳臂。

“唉哟！”一个小伙子尖叫一声，却又淘气地嘻嘻笑了。

“秋收，是你这个小兔崽子呀！”看瓜老爷爷睁开了眼，哈哈大笑起来。

“老爷爷，您的身体不行了，像这么爱睡觉，一园子瓜早让人家偷光了。”

“不行？”看瓜老爷爷又加上一把劲，“你试试？”

“没关系，再加把劲！”陆秋收挺着胸脯，憋住气，虽然胳臂生疼，却强忍住不龇牙咧嘴叫唤出来。

“好小子，是个男子汉大丈夫！”看瓜老爷爷松了手，跟着又摇摇头，有点感伤地叹了口气，“是老喽！”

陆秋收抖着疼痛的胳臂，笑着说："老爷爷，别悲观哪！我这是嘴硬，说真的，我这胳臂都快断了。把您那套刀法传给我吧！"

"好！活动活动身体，咱们就开始练。"看瓜老爷爷兴致勃勃地说。

陆秋收皱了皱眉头，忽然不好意思地笑了，说道："老爷爷，明天再练吧！我现在还有事。"

"干什么去？"

"嘻！您知道……"陆秋收羞得脸红了。

"小子，你刚十七岁，这么早就搞恋爱，可伤筋骨呀！"老爷爷盯着陆秋收，半玩笑半正经地说。

"老爷爷，我们这不是搞恋爱，我们是在搞发明呀！"秋收急忙辩白。

"发明什么？"

"我跟红桃要发明一种新的船，摆渡特别快，一篙头就能从河这边撑到河那边去。"陆秋收兴奋地说着。

"算了吧！"老爷爷一撇嘴，拉长声音说，"别满脑瓜子胡思乱想，还是到地里去多挣几个劳动日，免得你爹骂你。"

陆秋收生气了，喊道："好！连您也不信任我。"说着，一跺脚就走了；但是刚走到井台那里，又扭转身来，面对着看瓜老爷爷，瞪圆眼睛说："您看着吧！我还要改造您的西瓜呢。"说完，又要走。

老爷爷抢上一步抓住他，问道："改造西瓜，怎么改造？"

"用杂交的方法。"

"什么叫杂交的方法？"老爷爷性急地问。

这下子可把陆秋收问住了，他咬了咬嘴唇，翻了翻限皮，沉吟了半天，才说："这本书我还没看完呢。"

"什么书，哪儿有？"

"这书叫《瓜类杂交栽培法》，社里图书室有。"

"把那本书带来，每天你给我念两段听听，行不行？"老爷爷用央求的口气说。

"行！"秋收点点头，跑了。

"杂交，杂交……"老爷爷拍着脑袋，自言自语地说。

这时，在篱笆外面，陆秋收说道："老爷爷，我今晚住在您的瓜棚里吧，不回家了！"

“为什么不回家？”

“免得又挨我姐姐的骂！”

二

渡口，一只小船，拴在像藤萝似的扭曲的河柳上，摇摆着。从船舱里，透出昏黄微弱的灯光，一个小姑娘，在低低地哼着小调。

“咕咕咕！”

陆秋收躲在一簇野麻后面，学着布谷鸟叫。

灯光一跳，小姑娘走出船舱，从船上跳到岸上。

“红桃！”秋收从野麻叶里露出脸来，“你爹在不在？”

“不在。”

“好啊！”陆秋收蹦了出来。

“爹又到杜八亩家嚼舌头去了。”红桃噘着嘴说，“杜八亩那老家伙不定又给咱们造什么谣呢！”

“没关系，心里没愧，不怕半夜三更鬼叫门。”秋收满不在乎地说，“他们爱信不信，等咱们发明出来，就把他们的嘴堵住了。”

“我说的不是那个！”

“你是怕他挑拨你爹不安心摆船呀？没关系，我正想干呢！正好试验咱们发明的船。”

“你真是缺心少肺！”红桃一甩胳臂，赌气地自己上船去了。

秋收也不理会，他们俩吵惯了，说不上几句话就会拌起嘴来，可是谁也不记在心上。

船舱里，饭桌上摆着一盏煤油灯，红桃又纳起鞋底儿，秋收从口袋里掏出一张纸，铺在桌上，上面画的是一只新奇的船。

“我已经完全想好了！”秋收激动地说。

“快说吧！别扯废话。”红桃用牙咬着麻绳儿，瞪了他一眼，说。

“你看！”秋收手指着那只船。

“我不瞎，看见啦！”

“我不说了，你怎这么气人！”秋收恼火起来，抓起图纸就要塞进口袋里。

红桃连忙按住他的手，咯咯笑道：“老煤油桶，点火就着，说吧！”

“我已经完全想好了，你看!”秋收又兴奋起来，“把船头改成尖形，水面的阻挡力量就小得多了，再把船舵加大，速度一定会加快!”

“对呀！对呀!”红桃把鞋底儿往床上一扔，凑拢来叫道。

“等明天测量一下水流速度，这个发明就准确了。”秋收咧着嘴嘿嘿笑着，像小孩子似的望着那纸上的船。

猛然，岸上一个粗暴的声音喝道：“谁在船舱里，给我滚出去!”

“爸爸!”红桃叫了一声，秋收的脸吓白了。

咚的一声，老谢头跳上了船板，弯腰望了望船舱里，跺了一下脚，吆喝道：“我就知道是秋收这个坏小子，你给我滚!”

“爸爸，他发明了一种新的船，摆渡可快啦!”红桃喜欣欣地说。

“什么他妈的新的船，邪门歪道!”老谢头气狠狠地说。

“不信您看看哪!”红桃从秋收手里抢过那张图纸，递给她爹。

老谢头接过来，扫了两眼，就三把两把撕得粉碎，扔到河里。

秋收给吓傻了，红桃哇的一声哭起来，喊道：“爸爸，您真是蛮横不讲理，您还我这张图纸!”

“没关系，明天我再画!”秋收忽然说了话。

“滚!”老谢头一挥胳臂，怒吼道，“你不用惦上我这只船，我不摆啦!”

“您不摆我来摆，好不好？我正想试验这个发明呢!”秋收呆头呆脑地说。

“我把它劈了烧火!”老谢头粗脖子红脸地喊叫。

“大叔，您不能信杜八亩的话!”秋收从船舱里走出来，面对着老谢头，“杜八亩那个老中农的脑袋都让自私的蛆给咬烂啦，您给社里运送东西，他说给记的工分太少，那是挑拨!”

“滚！你别教训我!”老谢头把秋收一推推下船去，秋收在岸上踉踉跄跄抢了几步，险些摔倒了，他直起腰，一句话没说，就走了。

“爸爸，你疯啦!”红桃气恨地跳着脚，挣脱开她爹，一跃跳到岸上去追秋收，“秋收，你等等!”

秋收站住了脚。

红桃从后面气喘喘地赶上来，拉着他的袖子，柔声说：“秋收，你气坏了吧？”

“没有!”秋收摇摇头，“明天我再画。”

“那测量水流速度呢？”

“后天。”

“那怎么行啊!”红桃的眉头拧成个疙瘩,“你连着两天不下地,黑板报又会点你的名,你姐姐又要数落你了。”

“没关系,听惯了。”

“那不好,你挨批评我也不好看,”红桃说,“你看让我来测量水流速度吧。”

“好!我本来想让你测量的,分工合作,怕你没耐性,不肯干。”秋收高兴地说。

“你……”红桃又要吵。想骂他“你胡说!”但是想到他刚才受了她爹一肚子的冤枉气,连忙咽回去了,问道:“拿什么测量呢?”

“我到社里去借闹钟。”

“你姐姐是团支部副书记,又是社务委员,她不赞成你,能借得来吗?”红桃发愁地说。

“能借得来,我那个主任姐夫支持我。”

“那就好哩!”

“可是你得细心啊!”秋收不放心地说。

“一定!”红桃用指头戳了一下他的鼻子,“告诉你,别狗眼看人低。”说完,她耍了个鬼脸儿,就咯咯咯地笑着跑回渡口去了。

三

看瓜老爷爷在井台洗着脚,一边扇着芭蕉叶扇,一边凝望着天上那白茫茫的银河,数着那数不尽的蓝湛湛的星星,他总是那么静静地思念着什么。

篱笆外面一阵脚步声。老爷爷问道:“是秋收吗?”

“是!”

“怎么一会儿就回来了!”

“红桃她爹把我给赶出来了。”秋收走进瓜园,坐在井台旁的青石头上。

“为什么?”

“他说我们的发明是邪门歪道,把我的图纸给撕了。”

“小子,”老爷爷轻轻地拍着秋收的头,“你还不够踏实呀!所以别人不看重你。比如说，那本什么杂交方法的书，你还没看完，就要改造我的西瓜。”

“是……”秋收有些羞愧地说。

“来！把你发明的那个什么船给我说一说。”老爷爷把破芭蕉叶扇递给秋收。

“没有图，怎么说得明白呀？”秋收闷闷不乐地说。

“我能听明白，你说吧！”老爷爷闭上眼睛，靠着井台的葫芦架静听。

秋收喝了口凉井水，便滔滔不绝地说起来；老爷爷听着听着，不住地点头。最后，秋收跳起来，抡着胳臂说道：“要是这么一改造呀，这木船不但走得快，而且装得多啦！”

“好小子，你长着颗聪明的脑袋！”老爷爷睁开眼，说道，“我给你打个下手，帮你干，明天咱们先做出个模型，好不好？”

“好啊！老爷爷。”秋收愉快地大叫，跟着又一撇嘴，“哼！可是我姐姐老打击我，等成功了再说。”

“你姐姐是团支部副书记，怎么会打击你？”老爷爷笑眯眯地问道。

“别看她是团支部副书记，我就不佩服她！”秋收气忿忿地说，“整天板着脸，见人就给解决思想问题，批评这个批评那个。可是对我那没结婚的姐夫呀，又温柔又和气，我看着她那样子就生气！”

“喝！你们姐弟俩是水火不相容啊！”老爷爷哈哈大笑，“她一定是批评过你，要治你的思想病吧？”

“可不是呗！”秋收更生气了，“她说我是游手好闲的二流子，不务正业，不爱劳动，光是胡思乱想。还说我……还说我跟红桃是乱搞恋爱，难道她跟我那姐夫自由对象，也算是乱搞？”

“你姐姐的话可也太过分了，”老爷爷摇着头，“不过，你最近这些日子每天才挣三分，也不怎么露脸。”

“方秋枫同志也批评过我，我接受，心服口服。我佩服他！”秋收说。

“方秋枫同志支持你的发明吗？”

“当然支持啰！”秋收用洋溢着愉快的声音说，“方秋枫同志多了不起，才二十三岁，大学毕业，拖拉机站站长，现在还代理区委书记，又有学问，又有办法，说话叫人那么爱听，打心眼儿里服气。”

"是啊！"老爷爷点点头，"他真是敬老爱少，到咱们村来，总要上我这里坐坐，喜欢听我讲讲义和团的故事啦，运河的传说啦，种西瓜的技术啦……"

"他爱人王蓝同志也不简单，"秋收抢着说，"念过高中，现在在拖拉机站搞秘书工作，才十九岁。方秋枫同志还让我到她那里去学习初中物理跟数学，可是我不愿意去。"

"有这么好的老师，为什么不去？"

"别扭！"秋收不好意思地说，"她才比我大两岁，又是个女的，跟方秋枫同志学习还可以。"

"爱面子，哼！要不得。"老爷爷不满意地从鼻孔里哼了两声。

"这是男子汉大丈夫的尊严呀！"秋收不服气地说。

"什么叫尊严？谁有本事就向谁学习。"老爷爷沉吟了一会儿，说道："你知道我的种瓜手艺跟谁学的吗？"

"跟谁？"

"跟我师妹！"

"师妹？"秋收惊讶得瞪大了眼睛。

"师妹！"老爷爷笑了，跟着就陷入在沉思里，慢慢地说："光绪二十五年，我加入了义和团，到运河上游楼梓庄去拜师傅学武艺。我那师傅是个种瓜的能手，给大地主种了二十亩地的瓜。可是他对手艺可真保守啊！连女儿都不教，怕女儿传给了女婿，就不是家藏秘法了；儿媳妇可以传，因为儿媳妇是自家门里的人。他教给我武艺，可是不肯教给我种瓜，我真眼馋呀！那大西瓜长得都跟青石碌碡似的，足有二三十斤，皮儿薄，瓤儿红，味儿又甜，咬一口就跟喝下一碗蜜水似的。这门手艺我是非学不可呀！"

"可是您的师傅并没把手艺传给您师妹呀！"秋收插嘴说。

"我那师妹是个聪明伶俐的姑娘，"老爷爷陶醉地说，"她从懂事的时候就在旁边偷偷看，一年两年，十年八年，就学会了。在歇晌的时候，在夜晚师傅睡着以后，她就偷偷地教我，我就跟她学会了。"

"您的师妹多像红桃呀！"秋收天真地说，"后来呢？您就把她娶过来做媳妇了吧？"

"没有！"老爷爷心情沉痛地摇摇头。

"老师傅不答应？"秋收问道。

“不是，”老爷爷难过地低声说，“光绪二十六年，她让八国联军的洋鬼子给打死了，她是义和团的‘红灯照’①。”

秋收也难过得说不出话来了。半天，他才愤恨地说：“要让他们给偿命！”

“这些陈年旧账，也就用不着再一笔一笔地算了。”老爷爷沉重地慢声说，“话说回来，不管是谁，不论他年岁大小，只要有值得学习的长处，就拜他为师。”

“老爷爷，您说得对！我应该到王蓝同志那里去学习。”秋收被老爷爷这一番话说得全身都激动了。

“这就对喽！”老爷爷站起身，“睡去吧！孩子，明天我帮你做模型，你可记住给我念那个什么杂交方法呀！”

“一定！”秋收说。

“那我就拜你为师了。”老爷爷幽默地说。

“您别挖苦我啦！”

秋收蹦蹦跳跳地跑到瓜棚那里，爬上了二层的瓜楼，躺下来，想了一会儿老爷爷讲的故事，真是又激动又难过，很久才睡着了。

老爷爷提着那把长满黄锈的生铁刀，踏着满地的月光，在瓜园里巡逻；不时走到瓜棚那里，看看秋收，给他盖上被子，用破芭蕉扇赶走飞来的一两只蚊子。

四

鸎雀在运河上空盘旋啼叫，月淡星稀了，跟着，金红色的朝霞从东山燃烧起来了。

秋收从二层瓜楼上跳下来，轻轻地，不想惊动瓜棚里刚刚睡熟的看瓜老爷爷，在井台洗了脸，就回家去了。

青蓝色的炊烟飘散在村庄上空，早饭的香气扑进秋收的鼻孔，肚子里咕噜噜叫起来，于是他开腿就跑。

一进门槛，全家已经在葫芦架下开饭了。秋收刚要拿碗去盛饭，他

① 参加义和团的女童，也学习拳术，为义和团的斗争服务，当时叫“红照”。

姐姐陆秋莲站起来，脸上像盖了一层霜，厉声问道："昨晚上你住在哪儿啦？"

"看瓜老爷爷的瓜楼上。"秋收理直气壮地说。

"为什么住在那里？"秋莲紧跟着问。

"我研究改造木船回来晚了。"秋收低下头。

"跟谁研究到那么晚？"秋莲像审问犯人似的追下去。

"你少管闲事！"秋收一抬头，拧着脖子喊。

"我就要管！"秋莲的火气爆发了，"你还是个团员，也配！整天游手好闲，一天才挣三分，你们生产队长不知向社务委员会反映过多少回了，让团支部都丢人败兴，我也跟着你丢人败兴！"

"我又不是你，你丢什么人，败什么兴！"秋收圆瞪着眼睛，盯着他姐姐。

"你好好想想吧！"秋莲嘴唇都气哆嗦了，"要是我，就没脸吃这碗饭。"

"我偏吃！又不是吃你的饭。"秋收故意气他姐姐，把一碗饭盛得满满的冒尖。

"你把这碗饭给我放下！"秋收他爹老陆正一拍桌子，震得盘碗跳了几跳，"你挣那三分不够这碗饭钱！"

秋收一咬牙，把一碗饭又倒进盆里，几步跑进屋去，把铅笔、尺子跟一张白纸塞进口袋里，就空着肚子从家里跑出来了。

跑到主任刘春夏那里去借闹钟，主任说社办公室的钥匙在秋莲手里。秋收一听，气得要哭出来，一扭头跑出门，嘴里嘟嘟哝哝地骂着刘春夏："你是个什么样的主任，还没跟我姐姐结婚，就把大权交给她，软耳朵，怕老婆的家伙！"没留神，一头撞到对面走过来的人的怀里。

"对不起！"说完，昏头昏脑地又跑。

"秋收，你怎么啦？"那人一把揪住了他。

"啊！方秋枫同志。"秋收那阴沉沉的脸上掠过一抹笑影，"借你表用一用，弄不坏。"

"干什么用？"方秋枫一边说着，一边从手腕上脱下表。

"测量水流速度。"

"讲给我听听！"方秋枫非常感兴趣地说道。

"一会儿你去参观指导吧！就在渡口。"秋收接过表，一转身就没影了。

“这个调皮鬼！”方秋枫望着他的后影，轻声说。

秋收跑到瓜园，看瓜老爷爷也正在吃早饭，他喊道：“老爷爷，我跟您这儿吃顿饭吧！”

“怎么，你们家揭不开锅啦？”老爷爷玩笑地说。

“不是，是我姐姐把我给赶出来了！”秋收说。

老爷爷点着秋收的鼻子，笑道：“你呀！你是只山喜鹊，哪儿也不叫进窝。”

“快吃，快吃！”秋收拿起玉米饼子，咬了一口，把纸铺在桌上画起来，“吃完咱们好做模型，一定要在今天搞成功，不然我姐姐又该给我上黑榜啦。”

太阳已经升起来了，村里的集合钟当当地响过了。这时，青纱帐里的蚯蚓小道上，传来一阵阵清脆嘈杂的歌声，叽叽喳喳的说笑声。

“老爷爷，我得躲一躲。”秋收慌慌张张地说。

“怎么啦？”

“我姐姐一定得来找我，您可别告诉她。”说着，秋收把他的纸笔收拾起来，跑到井台上。老爷爷微笑着，看他爬上了葫芦架。

果然，陆秋莲怒气冲冲地来了。

“老爷爷，秋收在不在您这里？”

“昨黑夜在我这里住了一宿，天亮不是回家吃饭去了吗？”老爷爷摊着两只手，眯着眼睛。

“一定是您把他藏起来了！”秋莲不相信地说。

“没有，没有！”老爷爷眨巴着眼睛，连连说，“不敢窝藏逃犯。”

“我要搜查！”秋莲盯着老爷爷，厉声说。

“搜吧！搜吧！”老爷爷站起身，抖落抖落衣裳，好像是对秋莲说：“我没把他藏在身上吧！”

于是秋莲便从瓜棚里和瓜楼上开始搜查，又走进瓜地里，拨开西瓜秧、甜瓜秧、黄瓜架、冬瓜架和西红柿架，只是不见秋收的影子，她骂了声：“小该死的！”就准备出去了。

但是她走到井台上，突然站住了，抬头望了望葫芦架，便动手摇起来，秋收吓得哆嗦了，一只青胀虫又爬在了他的脖子上。

“老爷爷，这个葫芦架怎么摇不动呀？”秋莲疑惑地问。

“嘿！你不看看那些葫芦，挂得天上地下，个个都百八十斤重，你怎么摇得动?”老爷爷巧妙地遮掩。

“我还得找他去，这个该死的懒蛋二流子!”秋莲又怒气冲冲地走了。

秋收看他姐姐走远了，从葫芦架上像猴子似的跳下来，对看瓜老爷爷吐了吐舌头，挤眉弄眼地小声说：“您看看.我姐姐够多厉害！对我真像恶狼似的。可是跟我那没结婚的姐夫，就像一头小绵羊，咩咩呀!”

“哈哈哈哈!”老爷爷被逗得笑出了两颗眼泪。

“老爷爷，图已经画出来了，您动手做模型吧，我去给红桃送表，一会儿就回来。”说着，一溜烟跑了。

看瓜老爷爷从瓜棚里拿出斧头跟小锯，找了两块薄木板，在阳光下把那张图端详了一会儿，就坐在地上干起来。

“老爷爷，您可窝藏了个懒蛋二流子呀!”篱笆外面，一个爽朗的声音笑道。

“谁!”老爷爷吓得一声大叫。

方秋枫含笑进来了。

“啊！方站长，是你，一场虚惊。坐，坐!”老爷爷拍着旁边的一个蒲团，笑着招呼。

“老爷爷，您也参加秋收的发明啦?”方秋枫在蒲团上坐下来，也动手帮助老爷爷锯起木板。

“是吆!”老爷爷仰着脖子笑了，“你看，你不是也参加他的发明了。”

“我是陪工程师看地势来的，国家要在渡口这一带修建个二十千瓦的小型水力发电站。”

“什么时候动工?”老爷爷惊喜地扔下手里的斧头。

“完秋。”

“那把我们秋收拉拔到发电站去吧!”老爷爷殷切地说。

“可以呀!”方秋枫点点头，“不过他的知识还不够，需要补习一下，再考考看。”

“你不是说王蓝同志可以教他吗?”

“可是他不愿意去，害臊呢!”

“昨黑夜我已经把他说服啦。”老爷爷连忙说。

“喝！您比他的姐姐有本领，”方秋枫笑着说，“您怎么把这个捣蛋鬼说服了呢？”

于是，看瓜老爷爷再一次讲起跟师妹学种西瓜的故事。当然，老爷爷又难过了很久，而方秋枫也陪着老爷爷难过了很久。

五

秋收一到渡口，红桃就问：“闹钟带来了吗？等得你都急了，慢腾腾的真像个蜗牛。”

“闹钟没带来，可把方秋枫同志的夜光表带来了。”秋收说，“我姐姐没给我吃饭，还四处捉拿我呢！”

“我给你拿一只燉野鸭子吃吧！”红桃接过表，说。

“我不吃，别让你爹再骂一顿。”

“这是我抓的！”

红桃转身回到船上，一会儿，拿出一只肥嫩嫩的燉野鸭子，递给秋收。

“现在就开始测量吧！别粗心大意，多加小心，别把方秋枫同志的表弄坏了。”秋收叮咛红桃。

“老说这些教训人的车轱辘话，去你的吧！”红桃不高兴地拉长了脸，推了秋收一把。

秋收提着野鸭子，回到瓜园。方秋枫跟看瓜老爷爷已经到井台葫芦架下乘凉，方秋枫一眼看见他，喊道：“秋收，快来！我们已经把你的模型做成了。”

“太好啦！”秋收一边喊，一边跑进来，“慰劳慰劳你们二位，尝尝燉野鸭子吧！”

方秋枫撕着野鸭子肉，大口大口地嚼着。看瓜老爷爷笑道：“秋收，再让红桃多抓几只，送给王蓝同志，快给你补习补习，完秋到发电站去。”

“什么？”秋收不相信自己的耳朵，趴在方秋枫的脸前问道，“真的吗？”

“你不愿意跟这个比你大两岁的女同志学习，算了！”方秋枫装得很冷淡地说。

“我已经搞通思想啦！”秋收着急地喊，“不信你问问老爷爷，是他把我说服的。他能向师妹学习，难道我就不能向这个大姐学习？”

“哈哈哈！”方秋枫霍地跳起来，“秋收，咱们到河边去吧！看看红桃怎么测量水流速度，今天筹建发电站的技术人员也来测量，看看你们谁准确。”

“我们这算什么测量！”秋收说。

他们走出瓜园，奔河边去。

“秋收，你把这只木船这么一改造，的确能够增加速度跟载重量。”走在路上，方秋枫说。

“可是我姐姐还说我是胡思乱想呢！”秋收得意地眉飞色舞起来了。

“小伙子，还是别忙着得意吧！”方秋枫拉长声音说，“你这颗聪明的脑袋可比我们的时代落后了一百年。”

“什么！”这一击，使秋收的脸涨红了。

“这个减低水流阻力的原理，一百多年前就发明了，在初中物理上就有，而且我们今天的轮船也应用的是这个原理。”

“那……”秋收一下子泄了气，“我们这些日子算是胡闹了。”

“你看你，一会儿得意，一会儿丧气。”方秋枫笑着说，“你跟红桃的这个发明，还是有实用价值的，社里的那几只木船都可以这么改造一下。”

秋收噘着嘴，沉默不语，用脚踢倒路旁一簇火红的野花。

“这说明你还需要知识！”方秋枫说。

“我一定向王蓝同志学习！”秋收咬着牙，眼里飘着泪花，握紧拳头。

“你还应该向很多人学习，比如说，向你姐姐学习。”

“向她学习？”秋收皱起眉头，一撇嘴，“谁爱理她，就会教训人，哼！我不佩服她。”

方秋枫被他这个怪样子逗笑了：“我一定批评她，她是个青年团支部副书记，可是倒像老年团支部副书记了。不过，她的优点你看见了吗？学习了吗？”

“她有什么优点？”秋收仍然不服气。

“比如说，人家一天挣十一分，你呢？才三分。……”

“这我也办得到！”秋收打断他的话，“要不是想发明这只破船，我一天能挣十二分。”

“小伙子，别骄傲，你再听！”方秋枫不慌不忙地又说出第二条，“人家提高了文化水平。”

“这你可没我了解得深入，”秋收挤着眼睛，“她才念过初小四年级，只有那么高的水平。”

“可是现在已经达到高小六年级的程度了。”

“你别听她吹牛！”

“人家测验过！”

“谁测验过？”

“王蓝。”

“什么！”秋收吓了一跳，张大了嘴，“王蓝同志测验她干什么？”

“她每星期到王蓝那里去学习一个晚上，并且把你们那主任，她的未婚夫也带去呢！”方秋枫俏皮地眨眨眼。

“怪不得她晚上常常不在家。……”秋收低下头，不言语了。

“不一条条举例了，你说说，比得了吗？”方秋枫笑着望着他的眼睛。

“比不了！”秋收又像是无可奈何，又像是赌气地说。

“比不了，认输了！”方秋枫一阵响亮的大笑，狠狠地拍了一下他的肩膀，“那就得向人家学习，小牛犊子！”

这时，运河高岸上，杜梨树林边，建设发电站的工程师喊道：“方秋枫同志，现在开始测量啦！”

“就来！”方秋枫答应一声，就要走，“秋收，一会儿我再找你，别生我的气呀！”

“方秋枫同志，”秋收突然抓住他的袖子，红着脸吭吭吃吃地说，“能不能让红桃也跟我一块儿到王蓝同志那里去补习，她也念过高小呢！”

“可以。”

“今晚上就去，可以吗？”秋收性急地问道。

“今晚上？”方秋枫想了想，“今天是星期三，可以。她每星期三、五两天拿出来帮助别人学习。”

“好，我今晚上就去！”秋收凝视着方秋枫的脸，“我向你保证，一定要好好学习，每天也要挣十一分，不！十二分。我要跟我姐姐比赛，我还帮助看瓜老爷爷学习瓜类新的栽培方法，一个星期两次！”

“好样的！”方秋枫几乎要拥抱他，“竞赛是可以的，但是不能跟你姐姐打架。”说完，就匆匆忙忙地奔运河高岸去了。

秋收跑到渡口，红桃正拿着表，愁眉苦脸地盯着运河那淙淙的流水。岸上，高高的白杨和落在树枝上那鼓动着翅膀的老鹰，在河面上映起倒影，几条肥白的鲤鱼游到那里，被老鹰的倒影吓得四散了。

河对面，浓密的野芦苇丛边，一群野鸭子在嬉闹……

秋收站在她背后，默默地站了很久，才瓮声瓮气地说：“别测了！”

红桃吃了一惊，猛地回过头，问道：“怎么啦？”

“你看看！”秋收指指运河高岸上，“筹建发电站的同志们也在测量水流速度。”

“他们测他们的，咱们测咱们的！”红桃不以为然地说。

“哼！别得意了，咱们的发明落后了一百年。”秋收哭丧着脸说。

“谁说的？”红桃站了起来，惊问道。

“方秋枫同志。”

“那咱们不是白费事了吗？”红桃带着哭音说。

“没关系！还有实用价值，”秋收沉重地说，“社里可以按照咱们的方法改造木船。不过，咱俩得去学习！”

“你说什么胡话！咱们到哪儿去学习呀！”红桃用手背擦抹着眼泪，迷惑不解。

“到王蓝同志那里，今晚上就正式开学。”秋收低沉地、坚定地说，“来，把船摆过去，咱俩抓几只野鸭子，给王蓝同志送个礼，也算缴学费！”

这天夜晚，他俩提着五只又肥又重的野鸭子，踏着大道上的月光，到十里外的拖拉机站去了。

一九五六年四月

散文卷

榆钱饭

我自幼常吃榆钱饭，现在却很难得了。

小时候，年年青黄不接春三月，榆钱儿就是穷苦人的救命粮。杨芽儿和柳叶儿也能吃，可是没有榆钱儿好吃，也当不了饭。

那时候，我六七岁，头上留个木梳背儿；常跟着比我大八九岁的丫姑，摘杨芽，采柳叶，捋榆钱儿。

丫姑是个童养媳，小名就叫丫头；因为还没有圆房，我只能管她叫姑姑，不能管她叫婶子。

杨芽和柳叶儿先露头。

杨芽儿摘嫩了，浸到开水锅里烫一烫又化成一锅黄汤绿水，吃不到嘴里；摘老了，又苦又涩，入口难以下咽。只有不老不嫩的筋劲儿，摘下一大篮子，清水洗净，开水锅里烫个翻身儿，笊篱捞上来挤干了水，拌上虾皮和生酱，玉米面羼合榆皮面薄皮儿，包大馅儿团子吃，省不了多少粮食。柳叶儿不能做馅儿，采下来也是洗净开水捞，拌上生酱小葱当菜吃，却又更费饽饽。

杨芽儿和柳叶儿刚过，榆钱儿又露面了。

村前村后，河滩坟圈子里，一棵棵老榆树耸入云霄，一串串榆钱儿挂满枝头，就像一串串霜凌冰挂，看花了人眼，馋得人淌口水。丫姑野性，胆子比人的个儿还大；她把黑油油的大辫子七缠八绕在脖子上，雪白的牙齿咬着辫梢儿，扒光了脚丫子，双手合抱比她的腰还粗的树身，哧溜溜，哧溜溜！直上直下爬到树梢，岔开腿骑在树杈上。

我站在榆树下，是个小跟班，眯起眼睛仰着脸儿，身边一只大荆条筐。

榆钱儿生吃很甜，越嚼越香。丫姑折断几枝扔下来，边叫我的小名儿边说："先喂饱你！"我接住这几大串榆钱儿，盘膝大坐在树下吃起来，丫姑在树上也大把大把地揉进嘴里。

我们捋满一大筐，背回家去，一顿饭就有着落了。

九成榆钱儿搅和一成玉米面，上屉锅里蒸，水一开花就算熟，只填一灶柴禾就够火候儿。然后，盛进碗里，把切碎的碧绿白嫩的春葱，泡上隔年的老腌汤，拌在榆钱饭里；吃着很顺口，也能哄饱肚皮。

这都是我童年时代的故事，发生在旧社会，已经写进我的乡土文学小说里。

但是，十年内乱中，久别的榆钱饭又出现在家家户户的饭桌上。谁说草木无情？老榆树又来救命了。

政策一年比一年"左"，粮食一年比一年减产。五尺多高的大汉子，每年只得320斤到360斤毛粮，磨面脱皮，又减少十几斤。大口小口，每月三斗，一家人才算吃上饱饭；然而，半大小子，吃穷老子，比大人还能吃，口粮定量却还要二八开。闲时吃稀，忙时吃干，数着米粒下锅；待到惊蛰一犁土的春播时节，十家已有八户亮了囤底，揭不开锅了。巧妇难为无米之炊，管家婆不能给孩子大人画饼充饥；她们就像胡同捉驴两头堵，围、追、堵、截党支书记和大队长，手提着口袋借粮。支部书记和大队长被逼得走投无路，恨不得钻进灶膛里，从烟囱里爬出去，逃到九霄云外。

吃粮靠集体，集体的仓库里颗粒无存，饿得死老鼠。靠谁呢？只盼老榆树多结榆钱儿吧！

丫姑已经年过半百，上树登高爬不动了，却有个女儿二妹子，做她的接班人。二妹子身背大筐捋榆钱儿，我这个已经人到四十天过午的人，又给她跑龙套。我沾她的光，她家的饭桌上有我一副碗筷，年年都能吃上榆钱饭，混个树饱。

我把这些亲历目睹的辛酸往事，也写进了我的小说里。

1979年春天，改正了我的"一九五七年问题"，我回了城。但是，年年暮春时节，我都回乡长住。仍然是青黄不接春三月，1980年不见亏粮了，1981年饭桌上是大米白面了，1982年更有酒肉了。是想忆苦思甜，还是想打一打油腻，我又向丫姑和二妹子念叨着吃一顿榆钱饭。丫姑上树爬不动了，二妹子爬得动也不愿爬了。越吃不上，我越想吃；可是磨破了嘴皮子，却不能打动二妹子。幸亏大风帮了忙。夜里一场大风刮折了一枝榆树杈子，丫姑才给我做了两碗吃。1981年回乡，正是榆钱成熟的时候，可是丫姑盖新房，连日大宴小宴，我怎么能吵着要吃榆钱饭，给人家煞风景？忍一忍，等待来年吧！

1982年春光明媚，我赶早到二妹子家。二妹子住在青砖、红瓦、高墙、花门楼的大宅院里，花草树木满庭芳。一连几天，鸡、鸭、鱼、肉，我又烧肚膛了。忽然，抬头看见院后的老榆树挂满了一串串粉个囊囊的榆钱儿，不禁又口馋起来，堆起笑脸怯生生地说："二妹子，给我做一顿……"二妹子却恼了，脸上挂霜，狠狠剜了我两眼，气鼓鼓地说："真是没有受不了的罪，却有享不了的福，你这个人是天生的穷命！"

我知道，眼下家家都以富为荣，如果二妹子竟以榆钱饭待客，被街坊邻居看见，不骂她刻薄，也要笑她小抠儿。二妹子怕被人家戳脊梁骨，我怎能给她脸上抹黑？

但是，鱼生火，肉生痰，我的食欲不振了。我不敢开口，谁知道二妹子有没有看在眼里？

一天吃过午饭，我正在床上打盹，忽听二妹子大声吆喝："小坏嘎嘎儿，我打折你们的腿！"我从睡梦中惊醒，走出去一看，只见几个顽童爬到老榆树上掏鸟儿；二妹子手持一条棍棒站在树下，虎着脸。

几个小顽童，有的嬉皮笑脸，有的抹着眼泪，向二妹子告饶。我看着心软，忙替这几个小坏嘎嘎儿求情。

"罚你们每人捋一兜榆钱儿！"二妹子扑哧笑了，刚才不过是假戏真唱。

我欢呼起来："今天能吃上榆钱饭啦！"

"你这不是跟我要短吗？"二妹子又把脸挂下来，"我哪儿来的玉米面！"

是的，二妹子的囤里，不是麦子就是稻子；缸里，不是大米就是白面。她家承包30亩大田，种的是稻麦两茬，不种粗粮。

有了榆钱儿又没有玉米面，我只能生吃。

看来，我要跟榆钱饭做最后的告别了。二妹子的儿女长大，不会再像她的姥姥和母亲，大好春光中却要捋榆钱儿充饥。

或许，物以稀为贵，榆钱饭由于极其难得，将进入北京的几大饭店，成为别有风味的珍馐佳肴。

1983年1月

打糊饼

在我的许多长、中、短篇小说中，我写过不少种运河滩的农家饭菜，给我的小说增添了地方特色和乡土风味。

我最爱吃的运河滩饭菜之一，是打糊饼。

打糊饼虽是运河滩农家一年四季最平常的吃食，却不是哪个媳妇都有这门手艺。在我那个生身之地的小村，高手也不过三五位，可算稀有人才。非常幸运的是我有一位表姐，不但是这三五位高手的其中之一，而且在这三五位高手中名列第一，也就使我不但馋吃糊饼，而且常吃糊饼。

唐表姐家是下中农，日子过得很紧，一年难得吃几顿白面，玉米面是主食。玉米面没有白面好吃，但是经过她的巧手制作，却有人愿意拿馒头、烙饼、面条、饺子交换她的糊饼。

出嫁之前，她是一个俊俏的姑娘，性情又很开朗，笑起来连绵不断，清脆悦耳，像春风送来蓝天白云间的鸽哨声。只要她一出门，不管是穿街过巷，还是赶集上庙，都非常引人注目。

她打糊饼，我帮不了忙，她却喜欢把我按坐在门槛上袖手旁观，跟她贫嘴。

我歪着头，手托着腮，不错眼珠儿地凝望着她。只见她把调拌得匀溜溜的玉米面薄薄地摊在热锅上面，搅拌白菜、韭菜、虾米、鸡蛋花儿和嫩蘑菇芽做馅，摊在热锅的扇子面上，灶下三把火揭锅。饼薄如纸，形状很像圆头斗笠，金黄焦脆；熟透的菜馅占全了色、味、香，吃到嘴里，香脆可口。表姐调拌玉米面不稀不稠，恰到好处，摊在锅上薄厚适当，端出锅来不散不裂，完整无缺；菜馅搅拌得不干不湿，摊开得五花三层，熟透了不老不嫩。最难的是掐算火候儿。灶下不能烧硬柴，要用麦秸、谷秸和豆秸，只能三把火。火大了焦煳，火小了夹生。手上摊着面和馅，脚下送柴进灶口，还不能手忙脚乱。表姐打糊饼，手疾眼快，有板有眼，火光烤红她那艳丽的脸儿，很像野台子戏里的闺门旦。

她比我年龄大。我还穿着开裆裤，她已经是“豆蔻梢头二月初”，“娉娉袅袅十三余”了。当时，父母之命，媒妁之言，刚给她找定婆家。她的心七上八下，忐忑不安，便捉弄我这个不懂事的孩子，消愁解闷儿。

“表弟，你长大了，娶个什么样儿的媳妇?”她一边打糊饼，一边回过头瞭我一眼。

“就娶你这样儿的!”我一点也不知害羞地答道。

她挑起眉毛，追问道:“为什么要娶我这样儿的?”

“天天能吃打糊饼。”我一本正经地说出自己的理由。

她笑得前仰后合，笑得搂住了肚子，笑出了泪花儿。

50年前的往事，恍如昨日，言犹在耳。

我没有娶到会打糊饼的妻子。在我回乡当农民的漫长岁月中，口馋了便仍然找表姐给我打糊饼吃。十年内乱，她带着六个儿女过日子，工分挣得少，工值又很低，口粮严重不足。脾气变得暴躁，容颜也未老先衰，打出的糊饼都是粗制滥造，只不过是为了填肚子，顾不得色、味、香和金字牌匾了。

这几年，农村富起来，常年吃的是大米白面，儿孙绕膝的表姐也不例外。但是，她每年都特意为我磨几斤玉米面，为的是我下乡住在她家里，她好给我打糊饼。不是忆苦思甜，而是重温旧梦。在打糊饼的柴灶火光中，我看见了当年的她，她也看见了当年的我。

1984年1月

家乡过大年[1]

春雨惊春清谷天，夏满芒夏暑相连，秋处露秋寒霜降，冬雪雪冬小大寒。村风乡俗中，四时二十四节色彩缤纷，而最有鲜明地方特色和浓郁乡土风味的却是二十四节之外的春节。

春节是现在通行的官称，我却跟我的运河乡亲父老一般守旧地尊称为过年，或曰大年。

想当年，我小的时候，家乡的大年从腊月初一就开始预热。一天比一天增温，一天比一天红火、发烧，直到年根下。

腊月初一晚上，家家炒花生，炒瓜子，炒玉米花儿；炒完一锅又一锅，一捆捆柴禾捅进灶膛里，土炕烫得能烙饼。玉米粒儿在拌着热沙子的铁锅里毕剥毕剥地响；我奶奶手拿着锅铲，口中念念有词："腊月初一蹦一蹦，孩子大人不得病。"花生、瓜子、玉米花儿炒熟了，装在簸箕里，到院里晾脆，然后端进屋来，一家人团团围坐，大吃大嚼。吃得我食火上升，口舌生疮，只得喝烧煳了的锅巴泡出的化食汤。化食汤清净了胃口，烂嘴角的食火消退，又该吃腊八粥了。小米、玉米糁儿、红豆、红薯、红枣、栗子熬成的腊八粥，占全了色、味、香，盛在碗里令人赏心悦目，舍不得吃。可是吃起来却又没有个够，不愿放下筷子。喝过腊八粥，年味儿更浓重。卖糖葫芦的小贩穿梭来往，竹筒里抽签子，中了彩赢得的糖葫芦吃着最甜。卖挂落枣儿的涿州小贩，把剔核晒干的老虎眼枣儿串成一圈，套在脖子上转着吃。卖糖瓜和关东糖的小贩，吆喝叫卖，此起彼伏，自卖自夸。还有肩扛着谷草把子卖绒花的小贩，谷草把子上插满五颜六色的绒花，走街串巷，大姑娘小媳妇把他们叫到门

[1] 原题为《我的第一行作品》。亦节选作《本命年的回想》。

口，站在门槛里挑选花朵。上年纪的老太太，过年也要买一朵红绒花插在小疙瘩鬏上。村南村北，村东村西，一片杀猪宰羊的哀鸣。站鸡笼子里，喂养了一个月的肥鸡，就要被开刀问斩。家家都忙着蒸馒头和年糕，穷门小户也要蒸出几天的豆馅团子。天井的缸盖和筛子上冻豆腐，窗沿上冻柿子，还要渍酸菜。妇女们忙得脚丫子朝天，男人们却蹲篱笆根晒太阳，说闲话儿。腊月二十三过小年，香烛纸马送灶王爷上天。最好玩的是把灶王爷的神像揭下来，火化之前，从糖瓜上抠下几块糖粘儿，抹在灶王爷的嘴唇上，叮嘱他上天言好事，下界才能保平安。灶王爷走了，门神爷也换岗了，便在影壁后面竖起天地杆儿，悬挂着一盏灯笼和在寒风中哗啦啦响的秫秸棒儿，天地杆上贴一张红纸："姜太公在此。"邪魔鬼祟就不敢登门骚扰了。腊月三十的除夕之夜，欢乐而又庄严。阖家团聚包饺子，谁吃到包着制钱的饺子最有福，一年走红运。院子里铺着芝麻秸儿，小丫头儿不许出屋，小小子儿虽然允许走动，却不能在外边大小便，免得冲撞了神明。不管多么困乏，也不许睡觉；大人给孩子们说笑话，猜谜语，讲故事，这叫守岁。等到打更的人敲起梆子，梆声中才能锅里下饺子，院子里放鞭炮，门框上贴对联。小孩子们在饺子上锅之前，纷纷给老人们磕辞岁头，老人们要赏压岁钱。男孩子可以外出，踩着芝麻秸到亲支近脉的本家各户，压岁钱装满了荷包。天麻麻亮，左邻右舍拜年的人已经敲门。开门相见，七嘴八舌地喊嚷着："恭喜，恭喜！""同喜，同喜！"我平时串百家门，正月初一要给百家拜年。这不仅是为了尊老敬上，也为了欣赏各家的对联词句。一出门，便看见"抬头见喜"四个大字。牲口棚上写着"槽头兴旺"，猪圈上写着"肥猪满圈"，大车上写着"车行千里路，人马保平安"。大门上的对联形形色色，我家年年是："忠厚传家久，诗书继世长"。平日我最喜欢的一副对联："南通州北通州南北通州通南北，东当铺西当铺东西当铺当东西"，却因"当"字不吉而上不了门板。深为遗憾引发了文思冲动，我把下联改为"金运河银运河金银运河运金银"。对仗虽不工整，立意却有出新，竟被写对联的先生采用，以丰腴肥厚的颜体字写出，张贴在门面上人前显贵。也许，这副下联应算我公开发表的第一行作品。

1993 年 1 月

铜帮铁底母亲河[1]

三千里京杭大运河的北端起点，是我那生身之地的通州。清《钦定日下旧闻考》卷108写道："通州在府东（顺天府，今北京）45里。本禹贡冀州之域，春秋战国皆属燕，秦属渔阳郡，两汉本潞县及安乐县地，皆渔阳属邑。魏晋以降，属幽州。后魏置潞郡，隋开皇初省入涿郡。唐武德二年于此置元州，领潞、临沟、无终等县。贞观元年，省元州，后为潞县，后以水患徙治安乐故城。历五代皆因之。至金天德三年，升为通州。元因之。领县二：曰潞，曰三河。明洪武元年闰七月并潞县入于州，仍以三县隶焉，属北平府。清顺治十六年，漷县裁并入州。通州上拱京阙，下控天津。潞、浑二水夹会于东南，幽燕诸山雄峙于西北。舟车辐辏，冠盖交驰，实畿辅之襟喉，水陆之要会也。"

日下，就是京都，这里专指北京（王勃《滕王阁序》："望长安于日下"，以后就把日下比作长安，比作京都）。《日下旧闻》是康熙二十五年朱彝尊编辑的。从1600多种古籍中选录历代有关北京的记载和资料，共分13门，42卷。13门为星土、世纪、形胜、宫室、城市、郊坰、京畿、侨治、边障、户版、风俗、物产、杂缀。通州名列京畿门之首。乾隆三十九年，乾隆帝弘历命经筵讲官、太子太保、文华殿大学士、翰林院掌院学士于敏中，经筵讲官、太子太保、户部尚书、步军统领和珅，和珅的政敌内阁学士、工部尚书刘墉等为总裁，选任知名学者多人进行增补考证。乾隆五十年到五十二年出版，题为《钦定日下旧闻考》，从42卷扩为160卷。通州仍列京畿门之首，篇幅增至108卷、109卷、110卷。这本书，具有极高的权威性和学术价值。《四库全书总目提要》评

[1] 原题为《寻根》。

论这本书："……履勘遗迹，订妄以存真。千古舆图，当以此本为准绳矣。"

乾隆帝弘历还给此书题诗，称赞此书补齐挂漏所缺，在校勘淆讹上精益求精。因之，称为"钦定"。《钦定日下旧闻考》对通州的"潞，高阳氏后，邳姓"还有补充，说是轩辕黄帝封四子于此。黄帝邑于涿鹿，与蚩尤大战于涿鹿之野，涿鹿距离通州一百多公里。这位中华民族的始祖，派遣他的四子经营通州（当时还没有这个地名），是完全可信的。自金定为通州，便成为京东首邑。元明清三朝更成为"上拱京阙，下控天津，实为畿辅之襟喉，水陆之要会"。

从天津到我们通州这一段运河，历史上称作北运河。我的父老乡亲们另有爱称，管它叫"铜帮铁底运粮河"。

"铜帮铁底"是夸张了点儿，可这是儿女对养育自己的母亲的赞美，那么这四个字就一点也不过分了。

大运河从北到南，北运河是大运河的龙头；大运河从南到北，北运河就是大运河的凤尾。整个大运河的风水都聚汇到了这儿，我们家乡人民怎能不以大运河的凤子龙孙自居？

想当年，这条河上，光是运粮的漕船，每年就有将近两万艘，押运漕船的官兵12万人次；连同官府的水师船和大量的商船，多达3万。这是古书上写着的。如果算上沿河村庄的打鱼船、摆渡船和短途运输船，那就多乎哉如过江之鲫了。

京广、津浦两条铁路通了车，夺走了大运河那"只此一家，别无分号"的生意，北运河上的船一下子少多了。后来，又有了京津公路，北运河也就更加萧条。不过，倒退50多年，在我的童年时代，北运河上也还有货船和渔船过来过去。我在小说中所写的情景，都是我亲眼得见，不是无中生有。是兵荒马乱的战争岁月和生态平衡遭到破坏，造成北运河的衰落。

北运河上的南来北往的千帆万船，已被京津公路上往返奔驰的卡车、轿车、客车、吉普车和各种型号的拖拉机所代替。京津公路上的车流滚滚，不能不使人联想当年那三万艘漕船、商船、水师船在北运河上扬帆竞进的盛况。但是，车越来越多，京津公路也就显得越来越窄；开车的一出城圈儿，就像摘了龙头的野马，京津公路可就变成北京大栅栏了。

北运河的水是从哪儿来的？天上掉下来的，山里头跑来的。每年一入伏，瓢泼大雨连阴天，鞭杆子雨铺天盖地，竹帘子雨包天裹地，牛毛细雨点点入地，下得大河满了槽。这时，又山洪暴发，冲出燕北的崇山峻岭，直奔平原一泻百里，冲决了堤岸，淹没了田野和村庄。我小时候，年年不是大涝就是小涝，树梢上挂水藻，原野上一片汪洋。男女老幼被大水冲得漂流四散，在水中抱着檩条子，坐着大笸箩，揪着牛尾巴，拼命挣扎想死里求生，还有的坐在被连根拔起的大麦秸垛上，喊哑了嗓子向岸上呼救……

所以，历代都在北运河上修建闸坝。清代的屈家坝遗址，还留存着康熙皇帝手书的《导流济运》碑文。竣工之日，这位万岁爷还亲赴现场阅坝。康熙皇帝多次到过北运河，写了不少诗。他那个喜欢舞文弄墨的孙子乾隆皇帝，为北运河而写的诗更多。文人雅士抒写北运河的诗文不计其数，明代大戏剧家汤显祖的《玉茗堂集》中便有一首，而且就是吟咏我的生身之地的那段河上的风光景色。

北运河上接通惠河，直通北京城内，下连海河，向南直达江淮各地。通州是漕运和海运入京的仓储和转运之地。史书可考，“漕运至于京师者，一岁多至三百万余石”，可供近百万人一年食用。五岭南北的“广货”，川黔地区的“川货”，以及沿海一带的“洋货”，源源运到通州，转运北京。塞北的皮毛、牛羊，也多运抵通州，转运南方各省。繁荣的经济和发达的贸易，重要的地理位置和交通优势，遂有一京（北京）二卫（天津）三通州之美誉。

为了漕粮储存和转运的需要，通州从元朝就开始设仓，储粮数百万石。现在，我们还可以看到当年漕运码头的土坝和东仓的旧址。

那时，通州城内设有漕运总督府。总督官居一品，又是个肥差。进京入阁拜相，不如蹲在通州管钱粮。三年清知府，十万雪花银；漕运总督捞到腰包里的不是雪花银十万、百万两，而是日进斗金，三年搬回家一座金山。七品县令，五品知州，通州代管京东八县，俗称“京门脸子”。

我那生身之地充满了野味儿

小家碧玉的温榆河，儿马蛋子的箭杆河，在通州城东北角合二而一，南下天津卫，二百八十里，便是大名鼎鼎的北运河。一路上九曲十环二十八道弯儿，忽然一头撞在几大堆翠柳白沙高岗上，河身拐了个弓背，就像伸出双手搂住一大片河滩，便是被我写了大半辈子的运河滩。河滩上的河汊子七出八进，好似一条青藤百道绿蔓儿，沿河大大小小的村落，又像满天星的早花西瓜。大村二三百户，小村四五十家。我那生身之地儒林村，是小中之小：三十六座门楼，七十二个户头，一百零八个灶台。它坐落在翠柳白沙高岗外，紧傍着河边，弓背的一角。

每个村子的来历，都是口头相传。一传十，十传百，百传千，千传万，一代又一代；每过一人之口，每一代承上启下，都有所增删润色，艺术加工。所以，村史并非信史，不可不信，也不可全信，应该归于野史稗闻，或民间口头文学范畴。相传儒林村本是清朝初年跑马占圈的旗地，主人是正黄旗的皇室旁支，可能是多尔衮王爷的一个庶出儿子，名叫“如意”，又叫“如意带子”。这块河滩地被圈占以后，并没有开垦种田，只是每年入伏，青草长得一人高，十来个家奴马夫，牵着如意带子的 12 匹走马，到这里放牧吃青。十来个马夫搭一座窝棚，住到草枯树黄的深秋时节，便牵着膘肥腿壮的走马回北京了。过了几年，如意带子的一个爱妾所生的女儿出嫁，这块河滩地当成妆奁，算是这位千金小姐的脂粉地。十来个马夫不放马了，犁耧锄镰，牵牛赶驴，日出而作，日入而息，给这位如意带子的千金小姐垦荒熟地，种的是五谷杂粮，栽的是瓜果梨桃；每年的收入，便是千金小姐搽胭脂抹粉的费用。后来，众人娶妻生子，于是便立户成村了。六亲九族，外来移民，三五成群，四面八方，越聚越多，小村一天天大起来。村名原叫“如家林”，叫白了又称“如林”。五十年代人民政府修订地名，才正式称为儒林村。

儒林村方圆左右，三分之一是终年积雪似的沙滩，三分之一是白花花的盐碱地，三分之一是一片片浅水洼子。沙滩虽然干燥，却是夜潮地，生长出连绵起伏的红皮柳棵子；浅水洼子里更是蒲苇丛生；盐碱地也并不是寸草不长，到处也有一簇簇、一丛丛的乍蓬、牛蒡、蒺藜狗子，开放着米粒大小的花朵。大河从沙滩和浅水洼子之间流过，公路从沙滩和盐碱地之间穿过。从阳春三月到中秋八月，这里的风景是一幅水彩画，花、草、树、水、土，都色彩鲜明，充满野味儿，令人心野。有个风吹草动，惊起沙滩上柳棵子地里成百上千只鸟儿，一窝蜂纷飞上天，白云中一片啼鸣，像笙、管、笛、箫的合奏，阳光下的花翎熠熠闪光，像一大幅五颜六色的织锦。鸟影遮住了天，地上一片幽暗，盐碱地草丛里的绿蚂蚱和红蜻蜓也慌乱起来，飞的飞蹦的蹦，绿的绿红的红。

插柳之恩怎能忘[①]

1942年正月新春，我不满6周岁，到邻村小学读书。

我们的学堂，原是供给店的关帝庙，四个班挤在一座大殿里。侍立两厢的关平、周仓、王甫、赵累四座泥胎，被抬到耳房，横躺竖卧；扛枷罚跪的糜芳、傅士仁、刘封、孟达，被粉身碎骨，茅房里垫坑；只留下关云长手捧着《春秋》跟我们一同上课。关云长正襟危坐，目不斜视，比我们守规矩；只是他光看一页，老不翻篇儿。我们四个班摇头晃脑念书，像吵蛤蟆坑，关云长却闭着嘴默不作声。这座大庙已经荒凉破败，配殿和院墙只剩下断壁残垣，每到我们吵蛤蟆坑的时候，白杨树上的喜鹊便叽叽喳喳，大榆树上的老鸹也哇呀哇呀，跟我们高声唱和。

老师姓田，名文杰，属虎的，阴历腊月三十诞生，那一年他28岁。

田老师自己念的是私塾，他是我的外祖父柏秀峰先生的得意门生；后来到县立简易师范受训，17岁便开始在家乡的小学执教。

在我的家乡，有两位教师的影响最大。一位是我的外祖父柏秀峰先生。运河滩上的几个村庄，80岁以上念过私塾的人，差不多都是他的学生。他一直教私塾，有了“洋”学堂便收科了。再一位便是田文杰先生。运河滩上十几个村庄，40岁以上，75岁以下念过小学的人，也差不多都是他的学生。

两代相传，师生为继。田文杰先生从我外祖父那里学到一手好文章、一笔好字和历史知识，也继承了我的外祖父那“教不严，师之惰，不打不成才”的教育思想和教育方法。

我的祖父牵着我的手，走进这座破庙中的小学。论乡亲辈分，田老

---

① 亦节选作《老师领进门》。

师管我的祖父叫老叔，我应该管田老师叫大伯。

“文杰，我把这个孩子交给你了。”祖父命令我给田老师恭恭敬敬地行了个拜师礼，“该打你就打，可不许心慈手软；该打你不打，我就要恼你。”

“老叔，您放心。”田老师笑眯着一双深度近视眼，“当年柏老师怎么教我，我就怎么教您的孙子。”

“那才好！”祖父哈哈大笑，非常满意，“文杰，你给这个孩子起个大名吧！”

刘家到我这一代，是绍字辈儿。田老师略一思索，便给我起名叫“绍堂”。田老师选用礼堂这个“堂”字，是不是有把我作为登堂入室弟子之意呢？我没有问过他。后来，我的外祖父又因这个堂而赐我以“学升”为字。那是以班超自请出使西域而得到三升堂（晋级）的待遇为史据，希望我能像班超那样大有作为。不过，我稍长之后，便自作主张，把礼堂的“堂”改为海棠的“棠”了。这是因为我本草命生（落生时假死），改为“棠”字以表示我乃草木之人。更大一点儿，多念了几年书，才知道召公甘棠树下三握发和周公吐哺同为历史佳话，绍棠便可作继承召公一解，那是歪打正着，始料所不及。至于我外祖父赐我的字，由于刘学升和留学生同音，我怕被人玩笑，一直秘而不宣。

我在我的许多长、中篇小说里，常常写到乡村教师，大多以田老师的某个侧面为原型，有时也以我的外祖父的形象做补充。

田老师很有口才，文笔也好。

开学头一天，我们叩拜大成至圣先师孔夫子的木主之后，便排队进入教室。每个一年级小学生，配备一位三年级的学兄带笔。田老师先给二年级和四年级学生上课，就命令三年级的学兄把握着一年级学弟的小手，描红摹纸。

红摹纸上，一首小诗：

一去二三里，
烟村四五家，
亭台六七座，
八九十枝花。

田老师先把这首诗念一遍，串讲一遍；然后，以这四句诗为起承转合，编出一段故事，娓娓动听地讲起来。

我还记得，故事的大意是：

一个小孩儿，牵着妈妈的衣襟儿，去住姥姥家，一口气走出二三里；眼前要路过一个小村子，只有四五户人家，正在做午饭，家家冒炊烟；娘儿俩走累了，看见路边有六七座亭子，就走过去歇脚；亭子外边，花开得茂盛，小孩儿越看越喜爱，伸出指头点数儿，嘴里念叨着："……八枝，九枝，十枝。"他想折下一枝来，戴在耳丫上，把自己打扮得像个迎春小喜神儿；他刚要动手，妈妈喝住他，说："你折一枝，他折一枝，后边歇脚的人就不能看景了。"小孩儿听了妈妈的话，就缩回了手。后来，这八、九、十枝花，越开越多，数也数不过来了，此地就变成一座大花园……

这个故事，有思想，有人物，有形象，有情趣。

我听得入了迷，恍如身临其境，田老师戛然而止，我却仍在发呆；直到三年级的大学兄捅了我一下。我才惊醒。

那时候的语文叫国文，田老师每讲一课，都要编一个引人入胜的故事；一、二、三、四年级的课文，都是如此。我在田老师门下受业四年，听到上千个故事，有如春雨点点入地。

从事文学创作，需要发达的形象思维，丰富的想象力；在这方面，田老师培育了我，给我开了窍。

我每逢回家乡去，在村边、河畔、堤坡，遇到老人拄杖散步，仍然像50年前的小学生那样，恭恭敬敬地向他行礼。谈起往事，我深深感念田老师在我那幼小的心田上，播下文学的种子。老人摇摇头，说："这不过是无心插柳柳成荫。"

十年树木，百年树人；插柳之恩，我怎能忘。

首先，我感激田老师在我该打的时候，毫不心慈手软地狠打。

我自幼天资较好，记忆力强，学习成绩一直在全班领先。初小四年，每个学期的月考、期中考、期末大考，一直考第一名，在全校也只此一人。月考、期中考和期末大考都要发榜。我的祖父虚荣心强，发榜那天，他起大早头一个来到榜前，看到孙子每个学期都是"三连冠"，洋洋得意，眉飞色舞。田老师陪同我祖父看榜时，对我大加夸奖，赞不绝口。我也就难免沾沾自喜，傲视同学。但是，不出三天，田老师必定找个因由，打我一顿；把我的趾高气扬打得一干二净。

当时，我感到十分委屈，更感到非常奇怪，田老师为什么如此不近情理？待到我长大成人，有了儿女，读陆游的《放翁家训》：“后生才锐者，最易坏。若有之，父兄当以为忧，不可以为喜也。切须常加简束，令熟读经学，训以宽厚恭谨，勿令与浮薄者处。如此十许年志趣自成。不然，其可虑之事盖非一端。吾此言，后人之药石也，各须谨之，毋贻后悔。”我才恍然大悟，田老师打得对，打得好。

当然，我并不赞成对孩子实行体罚，但是我也反对对孩子娇纵溺爱，更不可对早慧的孩子滥加吹捧，大抬轿子。清人彭端淑《古论撷粹》说：“聪与敏，可恃而不可恃也；自恃聪与敏而不学者，自败也。”

再有，我在田老师的训诫下，养成了一个好习惯。就是无论写任何文字，都要打草稿；正式誊写，必须卷面整洁。

凡是跟我打过交道的编辑同志都知道，我的手稿，哪怕是二三十万字的长篇小说手稿，都抄写得工工整整，清清楚楚。不但写小说，写论文，即便是给我爱人写信，都要先打一遍草稿，然后再斟字酌句地抄好。

田老师不仅要求国语（语文）作业要交草稿，而且对算术作业也要求交算草。没有草稿的国语作业或没有算草的算术作业，他都不收，一分不给，甚至恼怒地撕掉，喝令伸出手来痛打，一边打一边训斥：“我叫你手懒，我叫你手懒。”其实，这并没有加重学生们的负担，反倒是当教师的负担至少增加了一倍。

1982 年 3 月

少年文侠[①]

我10岁到通州城内念高小，级任戴鸿珍老师是通州女子师范毕业生，回民。戴老师擅长算术教学，国文课却不如算术课教得好；她在思想上也是重算术而轻国文的。

第一堂作文课，戴老师命题。出了一个什么题目，我现在已经想不起来了。反正是引不起我的兴趣；于是，我便不作。别的同学都已经动笔，我却不打开墨盒，也不展开作文本，只是坐在椅子上失神发呆。

“刘绍棠，你怎么不作呀？”戴老师问我。

“不会作！”我歪着头回答。

“别人都能作，你怎么就不能作呢？”

“我觉得这个题目没意思。”

戴老师火了：“什么题目才算有意思？”

“我自己给自己出的题目。”

“依你，写！”

“我在课堂上写不完。”

“你想到堂下抄别人的吧？”

“您发现我抄别人的，打我的手板。”

“好！”戴老师忿忿地同意了，“我看你写得怎么样再说。”

我在课堂上构思，晚自习便写起来，题目叫《西海子游记》，连写了五册作文本。

我们的学校，坐落在通州城内西海子东岸，我常到这百亩碧水的柳阴翠堤上玩耍，也曾下水凫来凫去，惹得警察把我脱在岸上的衣裳扔到

---

① 原题为《通州模范小学的“文侠”》。

树梢上。我对西海子的风光景色十分喜爱，因而下笔千言。

我把这篇作文送交戴老师审阅，戴老师读后给我打了满分，从此便允许我自由命题，不必当堂交卷。

当时，学校有一个佳作栏，类似墙报，由一位爱好文学的国文老师主编；每周将各班的优秀作文集中起来评选，入选者重新誊写，画上题图尾花，张贴公布于大墙上。戴老师很爱面子，每次作文都要叮咛我："刘绍棠，想个好题目，写得好一点，争取每周都有咱们班的佳作上墙。"

呵，那时候自己的作文能上佳作栏，比今天获得这个那个大奖和溢美之词的赞誉，更令人感到喜悦和激动。

不久，通州潞河中学的三位学生创办油印杂志《益智》周刊，读者主要是城内各小学的高年级学生，每期发行数百份。《益智》周刊选登我的作文，后来又连载我模仿刘大白先生的《三儿苦学记》的小说《飘零》。戴老师感到脸上光彩，却又声严色厉地对我说："刘绍棠，别光顾了在《益智》周刊上出风头，还得把课堂上的作文写好！"戴老师喜欢打人，我不敢在课堂作文上偷工减料。

然而，我还是挨了打。

那时，除了两周一次作文以外，每天还要写一则日记，算是课外作业。戴老师新婚，常回北京家中与丈夫团聚。我是班长，她便委我以代阅的重任。我觉得有机可乘，便从中捣鬼，不但自己不写，还免除了一些要好同学的"劳务"。不料，有一天戴老师忽然检查我的作业本，发现我一连数日都未写一字，气得当众对我进行严惩，以杉木板子的窄面打我的手心，格外疼痛。

我常常偷偷到通州万寿宫大街听评书，渐渐地，听书不过瘾便买武侠小说来读。戴老师是严禁学生阅读武侠小说的。我不但违禁偷阅，而且暗中写起武侠小说来。我给全班同学都分配了角色，有的是侠客义士，有的是绿林响马，每人又都有一个江湖绰号，逐日编写一个故事，同学们争相传看。

1947年初夏时节的一个下午，北京通州模范小学五年级甲班教室里，一个剃着光葫芦头的11岁的男孩，身穿一条蛛网背心，一条打补钉的短裤，趴在临窗的一张课桌上，挥汗如雨，笔走如飞，正在写作一部就地取材而又异想天开的武侠小说。他的前后左右，高高矮矮、胖胖瘦瘦的小学生，伸长脖子，瞪圆眼睛，围了个风雨不透。

“文侠，你把玉面银蝶写得够多了，该写我啦！”一个虎头虎脑的男孩子，急不可耐地搓手跺脚。

“不行！还得给我写一段。”那个被命名为玉面银蝶的学生，也粗脖子红脸地喊叫，“我要跟龙虎太保大战三百回合，不分高低上下。”

于是，七嘴八舌，各不相让，教室里吵得像蛤蟆坑。

“要知后事如何，且听下回分解。明天再写！”光葫芦头小男孩把笔一扔，揉搓着累得酸痛的腕子。

七手八脚争抢光葫芦头小男孩面前那写得密密麻麻的稿本，都想先睹为快。

“不要抢啦！”龙虎太保大喝一声，“文侠，你念给大伙儿听。”

光葫芦头小男孩满面得意神气，清了清嗓子，刚才还是鸡吵鹅斗，一霎时鸦雀无声了；于是，他便以说书人的腔调，朗读起来。

这个11岁被称为“文侠”的光葫芦头的小男孩，便是当年的我。那时，我从运河滩上的儒林村来到县城念高小，已经一年了。

我的家乡，盛产说书艺人，其中有一位田万顺，全家都说书，而且桃李满京东。此外，还有不少业余爱好者，挂锄时节歇伏，冬至到春分的农闲三月，也开场表演。我从四五岁听说书就上瘾，到县城念书，万寿宫大街上，茶馆、酒肆、撂地摊儿，都有说书艺人演出。但是，我是住校生，除了星期日，平时不许走出校门。书瘾难熬，中午溜出学校，听上一两段，未能尽兴，又只得恋恋不舍而归；倘被发觉，违犯校规要受处罚，很不美妙。迫不得已，便偷偷阅读武侠小说；越读越如饥似渴，入了迷又开了窍，不知不觉摸到了武侠小说的路数，情不自禁地想照葫芦画瓢。

首先，就地取材；然后，异想天开。

武侠小说的地理环境，要有山有水，还要有荒郊野外的茅店、寺院、尼庵。这个好办。我们的学校，有一大片海棠树林，正可以夸张为窝藏绿林好汉的所在；校园里还有一座土堆和一座砖垛，又被我幻化为占山为王的山寨。校墙外，是西海子公园；百亩碧水，芦苇丛生，荷花满塘，更有用武之地了。有了地理环境，接着就是搭配人物。这也难不住我，同班同学几十人，我可以随便分配角色。

说书要有书胆，唱戏要有主角儿，我便扮演了穿针引线的角色。全班同学数我岁龄最小，又长得单薄，不是武侠的材料儿；然而，我的功课最好，年年考第一名，颇为自命不凡。因人设事，我在小说中把自己写成进京赶考的书生，又和行侠作义的江湖豪杰结为知己，便也有个“文侠”的美名。当时，班上有个姓阎的同学，比我大几岁，也是个农村少年，跟我亲如手足。他力气大，打架无敌手，又是全县小学运动会的赛跑冠军，名声不小，老师们常常称赞我俩是一文一武，我便把他写成是众侠之首，绰号龙虎太保。凡是跟我俩相好的学友，我都封为侠客，赐以美称。我最讨厌的是班上一个姓单的学生。这个家伙是一家赌场和烟馆的少老板，也比我大几岁，已经懂得男女苟且之事；不但喜欢在女同学面前摇头摆尾，而且还有人看见他和东门外的妓女拉拉扯扯，我便认定他应该扮演采花淫贼。此人脸皮比脚掌上的茧子还厚，一点也不在乎，反倒央求我写他多采几回花，他的脸色白中透青，一副女相，我赏给他的外号是玉面银蝶。他很感谢我抬举他，把从家里带来的大白馒头给我上供。他也有几个相好的，都是嘎杂子琉璃球儿，我都把他们归为匪类。有三两个性情顽皮的同学，喜欢扮演反面人物，我也满足他们的要求。武侠小说虽然主要是写剑侠贼寇，可也少不了才子佳人。不过，那时候我年幼无知，对于爱情故事不感兴趣，没有在这方面花费笔墨。然而，全书没有一个女角，便要缺乏色彩，我是知道的。有一天我跟那位玉面银蝶吵了一架，当天下午我便在小说中报复他。眉头一皱，计上心来，叫他被一位女侠打得丢盔弃甲，屁滚尿流，丢尽了脸。我们班上的几位女同学，不是弱不禁风，就是扭扭捏捏，不配扮演女侠。恰巧，我到一个同学家里串门，同院有一位铁路工人，铁路工人有个刚满周岁的女儿，乳名叫蓉仙；顺手拈来，蓉仙便成了打败玉面银蝶的女侠客。果然，那位玉面银蝶引以为奇耻大辱，哀求我把这一段撕掉。我心肠一软，撕掉了这一段，他却又造谣，说我这个文侠想要这个蓉仙做媳妇儿，翻手给我脸上抹了一把黑，羞得好几天抬不起头。

这部武侠小说，写了一两个月，以每天两千字计算，只怕也有五六万字。舞文弄墨的兴致正浓，不料东窗事发，我这个第一篇小说竟被腰斩了。

学校规定，下午放学，走读生必须在一个小时之内离校，然后净校关门。不少走读生因为贪看我的小说，放了学不走，净校之后出不了门，便偷偷爬墙跳出去。看守校门的工友，睁一只眼闭一只眼。后来，这些同学们被我的小说迷醉得产生幻觉，自以为真个就是江湖侠客和绿林好汉，肆无忌惮，为所欲为起来。他们明目张胆地爬墙，还在墙头上追逐厮杀，大打出手。看守校门的工友忍无可忍，报告了我们的级任老师。

这一天下午放学之后，我又在临窗的课桌上纵笔驰骋，同学们又是风雨不透地围观。窗外，几棵海棠树绿阴遮窗，谁也看不见悄悄走来的人影。

级任老师破门而入，将我们一网打尽。

走读生们列队站在教室门外，级任老师一个个痛加申斥，当众把我那个武侠小说的稿本扯碎。走读生们被宽大释放，级任老师又押解我到宿舍，查抄没收了我收藏床下的十几本武侠小说。

从此，我跟武侠小说一刀两断地告别了。

然而，不知不觉中我走上了文学创作的道路。

潘先生教我学古文

升入初中，教我国文课的潘逊皋先生，白洋淀人。他是三十年代北京大学国文系毕业生，清末翰林潘龄皋的堂弟，古文学识渊博。

我和潘先生也已经阔别多年了，但是潘先生那温和敦厚，可亲可敬的形象，仍然清晰如初地留在我的记忆里。他个子不高，穿一身半旧蓝布长衫，戴一副深度近视眼镜，头发已经稀疏，站在讲台上，满面和蔼的微笑。潘先生的神态举止，使我觉得他很像朱自清先生在《背影》中描写的父亲。

也许因为我这个满身土气的乡下孩子在五千考生中抢了个第一名，又由于个子小而坐在第一排，从第一堂课我就引起了潘先生的注意。每一堂课，潘先生都喜欢对我进行提问；在我回答问题的时候，潘先生从镜片后面笑眯眯地望着我的脸，目光中充满慈爱。

潘先生讲授古文，绘声绘色，津津有味，如醉如痴，完全进入文章中所描写的境界。时至今日，我写这篇短文的时候，又仿佛看见潘先生在讲台上，一唱三叹地吟诵欧阳修的《醉翁亭记》：“环滁皆山也。其西南诸峰，林壑尤美。望之蔚然而生秀者，琅琊也。山行六七里，渐闻水声潺潺而泻出于两峰之间者，酿泉也。峰回路转，有亭翼然临于泉上者，醉翁亭也。……”我坐在讲台下，情不自禁地也轻声低诵起来。潘先生不但不生气，反倒笑呵呵地说：“对，对！学古文，就要多读，多念。”至今我有独自高声朗读古文、诗、词的爱好，便是少年时代接受潘先生的影响而养成的习惯。

潘先生住在学校的一间斗室，住宿生下晚自习到熄灯就寝，还有三十分钟的自由活动时间，我常常跑到潘先生的宿舍聊天。十回有八回，潘先生坐在床沿上，两脚泡在脚盆里，手中却捧读一本书。我进屋去，潘先生便拔出脚来，光着水淋淋的双脚，从放在小书桌上的暖壶里给我倒一杯白开水，然后仍回床沿，脚泡盆中，跟我谈话。我年幼无知，一个接一个地提出许多愚蠢的问题。比如，李白的诗好还是杜甫的诗好，韩愈的文章好还是柳宗元的文章好，苏洵、苏轼、苏辙父子谁最棒，等等。潘先生笑出了眼泪，同时命我捡取一本书来，为我讲解李、杜、韩、柳、三苏诗文的各有千秋，这等于是在古文教学上给我吃偏饭，使我深受教益。

潘先生不大看重现代文学，讲授课文中的现代文学作品，不像讲授古文那样有兴致。但是，我记得，他独为推崇鲁迅先生。如果不是潘先生深刻分析鲁迅先生的散文《秋夜》中的名句："在我的后园，可以看见墙外有两株树，一株是枣树，还有一株也是枣树。"我只觉得这些名句平淡无奇，不知其中淡而幽深的韵味。然而，潘先生又对我说："鲁迅先生的文章好，因为他的古文造诣高。"原来潘先生评价现代文学作品，仍然念念不忘古文。

对于作文，潘先生非常强调"文章"二字的涵义。我旧习不改，请求自由命题，潘先生面有难色，沉吟半晌，才点头同意。不过，又预先声明："自由命题是要扣分的。"我只想争取自由，分数倒不计较，便写了一篇小说交卷。谁想，发还作业一看，潘先生不但没有扣分，而且给这篇小说打了高分。在讲评课上，潘先生还当着全班同学的面，像吟诵古文那样朗读了这篇小说，大加赞赏。下课后，我想听一听潘先生的指教，潘先生含笑摇头，说："我不懂得怎样写小说，所以除了纠正几个错别字，一句未改，有一些农村土话，我不明其意，划了问号。"但是，我不依不饶，潘先生凝神思索了一会儿，说："我想，要写好小说，也要学好古文吧。"

我记住了潘先生的这句话。在几十年的文学创作生涯中，我越来越懂得，汲取古典文学精华的重要性。

1982 年 5 月

怀念恩师胡先生[①]

我深深怀念我的班主任胡泽生先生，他又是我的数学老师。

他是保定府人，哪一县我就不知道了。1919年，他正在北京大学数学系读书，参加了五四运动，而且是火烧赵家楼、痛打卖国贼章宗祥的勇士之一。但是，老先生对我讲过，他当时只不过是热血沸腾，并没有革命思想，发泄了满腔愤怒之后，到东安市场的小饭摊上吃了两碗豆腐脑儿，又回学校做功课去了。

胡先生为人刚正，但是秉性中和。他的儿女众多，都是共产党员；有的在抗日战争时期就参加了革命，入了党。他自己，一生是个散淡的人。

我做胡先生的学生的时候，胡先生已经50多岁了。他的身体魁梧胖大，紫糖大脸，剃光头，声音浑厚，喉音很重，走路四平八稳，很像一位田舍翁。老先生年高德劭，却喜欢穿学生装，不肯穿长衫，也许是想在衣着上保存五四运动的朝气。他与师大附中的傅种孙先生（擅长几何，后任北京师范大学副校长）、四中的马文元先生（擅长代数，后任武汉测绘学院教授）并称北京中学界的数学三杰。胡先生擅长三角，所以绰号胡三角。他曾任北京市立高工、四中、二中的教务主任，几个大学都聘请他当教授，他却辞而不就。记得，我还劝过他接受聘请，他呵呵笑道："我教中学，越教越胖，为什么要到大学去，越教越瘦？"

由于我入学考试的三门课程（国文、算术、常识）都得一百分，算术的成绩更显得突出，又是个剃光头的农村孩子，胡先生便对我产生了

① 原题为《胡先生支持我写小说》。

偏爱；虽然我在全班年龄最小，人不压众，他却指定我为班长，因而接触较多。胡先生认定我有一颗数学脑瓜，一心想把我栽培成为他的得意高足。

胡先生讲课，就像聊闲天。他走上讲台，师生行礼已毕，便从古今中外到人生琐事，街头见闻到读书偶得，慢言慢语地聊起来，不知不觉中言归正传。他讲得深入浅出，幽默风趣，我们听得津津有味，也在不知不觉中潜移默化。

他希望我热衷数学，我却有负他的期望，爱好起文学来了。我感到心中有愧，不敢跟他接近了；他发现了这个变化，把我找去，问我是怎么回事儿。我从实招来，他笑了笑，说："人各有志，岂可强求？也许你更适合搞文学。不过，朱子说过，一为文人，便无足观，这是要引以为戒的。"胡先生虽是一位数学家，但是也很通晓文史，训诫弟子时，常常引经据典。

我的习作不断在报上发表出来，对于文学就更上了瘾。每天晚自习，匆匆做完作业，便在课桌上写小说，这是不合法的。胡先生并不住在校内，他的家与学校相隔几个胡同，但是他每天要等学生下晚自习，熄灯就寝后，才回家去。胡先生查堂，见我正写小说，不但不加干涉，而且悄悄站在我的背后，俯下身子观看，只是常常矫正我的写字姿势，说："眼睛离纸远一点，不然要近视的。"

在胡先生的关心和爱护下，我从 13 岁到 14 岁的上半年，习作进步很快，接连发表小小说和短篇小说，其他各门功课也没有荒疏。

1951 年 2 月，我到河北省文联工作，半年后又被保送到通县潞河中学念高中，从此便跟胡先生失去了联系。

1953 年 6 月，我入党之后，又出版了第一本短篇小说集《青枝绿叶》；我十分想念胡先生，便从通县坐火车到北京，向胡先生汇报师生分别两年来的情况。那是一个下小雨的星期日，我来到胡先生过去的住处，同院的邻居告诉我，胡先生已于 1952 年逝世，胡师母也到在河南工作的女儿家去了。

我从胡先生的旧居走出来，站在雨里，忍不住哭了。我冒雨步行十里，走回前门车站，一路走一路默默流泪；到前门车站已经全身湿透了，我带着无限的凄伤返回通县。

中国人是尊师重道的，这是我们民族的传统美德。一字之师，终身难忘；何况这些在我的童年和少年时代，以他们的道德和学问培育过我的恩师呢？

1982 年 6 月

最难忘北大图书馆

1991年10月，北京大学图书馆将庆祝建馆九十周年，准备出版一个纪念册。编委会给我来信，要我写一篇短文，编入其中。

1954年我考入北大中文系，在文学专业学习。当时，北大已从城内沙滩红楼迁到西郊燕京大学旧址。但是，我进校后，最想看到的还是老北大的名胜古迹。北大图书馆当年李大钊和毛泽东同志的工作室，鲁迅先生当年讲授《中国小说史略》的教室，是我心目中的圣地。我在瞻仰和拜谒了这两个“圣地”之后，才感到自己是名副其实的北大学生了。

当时我已出版了两部短篇小说集。进入北大学习，仍然不能忘情于创作。于是，1955年秋我被调离北大，到共青团中央当了专业作家。离开北大最令我难忘的是图书馆。因为我在北大短短的一年里，“泡”图书馆的时间最多。

我曾出入图书馆的主楼，但大部分时间是待在文史专业同学使用的第三阅览室。哪怕是两节课程之间的一段休息时间，我也到第三阅览室坐一坐，翻阅各种报刊。

每天晚上自习，都在阅览室。为了抢占座位，必须提前一个来小时等在门外。时间一到开了门，同学们便蜂拥而入。我这个人缺乏等待的耐心，更缺少抢攻在前的能力，只能依靠捷足先登的同班同学给我占座。我晚上在阅览室，主要是整理白天的课堂笔记，写作课堂讨论发言稿和学期论文。根据讲课教授布置的参考书目，借阅古今学术名著，进行摘抄、对比、选择、判断。

我的课堂讨论发言稿和学期论文，虽然非常用心，很下功夫，但是常常发挥我的写小说的想象力，又喜欢表现独到见解。因此，难免苏东坡的“想当然耳”，有点郭沫若派头儿。教我先秦文学的游国恩先生，是一位讲究考证和极重论据的大学者，因而不怎么欣赏我的学风和文风。

我在北大还写了不少小说。图书馆宁静无声，最令人全神贯注，便成了我的创作室。至今仍被称为我的代表作之一的中篇小说《运河的桨声》，就是写于北大图书馆。

未名湖畔，花间树下草地上，也是我的露天创作间。

我已衰老，重病致残。回忆往事，百感交集，悲从中来，笔不胜情。倘能时光倒转，重回 38 年前，让我再念一回北京大学，我一定珍惜寸金光阴，在图书馆作出更多的学问，摘取更大的成果。

太阳下山明天依旧爬上来，花儿谢了明年还是照样开，我愿我的生命之树常青。

1991 年 10 月

《蒲柳人家》二三事

关于中篇小说《蒲柳人家》，我实在无话可说。不过，最近有几位大学中文系的学生和研究生，选定我的作品作为他们的研究题目，已经写出或将要写出他们的学年论文或毕业论文；他们先后光临舍下，与我当面进行探讨，《蒲柳人家》是主要话题之一，现在我就把这几次谈话中有关《蒲柳人家》的二三事，追记如下。

他们问我，《蒲柳人家》的主题思想是什么？

我答不上来。

我写每一篇小说，一向都不是先有主题，也从来不想确定什么具体的主题。作品的主题，也和作品的倾向性一样，“应当是不要特别地说出，而要让它自己从场面和情节中流露出来。”（恩格斯给明娜·考茨基的信）

主题先行，或在确定的具体主题支配下写作，往往流于图解概念，而不从生活出发；削生活之“足”适概念之“履”，必然矫揉造作。而艺术的极致，是真实、含蓄、自然、从容。

但是，我的所有小说，却有一个共同的总主题，那就是讴歌劳动人民的美德和恩情。

我主张文学的任务、作用和功能是美育。美在生活中，美在劳动人民身上。因而，创作必须来源于生活，来源于劳动人民。即从生活出发，从人物出发，便不会为概念所桎梏，而对概念进行图解。

为什么要写《蒲柳人家》？

一是为感恩图报，二是要走我的乡土文学之路。

我有生 45 年，前后在农村生活了 30 年以上，而且主要是在我的生身之地的弹丸小村度过的。乡亲和乡土哺育我成人，乡亲和乡土救了我的命，乡亲和乡土待我恩重情深。

我的童年遭遇过三灾八难，都是乡亲长辈们使我死里逃生。十年浩劫，前辈和同辈作家们在牛棚、监牢和五七干校里饱受煎熬，而我却吉人天相，匿居乡里，得到乡亲父老兄弟姐妹们的爱护、宽容、优待和救助，没有挨打，没有挨批，没有挨斗，没有受着罪，血雨腥风没有洒到我身上一点，并且从精神崩溃状态中复苏，休养了生息，振作奋发起来，写出了《地火》《春草》《狼烟》三部长篇小说。

乡亲父老兄弟姐妹们扶危济困，多情重义，我才大难不死，而有今天。感恩戴德，我怎能不以我的小说创作，报恩于我的乡亲和乡土？

土生土长所形成的土性，也就是我的经历和教养决定了我是个土命人，是个土著作家，只能写土气的作品。

土气的作品，我称之为乡土文学。乡土文学在我的心目中，就是要坚持现实主义传统，继承和发展中国文学的民族风格，保持和发扬强烈的中国气派和浓郁的地方特色，描写农民的历史和时代的命运。

因此，我写出了《蒲柳人家》。

《蒲柳人家》的几个人物为什么能写得很活？

这是因为我对这些人物极熟悉，为这些人物所感动。写人物，熟悉而不感动写不出神似，感动而不熟悉写不出形似。

我的小说中的人物，绝大多数都是以我的乡亲父老兄弟姐妹们为生活原型。

《蒲柳人家》中，何满子的性格和“业绩”，大半取自童年时代的我。

望日莲是由两个童养媳和一个被姨母卖掉的姑娘所合成。在我六七岁时，这三个姑娘都是十七八岁，她们打青柴、拾庄稼、编席织篓、推碾子推磨，受婆婆和姨母的气，我都亲眼所见，当时就对她们充满同情。我满河滩野跑，常跟她们搭伴，她们是那么美丽，那么好心眼儿。她们青春时代的身姿面影，至今还活生生地保存在我的记忆里。

何大学问的形象，大部分采自我曾祖父和祖父的音容笑貌和性格；一丈青大娘是把我的曾祖母和一位姓杨的老太太合二为一。

其他，如柳罐斗、吉老秤、郑端午、荷妞、云遮月、牵牛儿、何长安、花鞋杜四、豆叶黄、麻雷子……都有出处，都是我亲眼见到，有过接触，留下深刻印象的人。只有真名实姓却又一闪而过的周文彬，我并不认识；但是，他是我的母校的学生。

对于这些人物，我是充满激情的。好人，引起我热爱的激情；坏人，引起憎恶的激情。

《蒲柳人家》的艺术风格是怎样形成的?

这个问题很难回答，要请研究我的作品的同志们进行全面深入的剖析，帮助我认识自己。

我只能提供几点抽象的线索：

一、我熟悉运河滩的农村，热爱运河滩的农村；我熟悉运河滩的农民，热爱运河滩的农民；我熟悉和热爱运河滩农村的风土人情；我熟悉和热爱运河滩农民的语言情趣。

二、语言是文学的第一要素。我从初学写作，就比较自觉地注意讲究语言和文字，也比较自觉地在人物、情节、故事、格调、色彩和趣味上，力求与众不同，至少颇有所异，跟别人的作品不一个模样，不一个味儿。

三、我深受中国古典诗、词、散文、传奇、小说、戏曲以及民间故事、评书的影响；我比较自觉地师承“五四”以来新文学作品的优良传统。

四、我也深受那些各自具有本国和本民族风格特色的外国大作家的名著的影响。

1981 年 4 月

清新优美的田园牧歌

《摆渡口》和《大青骡子》这两个短篇小说，现在读起来，仍然激动人心，令人强烈地感受到五十年代那个美好的时代风情，字里行间充溢着清新优美的田园牧歌情趣。

只有那样美好的时代，才有那样纯情的作者，才能写那样天然本色的作品。

因身患重病而衰老的我，重读我这两篇40多年前写出的小说，一下子好像又回归到当年那个16岁的少年身上了。

那是1952年夏季，我暑假回村，7月写完《青枝绿叶》以后，创作激情不但没有减低，反而意犹未尽，兴致勃勃，有如水涨船高，处于最佳竞技状态。8月雨量更多更大，三日小下五日大下；北运河槽涨满了水，河上拆除了木桥，过河的人马车辆，都靠大船摆渡。

摆渡船有官有私。官船是乡政府的，收费有官价，每过一人只要旧币1000元（折合现在的人民币1角），价格不涨不落，固定不变；私船是沿岸农民的副业，收费较高，也不固定。但是，官船行动迟缓，人马车辆不凑够一批便不起锚；私船却只要给钱多，单身一人也可以过河。心急赶路的人，不怕花钱的人，都坐私船。

我每天都到摆渡口闲坐，跟官船的管船人张老头谈天说地，讲古论今，有时也帮他给过往行人搬一搬跳板。细心的读者可以发现，在我的五十年代作品中，每一写到渡口管船人，管船人都姓张。事隔三四十年之后，1990年我动手写一部长篇小说，在写到一个北运河渡口时，竟身不由己，又让管船人姓了张。可见当年留下的印象多么深刻，深刻得不可磨灭。

我也跟撑私船的农民打成一片。撑私船的农民五光十色，良莠不齐。这些人中，有勤劳朴实的庄稼汉，挂锄时节撑一撑渡船，挣几个活钱，打油买醋，换盐扯布。但是，也有不少赌徒和酒鬼，挣几个钱便在渡口柳阴下，掷骰子推牌九，喝大酒打死架。我村有个姓赵的小伙子，水性大得像鱼鹰子；几丈深的河水，他一个猛子能扎到河底，捞上淤沙中的鹅卵石，活像鱼鹰子下水叼鱼。他每天都到河边捕鱼捞虾摸螃蟹，也搭救过不少溺水的人。我的一个远房侄女，在河边洗野菜，一阵头晕栽下了河，俗称被水鬼拉了替身，就是被他抢救上岸，幸免于难。姓赵的小伙子是我童年最亲密的伙伴，虽没有上过几天学，却求知若渴，我上了高中，他更喜欢跟我接近，形影不离。在河边，我跟管船老张说话，他去看赌鬼拴船要钱，故意跟他们捣乱。有时手痒闲不住，便解下赌鬼拴船的缆绳，撑船过岸渡人，分文不取。过往行人都夸他热心肠儿，好心眼儿。

阴历七月初七那天夜晚，我坐在河堤下乘凉，仰望夜空银河两岸的繁星，心中忽有所动，当夜便在睡前构思了这篇小说。人物是现成的，故事也现成，我只不过添枝加叶、缝连补缀而已。

小说的主人公俞青林，分明就是姓赵的小伙子。两个二流子的原型，来自撑私船的赌徒酒鬼。

我添枝加叶有两个人，一是爱上俞青林的少女春兰，一是教育俞青林的党支部书记关山。

非常巧合，姓赵的小伙子后来结婚，媳妇就叫春兰。不幸的是姓赵的小伙子在四十岁时，身患癌症而死。

《摆渡口》最初发表在孙犁同志主编的《天津日报·文艺周刊》上，偶然被当时担任《人民文学》主编的邵荃麟同志看到，颇为欣赏，批示转载。这是我第一次在《人民文学》上露面，从此我便成为《人民文学》的基干作者之一。

我的第一本书——短篇小说集《青枝绿叶》中，收入了《摆渡口》。我将这本短篇小说集赠送当时的团中央第一书记胡耀邦同志。他从头到尾读了一遍，也很喜欢《摆渡口》，但是同时指出缺点：“为了体现党的领导，便写了个党支部书记讲一些大道理，是公式化概念化的败笔。”

写完《青枝绿叶》和《摆渡口》，团中央安排我到河北省深县农村深入生活。深县的蜜桃，全国闻名。从八月中旬到九月中旬，我先后在深县段家佐村和贾各庄村住了一个月。在段家佐村我住在白大娘家，在贾各庄村我住贾大伯家里。

白大娘是个热情好客、温和爽快的老太太。她的儿子在乡里工作，二女儿在县里工作，大女儿已经出嫁。家里除了她，还有儿媳和小女儿。那一年深县水涝，农民口粮短缺，白大娘为了叫我吃好，变着法儿给我粗粮细作。我爱吃油炸辣椒，她便四处找辣椒换菜油，充分满足我的口味。她的大女儿嫁到外村，当八路的丈夫在战场上阵亡，大女儿又改嫁本村的一个农民，她觉得大女儿给她丢了脸，多年不肯来往。我一方面觉得白大娘的封建思想过重，一方面也感到她对革命烈士的深情。我劝她跟大女儿和好，她默默不语。我在她家住了18天，临别想交饭钱，怎么说她也不要。回到县城，我买了一块衣料，交给她在县里工作的二女儿，表示一点我的心意。

贾大伯是个颇有传奇色彩的人物。他年青时不但在本乡扛长工，打短工，还到外乡烧砖，赶脚，背纤，眼界较宽，心胸也广。新中国成立初期有名的两大贪污犯刘青山和张子善，他都熟悉。他跟刘青山一起烧过窑，跟张子善的哥哥是把兄弟。当年跟他是江湖弟兄的人，还有的当了将军。1937年吕正操将军在冀中建立人民自卫军，他曾想参加，但那时他已40岁左右，团长就是他烧窑的哥们，感到收下他很难安排，就劝他到地方上当村长。他把16岁的儿子留在部队，自己回了村。1945年日本鬼子投降，儿子回家探亲，在家住了3天，娶了本村一个姑娘。1948年冬，儿子已经当上营长，解放锦州时牺牲。贾大伯大哭一场，擦干了眼泪便把儿媳收为干女儿，替儿媳择婿再嫁，嫁到距离贾各庄村很远的外地。我住在他家，称赞他的嫁媳之举表现了胸怀宽广的先进思想，他苦笑着摇了摇头，说："啥个先进！她年纪轻轻，怎能守得住？等她给我丢人现眼，还不如我赶早把她打发走，眼不见为净。"原来，他只是明智，而不是开明。1952年的贾大伯，不但是一村之长，而且是一社之长。他响应党的号召，带头在贾各庄村成立了一个初级农业合作社，当时叫土地社。土地社仍然保持土地私有，劳五地五分红，抽取一部分公积金。贾大伯用公积金买了一头大青骡子。他疼爱这头大青骡子如自己的亲生儿女，养在他家，亲自照管，不许别人碰一指头。我到贾各庄村时，正值挂锄的农闲时节，他每天牵着大青骡子到滹沱河边吃嫩草，我都随他同去。在河边，我听他讲了很多闻所未闻的故事。有一天，天色一变下了雨，我们赶忙回家。他脱下了衣裳罩在大青骡子背上，自己却淋得像落汤鸡。我又夸他不愧为先进人物，他又摇头否认，说：“先进个啥！我一辈子就是喜爱好牲口。”

我离开贾各庄村，贾大伯牵着大青骡子把我送出十多里地，大青骡子的背上驮着我的行囊。

我从深县归来，暑假已经结束，《青枝绿叶》和《摆渡口》已经发表，新的创作冲动又在心中升腾着。我坐在教室里，心思常常飞到深县。我从教室的玻璃窗向外远望，眼前变幻着白大娘和贾大伯的面容身影。在十月的一个秋雨连绵的傍晚，我的创作冲动阵阵高涨，突然有如河汛决堤，动笔便不能遏止，一口气写出了《大青骡子》。

《大青骡子》中的桑贵老头的原型是贾大伯，桑老奶奶的原型是白大娘。我只是把地理环境，写在北运河农村。在小说创作中，我常移外地之花，接家乡之木。

白大娘和贾大伯如果还活着，都已是百岁老人了。

1991 年 3 月

吹腔

写小说和写散文是两功劲儿，但是并不隔行如隔山。

小说好比京剧，散文就是昆曲。小说来自散文，正如昆曲是京剧的主根之一。学京剧想当好角儿，都要在昆曲上下功夫。男怕《夜奔》，女怕《思凡》，过不了这两关，男（生）女（旦）都成不了器。梅（兰芳）、程（砚秋）两大家，都有极高的昆曲艺术造诣。

好的小说家，无一不是好的散文家，鲁迅先生便是如此。

昆曲难唱，散文难写；我一向视散文创作为畏途，不敢问津。但是，要把小说写好，必须具有散文功力，所以我又爱读散文，并且学而时习之。古今中外的散文名篇，常在案头，以备浏览，从中有所领悟。报刊逼稿，催索再四，只得《跪池》《醉写》，厚起面皮反串了几回。以写小说的粗手拙笔，试写几篇散文附庸风雅。

散文要语言简洁，描叙精炼，同时又必须准确，含蓄。准确才能简练，含蓄才有韵味。中国的艺术欣赏习惯，讲究意会，而不过分言传；讲究话里有话，弦外之音，而且要余音绕梁。写小说的人要从散文中偷（取其所长）、悟（为我所用）、化（化为己有），能使小说创作增光生色，尺长丈进。

抒情散文“人保戏”，叙事散文“戏保人”，我写“戏保人”的叙事散文。取法乎上，我宗鲁迅先生的《朝花夕拾》。虽然高山仰止，仅及其下，然而心向往之，愿得一窥堂奥。

“五四”至今，中国新文学的两位散文大师，一位是鲁迅先生，另一位便是周作人。胡适当年说过，“五四”时代的文学家，古文造诣无出周氏兄弟之右者。鲁迅先生和周作人正因为具有博大精深的古文造诣，所以他们的散文大得古典文学的精髓而无与伦比。中国是个诗大国，也是散文大国。在中国文学史上，大诗人和大散文家比大小说家多得多。因此，我们的散文创作，更应该继承和发展民族传统，更要注重中国气派。把民族风格和时代意识、时代精神、时代特色结合起来，新时期的散文创作必能根深、本固、枝荣、叶茂。

鲁迅先生和周作人深通外国文学，外国文学对他们的散文也大有影响。他们集古今中外于大成，因而炉火纯青，出神入化。

多年来，我们对鲁迅先生散文的思想性和战斗性的继承有误，以致把散文写成了宣传品，忽略了学习和发扬鲁迅先生散文的艺术性。我们要知错必改，而不能诿过于鲁迅先生。

周作人散文的淡雅、韵味、知识性和趣味性，都值得我们借鉴和运用。对待周作人的人和文，要有所区别而又不能割裂。

散文要多样化，才会有起色。题材要多样，艺术更要多样。目前的散文和小说创作，艺术上都嫌单调。因此，散文家和小说家都要有自己的创作个性，形成自己的艺术风格。赤、橙、黄、绿、青、蓝、紫，酸、辣、苦、甜、咸，煎、炒、烹、炸，荤、素冷、热，生、旦、净、末、丑，狮子、龙、虎、狗，梅、程、荀、尚，马、谭、杨、奚，云里飞，八大怪……五光十色，花团锦簇，绚丽多姿，争奇斗妍，文坛风景才好看。

1986年12月

我的小说姓“民”①

乡土小说创作，离不开描写本乡本土的风土人情；而要描写本乡本土的风土人情，就不能忽略本乡本土的名胜古迹。如此才能表现出乡土的历史风貌和生活环境，才能具有浓郁的地方特色。

我的家乡是北京通州，通州是京杭大运河的北端。我的已经发表的12部长篇小说，30部中篇小说和上百篇短篇小说，都写的是大运河。大运河和古长城，是我国两个最伟大的古迹。我向广大读者描写这个伟大古迹的风光景色，展现生存在这个伟大古迹上的人民大众的生活图景，刻画大运河的子子孙孙们那各具特色的形象，记录大运河流域这一方乡土的历史和时代风貌。我的小说和大运河血肉相连，不可分割，是引以为荣的。

北运河头，通州城内的燃灯佛舍利塔，也是有一千多年历史而闻名全国的古文物。我在中篇小说《渔火》《蒲剑》中都有描写，并且在反映现实生活题材的中篇小说《烟村四五家》里，记下了关于燃灯佛舍利塔的最新趣话。从1946年到1948年，我曾在燃灯佛舍利塔下的通州模范小学读高小，因而我对这座宝塔怀有深厚的感情。今年盛夏，我以病残之身重游旧地，流连塔下，感慨万千。

通州另一座常在我的小说中出现的古迹是八里桥，正名叫永通桥。我的长篇小说《京门脸子》《豆棚瓜架雨如丝》和中篇小说《渔火》《小荷才露尖尖角》中，从不同角度描写它的风姿。八里桥曾遭到英法联军侵略者的严重破坏，又年久失修，至今未能整旧如故，反而增加损伤，令人扼腕叹息，痛心不已。

---

① 原题为《姓民》。

我还在长篇小说《地火》中描写辽代耶律阿保机的晾鹰台，在长篇小说《京门脸子》中述说辽代萧太后的萧妃井，在长篇小说《豆棚瓜架雨如丝》和中篇小说《渔火》中描写明代徐达、常遇春的点将台和明成祖朱棣的驻跸台。这些古迹早已湮没无存，只在一些古籍中有所记载，已经鲜为人知。我的小说将把这些泯灭的古迹传名于今世，不知能否唤起今人群策群力，将旧景重现。

我在小说中写得比较详细，而且又直接出过力的是李卓吾墓。明代大学者李卓吾临终前一年流寓通州，隐居著书；因遭谗陷，被捕入狱，自戕而死，葬于通州北关外。1954 年因该地修建工厂，当时的通州市人民政府将李卓吾墓迁址立碑于城西北郊。十年动乱中，墓碑被毁坏得残破不堪。我这个不可接触的贱民，冒险前往凭吊遗迹，目不忍睹，悲忿不平。1979 年我重返文坛，立即呼吁重修李卓吾墓。1982 年通县人民政府在风景秀丽的西海子公园为李卓吾新建陵园，由我出面请周扬题词，镌刻新碑。如今，新建的李卓吾陵园坐落在荷塘碧水之畔，老先生长眠于花树葱茏之中，生前死后历尽四百余年坎坷，今日当可含笑九泉了。

民间文学是乡土文学的来源，一条主根。我致力乡土文学创作，从我的作品中可以找到与民间文学的千丝万缕的关系。

我的乡土小说，不仅从民间文学中汲取到丰富的营养，而且常把民间文学的故事和手法，融合和运用到我的小说中去。远在三十多年前，我写的短篇小说《青枝绿叶》和《摆渡口》，就曾借助民间传说，加强小说的魅力。三十多年后，我所写的短篇小说《蛾眉》，整个就像把现实生活中的民间故事小说化了。正是这几个短篇小说，最为读者喜爱，被认为是我的短篇小说代表作。我的长篇小说，对于民间文学的吸收和借鉴就更多。长篇小说《地火》中关于烟村村史的叙述，对于农村比武打擂的描写，都采用了民间文学的表现方法和艺术手段。长篇小说《春草》中有两三章，就是民间传说的改写。长篇小说《狼烟》，处处闪现着从民间文学得来的传奇性和夸张性。1984 年完成的长篇小说《京门脸子》，在描写风土人情和记叙人情世态上，更大量引用当地的民间故事、传说、奇闻、俚曲；甚至抒情状物，往往也以闲笔方式，杂以民间文学之妙趣。中篇小说《蒲柳人家》中对于望日莲七夕乞巧和何满子葡萄架下听哭的几千字的描写，是我将优美动人的民间传说的艺术再创造。《渔火》《花街》《草莽》《瓜棚柳巷》《荇水荷风》等一系列中篇小说，都富有民间文学的色彩和情趣。描写农村现实生活的中篇小说《鱼菱风景》《小荷才露尖尖角》《烟村四五家》《吃青杏的时节》，使用了许多当前农民口头创作的民间故事。40年前在北大读书时的老同学、北京大学教授、刘绍棠乡土文学研究会会长段宝林同志认为我的乡土小说也可以称之为文人创作的民间文学作品，我觉得这是对我的小说创作的高度评价。

民间文学与我的小说创作血肉相连，是因为我生在农村，长在农村，三十多年生活在我的生身之地的家乡，与乡亲父老兄弟姐妹们朝夕相处，喜、怒、哀、乐相通，口头流传的民间文学给我以启蒙的、经常的、长期的艺术熏陶。我自幼爱听乡亲父老和农村妇女说闲话儿，至今百听不厌。现在，我每回下乡，最大的乐趣，仍是盘膝大坐在热炕头上，或是豆棚瓜架伞柳下，跟大伯、大叔、大哥和大娘、大婶、大嫂们东家长、西家短，聊得如醉如痴。他们说个没完，我也听个没够。听人民群众说话，我像在上课，是个学生。1982年桃红柳绿的暮春时节，我住在家乡的农民家里，创作我的中篇小说《烟村四五家》和《吃青杏的时节》；女主人给我做饭，我给她哄孩子，两人随便聊天儿，她谈起当前农村的许多趣闻，有三个故事令人拍案叫绝，都被我移植到我的小说里，几乎成了神来之笔。因此，我的小说不但写农村，而且常在农村写。

我积累传统题材的民间故事，也拾取现实题材的民间故事。在我进行小说创作时，这些民间故事便在我的不知不觉中给我以影响，使我的小说自然成趣，返璞归真。

人民群众口头创作的民间文学，一传十，十传百，百传千，千传万……每过一人之口，都有所丰富，有所增色，为广大人民群众所喜闻乐见。我的乡土小说，也从民间文学中学到民族化和大众化。老百姓的日常说话、叙事、抒情或状物，从不使用抽象空泛的词句，而是借具体的景物以比兴，非常生动活泼，极其风趣天然，我又从民间文学中学到语言艺术。

我的乡土小说可以算作文人创作的民间文学作品，有如我的老本家刘禹锡先生“新翻竹枝词”，都是来自民间而又精心加工的土特产。所以，我的小说姓“民”。

1994年12月

麦子和面食品

我的乡土小说，都是写我的乡亲父老兄弟姐妹们的多情多义，写我的家乡那丰富多彩而又别具一格的风土人情。大运河是我的慈母，为我提供了取之不尽、用之不竭的创作素材。我虽然已经写得不少，但只不过是在满槽汪洋的运河岸上，扳着石砘吊竿，刚刚汲上一两筲水。

我从 1980 年开始，奋勇致力于乡土文学创作，与此同时，我还致力于乡土文学的理论宣传工作，大声疾呼我的观点。现在，天南地北都有志同道合的朋友，我并不是孤家寡人。乡土文学创作一年比一年兴盛，根深叶茂，本固枝荣。乡土文学植根于人民大众之中，为人民大众所喜闻乐见，此所谓顺民者昌也。

1980 年，我提出几条乡土文学创作的界限，后来归纳为“中国气派，民族风格，地方特色，乡土题材”。1981 年，我对我的乡土文学创作如何更具有民族风格，提出要“传奇性与真实性相结合”和“通过具有个性的语言刻画人物的个性，揭示人物的心理活动，通过对动态中的精确的细节描写，描写人物的生动形象”。1982 年和 1983 年，我又对自己的乡土文学创作提出要“城乡结合，今昔交叉，自然成趣，雅俗共赏”。

小说创作，来源于生活，但又必须对一大堆五颜六色而又杂乱无章的素材做艺术加工，才能成为作品。有如一袋小麦，只有经过加工制作，才能成为馒头、面包、包子、饺子、切面、烙饼……但是，在加工过程中，有人喜欢多加作料儿，或是用碱过量，便跑了味儿，也就失去面食品的本色了。写小说也是如此，有人喜欢淡妆，有人喜欢浓抹，各有所好，悉听尊便，然而必须“淡妆浓抹总相宜”。相宜二字，最为重要。相宜就是得体而不失本色，适度而不失天然，怎么打扮都不走样儿。东施效颦是个大笑话。我想，东施未必长得丑陋，只不过由于她不肯因人制宜，以自己的村姑的健美，与西施的病态美相映成辉，偏要歪曲本来面目，忸怩作态，模仿心病患者西施的手捧胸口皱眉头，于是适得其反，贻笑千年。在我们的现实生活中，男人脂粉气，中国人出洋相，都是失本色、丢天然、跑了味儿、走了样儿的表现。

1996 年 10 月

我说“荷花淀流派”

——《荷花淀》创刊述旨

在20世纪的中国文学史上，具有鲜明的河北地方特色的作品，曾有突出的成就，产生巨大的影响；创作这些作品的作家，也因之而在国内外享有盛名。

它的集中体现，公认的标志，便是“荷花淀流派”。

这个艺术流派，不是哪个人的独家经营，也不是一些人的有限股份公司；而是由艺术旨趣上相近的作家的共同劳作，艺术追求上可以引为同调的作品的日积月累，自然而形成。虽未申请注册，领取执照，但早已为广大读者有目共睹，人所共知，事实胜于雄辩，无须谁的钦定和恩准。

艺术流派不是艺术行帮，不是文友结盟，不能七拼八凑，结党营私。它产生于自发，确立于自觉，并无固定的模式。作家和作品在发展变化中免不了新陈代谢，但是在千变万化的推陈出新中也有其脉络可寻，表现为相对的稳定性和连续性。“荷花淀流派”虽然植根于河北大地，但是源远流长，纵横深广，早已跨越河北地域，蔓延全国。“荷花淀流派”是开放进取的艺术流派，不是封闭保守的艺术流派。“荷花淀流派”八方聚汇，而不是画地为牢。

古今中外，史实可证，凡是产生具有强烈艺术个性的作家和作品的时代，在文学史上都占有光辉灿烂的篇章。反之，只给文学史留下一片灰色。

千人一面、千部一腔、千篇一律的平庸之作，愧对千姿百态的人生，愧对五彩缤纷的时代，愧对深远沉重的历史，已使读者望而生厌，大倒胃口。要想改变这种循环往复、积重难返的惰性，只有提倡和建立百花齐放、万紫千红的艺术流派，才能克服简单化，推进多样化，在艺术风格上造成差异，实现不同。《荷花淀》文学双月刊公开宣告办成“荷花淀流派”杂志，正是风起青萍之末，要吹皱一池春水。

各种艺术流派的作家和作品，从来都是相互影响和相互渗透的。“荷花淀流派”需要继承和守真，更需要发展和革新。因此，必须充分尊重其他艺术流派的作家和作品，从中汲取充实和丰富自己的艺术营养。《荷花淀》文学双月刊绝不会对其他艺术流派的作家和作品采取轻视、贬低、对立、排斥的态度。我们真心诚意地欢迎非“荷花淀流派”的作家赐以佳作。

1988 年 5 月

笔耕农

人的一生，不如意事常八九，事出意外就更多。不能一不如意就万念俱灰，发生意外变化便痛不欲生。歪打有时正着，坏事能变好事，失意也可能转化为如意。这种“传奇的现实”（魔幻），我今生遇到不少。

1988 年 8 月我中风左瘫，皆因我平日不知“自爱”（爱惜身体）而造成的恶果。但是，我想，事已至此，后悔无用，只有面对现实，另辟蹊径。虽然丧失行走能力，仍以“坐地日行八万里，巡天遥看一千河”的壮心，开拓我生活和创作的新局面。我在创作上的收获有增无减。重病使我降低了百分之五十的精力和体力，也同时减少了我一半以上的社会活动。相比之下，我反倒增加了创作时间。因此，我常对人说，划“右”“得”大于失，左瘫不幸而大“幸”。

所以，我这个人最喜欢“听其自然”，或曰“听天由命”。命，就是客观规律。自我设计，自我完成，属于主观能动性；但是主观得听客观的。主观是一只鸟，客观是个大笼子，即便是天高任鸟飞，鸟也不能飞得刺破了青天。

对于衣、食、住、行的物欲，几十年来我不为人之先，不争人之上。但是，在求知和写作上，我不甘落后、屈居人下。“境遇休怨我不如人，不如我者尚众。学问休言我胜于人，胜于我者还多。”我一生奉行不悖。鲁迅先生说过：人，一要生存，二要温饱，三要发展。这句话更导引我如何安排和处理生活与创作。只要我吃饱了肚子，有个看书、写字、睡觉的屋子，我就把全部精力倾注在发展上。

我每年常回故里，家乡的干部和乡亲都盛情款待。我却一不点菜，二不挑食，更不拿走一针一线。不过，如果见到玉米面窝头和菜团子，我必开口，讨几个回家接着吃两顿。

我一年比一年老，老农的气象越来越浓烈鲜明，一动一静的生活习惯都在“返祖”，酷似我那半文盲的农民祖父。好吃家乡饭，暖身粗布衣。现在每天不吃粗粮，我就五脏六腑都难受。今年春节，从腊月三十到正月初五，我吃了三天玉米面、荞麦面和小米。前来贺年的老朋友开玩笑，有的说我是“土财主”“守财奴”；有的说我是“吃忆苦饭”，过“革命年”。

“返祖”现象，也表现在我的穿着上。我喜欢中山装和布鞋，从不肯穿西服，这倒不是仇洋排外，而是由于我不会打领带，又嫌麻烦不想学。平日，不管吃的、穿的、用的，都要买最便宜的。

过日子要耕三余一而不可寅支卯粮，挣俩花一个，不能挣一个花俩。买东西要物为人所用，不能人为物所累。

我喜欢自称“笔耕农”，就因为我把自己手中的这支笔，与我那生身之地的儒林村乡亲们手中的锄头，同样视为生产工具。我和我的父老兄弟姐妹没有高低贵贱之分，完全平等。我还常以一亩三分地主自居，种种原因之外，主要是由于目前儒林村村民占有的土地面积，平均每人只有一亩三分，我应该不多也不少。我念过大学，当上了作家，但到了儿还是个农民，研究我的文风人格，由此入门，必有发现。

1995 年 7 月

名师引读《蒲柳人家》

一个不满7岁就写出了“南通州北通州，南北通州通南北；金运河银运河，金银运河运金银”对联的神童；一个在北京二中初中还没毕业，就被借调到河北省文联做编辑的少年；一个在高一发表的小说《青枝绿叶》被叶圣陶先生编入了高二语文课本的青年；一个在考入北京大学学习了一年后，正式从北大退学而专职从事写作的大学生；一个被称为“大运河乡土文学体系”创立者，作品被译为英、法、德、俄、日等多种文字在世界各国广泛流传的作家——这个牛人，就是著名的“乡土文学”作家刘绍棠。

刘绍棠的作品共有60余种，约700万字。这么多种类，这么多文字，我们该如何读呢？下面从同学们的实际出发，提出几点阅读建议供参考：

◎第一，结合教材读

结合教材读的意思是说，读刘绍棠的作品，可以以教材节选部分为起点，围绕他的“乡土小说”展开阅读。跟同学们这样说是有理由的：一是因为刘绍棠作品种类众多，单就小说也不容易读完，也没有必要全读。二是因为教材节选部分是他众多小说中最有代表性的，也是写得很精彩的，由教材延伸去读，既能了解该小说的全貌，又能知晓他的“乡土小说”的创作特点。三是教材中有作家和作品的介绍，有阅读方法的指导，有作业的提示，还有老师的引领。在这个基础上进行阅读，便于同学们读懂小说的内容，了解完整的故事情节，理解人物形象和主题，从而获得阅读的愉悦感。

比如，课文节选的是《蒲柳人家》的前两章，由线索人物何满子引出两个重要人物：他的奶奶一丈青、爷爷何大学问。第一章是写奶奶的传奇故事，第二章是写爷爷的传奇故事，这是已知的，在此基础上我们不妨对后面章节中的人物进行一些猜想：作者还描写了哪些人物？他们又有哪些传奇的故事呢？由此我们可以更进一步思考，刘绍棠的“乡土小说”有一个系列，他自己列举了七部（其余六部为《渔火》《瓜棚柳巷》《草莽》《水龙吟》《荇水荷风》《花街》），“《蒲柳人家》是我迈出的第一步”，那其他几部呢？其他几部写了什么？这样一来，我们阅读刘绍棠小说的兴趣就被调动起来了。

◎第二，边读边做点研究

同学们阅读了教材，对刘绍棠的小说有了一点了解，同学们多少会对他小说中某一点或者某个方面感兴趣，这时同学们就可以做一点研究了。所谓研究，不是要写出长篇大论的文章，也不是做专家学者，而是根据自己的知识能力进行一点探讨，提升一下自己阅读的空间，对课内的理解进行一点拓展。

如果你对刘绍棠写传奇故事的方式感兴趣，就可以探讨一下他是如何讲传奇故事的；如果你对乡土风俗感兴趣，就可以搜罗一下他的作品写了哪些乡土风俗；如果你对他大量使用俗语、口语感兴趣，你可以做做笔记，摘抄这方面的内容；如果你对他给人物起外号感兴趣，不妨看看这些外号与《水浒》《三国》中外号的关联……总之，你选择了一点，就做一点研究。这样不但能增添读书的兴趣，而且能增添读书的乐趣。

举例：关于《蒲柳人家》中的传统习俗

1. 洗三风俗。洗三，汉族生育习俗，是中国古代诞生礼中非常重要的一个仪式。婴儿出生后第三日，要举行沐浴仪式，会集亲友为婴儿祝吉，这就是“洗三”，也叫做“三朝洗儿”。《蒲柳人家》第一章中有句子：“洗三那天，亲手杀了一只羊和三只鸡，摆了个小宴。”

2. 满月风俗。《蒲柳人家》第一章有这样的描写：满月那天，更杀了一口猪和六只鸭，大宴乡亲。她又跑遍沿河几个村落，挨门挨户乞讨零碎布头儿，给何满子缝了一件五光十色的百家衣；百日那天，给何满子穿上，抱出来见客，博得一片彩声。到一周岁生日，还打造了一个分量不小的包铜镀金长命锁，金光闪闪，差一点把何满子勒断了气。

3. 拜堂风俗。《蒲柳人家》第五章中有这样的描写：穿新衣，戴礼帽，蒙红盖头，十字披红，摆天地桌，烧高香，拜天地，入洞房，吃子孙饽饽，吃长寿面。

4. 乞巧节风俗。《蒲柳人家》第六章中有这样的描写：七夕之夜，拜月，把香烛跟针线放在灶王爷佛龛上，年已及笄的姑娘，半夜找个僻静的角落，给垂挂中天的月牙儿焚香叩拜，然后掏出一根银针，一条红线，在月色朦胧中穿引；如果一穿而中，今年必能跟自己心爱的人儿结成美满良缘。

…………

你看，刘绍棠把传统风俗写得那么津津有味，读他的小说可以了解到中国那么多习俗，学习到那么多知识，我们何乐而不为？

当然，研究刘绍棠小说的人肯定很多，如果同学们有兴趣，也不妨找些研究刘绍棠小说的文章来读读。我们的研究无需全面、深入，主要目的是为了形成读书的习惯。兴趣很浓的同学，可以更广泛地阅读他的其他作品；没有什么兴趣的同学，也要把《蒲柳人家》读一读，以便更进一步理解教材的节选部分。

亲爱的同学们，你喜欢《蒲柳人家》的何满子吗？你关注《蛾眉》中蛾眉的命运吗？你对各路好汉“虎口救佳人”的《瓜棚柳巷》有兴趣吗？《瓜棚记》中到底有怎样的奇缘巧遇呢？……我们还犹豫什么呢，请开始《蒲柳人家》的阅读之旅吧！

（岳国精　撰稿）

图书在版编目（CIP）数据

蒲柳人家 / 刘绍棠著. -- 武汉 : 长江文艺出版社,
2020.12（2023.11 重印）
ISBN 978-7-5702-1986-5

Ⅰ. ①蒲… Ⅱ. ①刘… Ⅲ. ①短篇小说－小说集－中国－当代②散文集－中国－当代 Ⅳ. ①I217.2

中国版本图书馆 CIP 数据核字（2020）第 238984 号

责任编辑：梅若冰　　责任校对：毛季慧
封面设计：于鹏波　　责任印制：邱　莉　杨　帆

出版：长江出版传媒　长江文艺出版社
地址：武汉市雄楚大街 268 号　　邮编：430070
发行：长江文艺出版社
http://www.cjlap.com
印刷：湖北新华印务有限公司

开本：640 毫米×970 毫米　1/16　印张：16.25
版次：2020 年 12 月第 1 版　　2023 年 11 月第 4 次印刷
字数：233 千字

定价：38.00 元

目录

结构梳理

《蒲柳人家》

- 一、作品概述
  - 作者：刘绍棠
  - 类型：中篇小说
- 二、故事背景
  - 时代背景：20世纪30年代
  - 北方农村
- 三、主要人物
  - 何满子：主要角色，聪明顽皮，充满正义感
  - 一丈青大娘：何满子的奶奶，泼辣大胆，刚正不阿
  - 何大学问：何满子的爷爷，威严又慈祥
- 四、主题思想
  - 对乡村生活及农民的深切关怀
  - 对传统美德的赞美
  - 对农村文明的思考
- 五、艺术特色
  - 浓郁的地方特色，生动的农村生活描绘
  - 鲜明的人物形象，个性化的人物语言
  - 幽默俏皮的儿童视角，活泼轻灵的语言风格
- 六、重要情节
  - 何满子与小伙伴们的冒险
  - 何大学问的智慧与教训
  - 一丈青大娘的刚烈与慈爱
- 七、作品影响与价值
  - 展示20世纪30年代通州北运河一带农村的风景习俗、世态人情
  - 赞美劳动人民的淳朴善良以及他们对美好生活的执着追求
  - 对当代农村文明建设的启示与思考

作者简介

刘绍棠（1936 — 1997），当代著名乡土文学作家，北京人。他幼年成才，被誉为“神童作家”。1953年出版短篇小说集《青枝绿叶》，1956年加入中国作家协会。其作品有短篇小说《私访记》《山楂村的歌声》《摆渡口》等；中篇小说《二度梅》《夏天》《鹧鸪天》《烟村四五家》《小荷才露尖尖角》等；长篇小说《春草》《地火》《狼烟》《京门脸子》《豆棚瓜架雨如丝》等。代表作有《蒲柳人家》《蛾眉》等。他是当代乡土文学的举旗人，其作品格调清新淳朴，文笔通俗晓畅，描写从容自然，结构简洁完整，乡土色彩浓郁，深受人们的喜爱。

写作背景

据作者称，创作《蒲柳人家》的缘由，一是“感恩图报”，由于“乡亲父老兄弟姐妹扶危济困、多情重义，我才大难不死”，因此要在作品中表现和歌颂乡亲们的美德；二是“走我的乡土文学之路”，从个人“前后在农村生活了三十年以上”的实际出发，扬长避短，写“乡土文学”，在创作中“坚持现实主义传统，继承和发展中国文学的民族风格，保持和发扬强烈的中国气派和浓郁的地方特色，描写农民的历史和时代的命运”。《蒲柳人家》以“九一八”事变后、卢沟桥事变前，殷汝耕在冀东建立汉奸政权，抗日活动方兴未艾这一段历史为背景创作而成。

内容概述

《蒲柳人家》是当代作家刘绍棠创作的一部中篇小说，首次发表于《十月》1980年第3期。小说通过六岁儿童何满子的视角，生动地描述了20世纪30年代中期，中国共产党领导下的抗日救亡运动在冀东北农村的深入开展，塑造了一批中国农民的栩栩如生的形象，讲述了他们在运河滩这块有着光荣革命传统的土地上英勇斗争的事迹。小说以望日莲的命运变化为主线，写了她从小受虐待、压迫，在父老乡亲帮助下逃出火坑，并与周檎结为夫妇，投身抗日救亡运动中等故事。

真题汇编

1.（2023·江苏扬州）阅读文学作品，我们能够从中看到民俗风情画卷，感受多样的地域文化。下列关于作品内容说法不完全正确的一项是（　　）

A.《安塞腰鼓》以激情四溢的笔墨，描写了安塞腰鼓的热烈、奔放、激越，我们从中感知了西北高原的风土人情，更看到西北高原人民的蓬勃生命力。

B.《在长江源头各拉丹冬》采用移步换景的写法，描写了作者跟随电影摄制组到各拉丹冬游历，见证了冰塔林奇观，展现了藏北高原的原始风景，令人震撼。

C.《社戏》写“我”在平桥村看社戏的故事，让我们看到了旧时江南水乡村民的生活情景，更看到了当地剽悍、粗犷的民风民俗。

D.《蒲柳人家》是一篇洋溢着浓郁乡土气息的作品。它就像一幅幅风俗画，将20世纪30年代通州北运河一带农村的风景习俗、世态人情展现在读者面前。

2.（2023·江苏镇江）阅读语段，在下面的括号内填写拼音所表示的汉字或加点字的拼音。

人们看见，在长城内外崇山jùn（　　）岭的古驿道上，这位身穿长衫的何大学问，骑一匹光背儿马，左肩挂一只书囊（　　），右肩抗一杆一丈八尺的大鞭，那形象是既威风凛凛又滑jī（　　）可笑。而且，路遇文庙，他都要下马，作个大揖（　　），上一股高香。

（摘自刘绍棠《蒲柳人家》）

3. 阅读下文，完成小题。

①何满子的爷爷，名讳已不可考。但是，如果提起他的外号，北运河两岸，古北口内外，在卖力气走江湖的人们中间，那可真是叫得山响。

②他的外号叫何大学问。

③（A）何大学问人高马大，膀阔腰圆，面如重枣，浓眉朗目，一副关公相貌。年轻的时候，当过义和团，会耍大刀，拳脚上也有两下子。以后，他给地主家当赶车把式，会摆弄牲口，打一手好鞭花。他这个人好说大话，自吹站在通州东门外的北运河头，抽一个响脆的鞭花，借着水音，天津海河边上都震耳朵。他又好喝酒，脾气大，爱打抱不平，为朋友敢两肋插刀，所以在哪一个地主家都待不长。于是，他就改了行，给牲口贩子赶马；一年有七八个月出入古北口，往返于塞外和通州骡马大市之间，奔走在长城内外的古驿道上。几百匹野马，在他那一杆大鞭的管束下，乖乖地像一群温驯的绵羊。沿路的偷马贼，一听见他的鞭花在山谷间回响，急忙四散奔逃，躲他远远的。所以，他不但是赶马的，还是保镖的，牲口贩子都抢着雇他。这一来，他的架子大了，不三顾茅庐，他是不出山的；至于脚钱多少，倒在其次，要的就是刘皇叔那样的礼贤下士。

④他这个人，不知道钱是好的，伙友们有谁家揭不开锅，沿路上遇见老弱病残，伸手就掏荷包，抓多少就给多少，也不点数儿；所以出一趟口外挣来的脚钱，到不了家就花个精光。

⑤在这个小村，数他走的地方多，见的世面广；他又好戴高帽儿，讲排场，摆阔气。出一趟口外，本来挣不了多少钱，而且到家之前已经花得不剩分文，但是回到村来，却要装得好像腰缠万贯；跟牲口贩子借一笔驴打滚儿，也要大摆酒筵，请他的知音相好们前来聚会，听他谈讲过五关，斩六将，云山雾罩。他这个人非常富有想象力，编起故事来，有枝有叶，有文有武，生动曲折，惊险红火。于是，人们一

半是戏谑，一半是尊敬，就给他送了个何大学问的外号。

⑥自从他被尊称为何大学问以后，他也真在学问上下起功夫来了。过去，他好听书，也会说书；在荣膺这个尊称之后，当真看起书来。他腰里常常揣着个北京老二酉堂出版的唱本，投宿住店，歇脚打尖，他就把唱本掏出来，咿咿哦哦地嘟念。遇上生字儿，不耻下问，而且舍得掏学费；谁教他一字一句，他能请这位白吃一顿酒饭。既然人称大学问，那就要打扮得斯文模样儿，于是穿起了长衫，说话也咬文嚼字。(B)人们看见，在长城内外崇山峻岭的古驿道上，这位身穿长衫的何大学问，骑一匹光背儿马，左肩挂一只书囊，右肩扛一杆一丈八尺的大鞭，那形象是既威风凛凛又滑稽可笑。而且，路遇文庙，他都要下马，作个大揖，上一股高香。本来，孔夫子门前早已冷落，小城镇的文庙十有八九坍塌破败，只剩下断壁残垣，埋没于蓬蒿荆棘之中，成为鸟兽栖聚之地；他这一作揖，一烧香，只吓得麻雀满天飞叫，野兔望影而逃。

（节选自刘绍棠《蒲柳人家》）

（1）结合“何大学问”生活经历，说一说这个外号的由来。

（2）从选段的叙述和描写中，我们能看出“何大学问”具有怎样的性格特点？

（3）从下面两句话中任选一句加以品析。（可从词语和句式的选用、修辞方法、描写方法和语言风格等方面任选其一来谈）

（A）何大学问人高马大，膀阔腰圆，面如重枣，浓眉朗目，一副关公相貌。

（B）人们看见，在长城内外崇山峻岭的古驿道上，这位身穿长衫的何大学问，骑一匹光背儿马，左肩挂一只书囊，右肩扛一杆一丈八尺的大鞭，那形象是既威风凛凛又滑稽可笑。

（4）刘绍棠作为当代著名的乡土文学代表，语言独具特色，下列对本文语言特色分析错误的一项是（　　）

A. 语言古朴典雅、凝练厚重，经得住咀嚼品味。

B. 句式整散结合、参差错落，读起来节奏鲜明。

C. 采用了民间口语与俗语，生动形象，乡土气息浓郁。

D. 继承了说唱艺术的特点，讲究押韵和对偶。

4.（2023 春 · 全国）

蒲柳人家（节选）

刘绍棠

①七月天，中伏大晌午，热得像天上下火。何满子被爷爷拴在葡萄架的立柱上，系的是拴贼扣儿。

②那一年是 1936 年。何满子六岁，剃个光葫芦头，天灵盖上留着个木梳背儿；一交立夏就光屁股，晒得两道眉毛只剩下淡淡的痕影，鼻梁子裂了皮，全身上下就像刚从烟囱里爬出来，连眼珠都比立夏之前乌黑。

③奶奶叫东隔壁的望日莲姑姑给何满子做了一条大红兜肚，兜肚上还用五彩细线绣了一大堆花草。人配衣裳马配鞍，何满子穿上这条花红兜肚，一定会在小伙伴们中间出人头地。可是，何满子一天也不穿。

④何满子整天在运河滩上野跑，头顶着毒热的阳光，身上再裹起

兜肚，一不风凉，二又窝汗，穿不了一天，就得起大半身痱子。再有，全村跟他一般大的小姑娘，谁的兜肚也没有这么花儿草儿的鲜艳，他穿在身上，男不男，女不女，小姑娘们要用手指刮破脸蛋儿，臊得他得找个田鼠窝钻进去；小小子儿们也要敲起锣鼓似的叫他小丫头儿，管叫他一辈子抬不起头。

⑤何满子不穿花红兜肚，奶奶气得咬牙切齿地骂他，手握着擀面杖要梆他，还威吓要三天不给他饭吃。原来，这条兜肚大有讲究。何满子是个娇哥儿，奶奶老是怕阎王爷打发白无常把他勾走；听说阎王爷非常重男轻女，何满子穿上花红兜肚，男扮女装，阎王爷老眼昏花的看不真切，也就起不了勾魂索命的恶念。

⑥何满子的奶奶，人人都管她叫一丈青大娘；大高个儿，一双大脚，青铜肤色，嗓门也亮堂，骂起人来，方圆二三十里，敢说找不出能够招架几个回合的敌手。一丈青大娘骂人，就像雨打芭蕉，长短句，四六体，鼓点似的骂一天，一气呵成，也不倒嗓子。她也能打架，动起手来，别看五六十岁了，三五个大小伙子不够她打一锅的。

⑦她家坐落在北运河岸上，门口外就是大河。有一回，一只外江大帆船打门口路过，也正是歇晌时分。一丈青大娘站在篱笆外的伞柳阴下放鸭子，一见几个纤夫赤身露体，只系着一条围腰，裤子卷起来盘在头上，便断喝一声："站住！"这几个纤夫头顶着火盆子，拉了百八十里路，顶水又逆风，还没有歇脚打尖，个顶个窝着一肚子饿火。一丈青大娘的这一声断喝，他们只当耳旁风。一丈青大娘见他们头也不抬，理也不理，气更大了，又吆喝了一声："都给我穿上裤子！"有个年轻不知好歹的纤夫，白瞪了一丈青大娘一眼，没好气地说："一大把岁数儿，什么没见过；不爱看合上眼，掉过脸去！"一丈青大娘火了起来，挽了挽袖口，手腕子上露出两只叮叮当当响的黄铜镯子，一阵风冲下河坡，阻挡在这几个纤夫的面前，手戳着他们的鼻子说："不能叫你们腌臜了我们大姑娘小媳妇的眼睛！"那个不知好歹的年轻纤

夫，是个生楞儿，用手一推一丈青大娘，说："好狗不挡道！"这一下可捅了马蜂窝。一丈青大娘勃然大怒，老大一个耳刮子抡圆了扇过去，那个年轻的纤夫就像风吹乍蓬，转了三转，拧了三圈儿，满脸开花，口鼻出血，一头栽倒在滚烫的白沙滩上，紧一口慢一口捯气，高一声低一声呻吟。几个纤夫见他们的伙伴挨了打，呛哨而上；只听咯吧一声，一丈青大娘折断了一棵茶碗口粗细的河柳，带着呼呼风声挥舞起来，把这几个纤夫扫下河去，就像正月十五煮元宵，纷纷落水。一丈青大娘不依不饶，站在河边大骂不住声，还不许那几个纤夫爬上岸来；大帆船失去了纤力，掌舵的绽裂了虎口，也驾驭不住，在河上转开了磨。最后，还是船老板请出了摆渡船的柳罐斗、钉掌铺的吉老秤、老木匠郑端午、开小店的花鞋杜四，说和了两三个时辰，一丈青大娘才算开恩放行。

⑧一丈青大娘有一双长满老茧的大手，种地、撑船、打鱼都是行家。她还会扎针、拔罐子、接生、接骨、看红伤。这个小村大人小孩有个头疼脑热，都来找她妙手回春；全村三十岁以下的人，都是她那一双粗大的手给接来了人间。

⑨不过，别看一丈青大娘能镇八方，她可管不了何满子。何家世代单传，辈辈一棵苗，何满子的爷爷就是老生儿，他父亲也是在一丈青大娘将近四十岁时才落生的；偏是何满子不同凡响，是他母亲头一胎生下来的贵子。一丈青大娘一听见孙子呱呱坠地的啼声，喜泪如雨，又烧香又上供，又拜佛又许愿。洗三那天，亲手杀了一只羊和三只鸡，摆了个小宴；满月那天，更杀了一口猪和六只鸭，大宴乡亲。她又跑遍沿河几个村落，挨门挨户乞讨零碎布头儿，给何满子缝了一件五光十色的百家衣；百日那天，给何满子穿上，抱出来见客，博得一片彩声。到一周岁生日，还打造了一个分量不小的包铜镀金长命锁，金光闪闪，差一点把何满子勒断了气。

⑩何满子是一丈青大娘的心尖子、肺叶子、眼珠子、命根子……

（1）请用简洁的语言为选文第⑦段拟小标题（不超过10个字）。

（2）请根据下面例句句式，从文中找出相应情节，梳理何满子或一丈青大娘的形象。

例句：说起何满子，那真是一个字“野”。他长到四五岁，就像野鸟不入笼，一天不着家，整日在河滩野跑。何大学问一走，何满子就像野马摘了笼头，天不亮，头顶着星星，脚蹚着露水，从家里溜出去，逃开了学。

说起________，那真是一个字________。他（她）……

（3）品味文中划线句，请从不同角度赏析其语言特色（如词语和句式的选用、修辞方法、语言风格等）。

（4）一丈青扈三娘是《水浒传》中出了名的铿锵玫瑰，书中说她“蝉鬓金钗双压，凤鞋宝镫斜踏。连环铠甲衬红纱，绣带柳腰端跨。霜刀把雄兵乱砍，玉纤将猛将生拿。天然美貌海棠花，一丈青当先出马”。扈三娘和本文中粗手大脚的何满子奶奶似乎毫不搭调。请根据自己对两个人物的了解，说说作者为什么把两个看似天壤之别的人赋予同一名号。

模拟训练

一、填空题

1.《蒲柳人家》的作者是________，中国著名________作家，________的代表作家之一。

2. 周檎的父亲________9年前领导京东农民大暴动，被军阀杀害了。

3. 望日莲是东院________家买来的童养媳。

4. 何满子偷偷溜到________的小后院的葡萄架下去。

5. 望日莲在七夕夜晚跟周檎在________下乞巧求签。

6. 周檎要建立________以打倒汉奸。

二、选择题

1. 为什么一丈青大娘要给何满子穿花红兜肚？（　　）

A. 避邪　　B. 美观

C. 保暖　　D. 遮丑

2. 老秀才给何满子上课的方式是（　　）。

A. 宽和有趣　　B. 束缚严格

C. 随心而教　　D. 言传身教

3. 何满子站在葡萄架下听哭的原因是（　　）

A. 听奶奶的叮嘱　　B. 好奇牛郎织女

C. 想看银河鹊桥　　D. 想听见哭声

4. 望日莲为什么在七夕夜晚心神不宁？（　　）

A. 怕被豆叶黄虐待。　　B. 怀疑周檎不要她了。

C. 烦恼钉引不进针眼。　　D. 担心乞巧求签不灵。

5. 为什么望日莲和周檎不希望何满子说出他们的秘密？（　　）

A. 不想让他知道国家大事。

B. 怕他乱说话害人。

C. 忌讳他年纪还小。

D. 担心他说漏嘴危及他们的安全。

三、简答题

1. 描述一丈青大娘的外貌特征。

2. 描述一下何大学问的外貌特征和性格特点。

3. 何满子有怎样的性格特点？

真题汇编（答案）

1.C　2. 峻　náng　稽　yī

3.（1）他当过义和团，会耍大刀，拳脚上也有两下子；他给地主家当赶车把式，给牲口贩子赶马，这些经历使他见多识广；他又好戴高帽儿、讲排场、摆阔气；同时善于讲故事，想象力丰富，编起故事来生动曲折、引人入胜，人们一半是戏谑，一半是尊敬，就给他送了个何大学问的外号。

（2）他貌似关公，脾气性格也像关老爷一样，侠肝义胆，仗义轻财，慷慨豁达，爱打抱不平，甘为朋友两肋插刀。好说大话，爱虚荣，讲排场，摆阔气，对自己认定的东西会执着地追求。他追求文明进步，向往美好生活。

（3）示例：（A）这句话继承了中国传统说唱艺术的特点，讲究押韵和对偶，多用四字句，用词造句文白相兼，读来抑扬顿挫，很有节奏感。

（4）A

4.（1）示例：一丈青大娘大闹运河滩 / 一丈青大娘威震运河滩 / 一丈青大娘怒打纤夫。

（2）示例：①说起何满子，那真是一个字"灵 / 慧"。他聪慧灵秀，脑瓜儿记性好，爱听故事，过耳不忘；好问个字儿，过目不忘。

②说起何满子，那真是一个字"娇"。他不同凡响，是他母亲头一胎生下来的贵子。他一出生，奶奶是喜泪如雨，烧香上供，拜佛许

愿;洗三满月更是杀鸡宰羊大宴乡亲,还亲手缝制百家衣,打造长命锁。

③说起一丈青大娘,那真是一个字“豪”。她折断了一棵茶碗口粗细的河柳,带着呼呼风声挥舞起来,把这几个纤夫扫下河去,就像正月十五煮元宵,纷纷落水。

④说起一丈青大娘,那真是一个字“巧”。她“种地、撑船、打鱼都是行家”,“还会扎针、拔罐子、接生、接骨、看红伤”。

(引用原文或用自己的语言总结都可)

(3)抓住了一丈青大娘的心理、动作描写,“抡圆了扇”体现了她勇力过人、爱憎分明的个性。接着细腻地描绘年轻纤夫的外貌、动作,以幽默的口吻、夸张的手法侧面表现了一丈青大娘的威力。语言上继承了说唱艺术的特点,讲究押韵和对偶,用词造句文白相间,读来抑扬顿挫,很有节奏感。(任意三点)

(4)《水浒传》中一丈青扈三娘武艺高强,《蒲柳人家》中的一丈青大娘同样能打善骂,三五个小伙子不够她打一锅。她性情豪爽,义字当先,有着侠肝义胆,虽容貌不胜扈三娘,但性情不让三分。刘绍棠曾说他的乡土文学、他的《蒲柳人家》,均是“为粗手大脚的爹娘画像”,说明他深深地爱着笔下这群劳动人民,因此借“一丈青”的名号美化何满子奶奶的形象,似也有理。

模拟训练（答案）

一、填空题

1. 刘绍棠　乡土文学　荷花淀派　2. 周方舟　3. 杜四　4. 周檎　5. 月亮　6. 抗日武装

二、选择题

1.A　2.B　3.D　4.B　5.D

三、简答题

1. 一丈青大娘个子很高大，有一双大脚，皮肤黝黑，嗓门很亮，十分彪悍。

2. 何大学问身材高大，长相威武，热心助人且爱出风头。

3. 好动顽劣，聪慧灵秀；好学好问，伶俐可爱；疼爱爷爷，有爱憎立场，有男子汉气概。